The Essay in Dark Times

黑暗時代的
那篇散文

假如散文是種嘗試——要冒遭批之險、沒有定論、無權威性，是作者基於個人經驗及主觀性的大膽之舉，那我們或許正身處散文創作的黃金年代。你週五晚上去了哪個派對、空服員對你態度如何、你對今日政治亂象有什麼看法——社群媒體假定，再怎麼芝麻綠豆大的主觀敘事，不但值得私人記錄（好比寫日記），也值得和他人分享。當今美國總統的所作所為正是根據這種假定。像《紐約時報》這類媒體，向來硬性的新聞報導已經軟化許多，讓個人主觀的看法與印象占據頭版焦點，書評人下筆也越來越不受客觀性局限。《罪與罰》的拉斯科尼可夫和《歡樂之家》（*The House of Mirth*）的莉莉．巴特這類角色是否討人喜歡，在過去完全無所謂，但「討喜」與否，現在已成了評斷事物的關鍵因素（而且「討喜」這詞暗指書評人的個人好惡高人一等）。純文學小說本身就已經長得越來越像散文。近年某些頗具分量的小說，好比瑞秋．卡斯克[1]和卡爾．烏韋．克瑙斯高[2]的作品，就把具自我意識的第一人稱證詞寫法，提升到新的層次。他們的超級死忠書迷會說，想像與自創是過時的雕蟲小技；採用「不像作者的人物」的主觀觀點就是挪用，甚至是殖民主義；既真誠，又能在政治上自圓其說的敘事模式只有一種，就是自傳。

同時，個人隨筆散文——那個能真誠檢視自己、不斷激盪想法的形式工具；那個由蒙田開疆闢土，經愛默生、吳爾芙、鮑德溫[3]等人發揚光大的文體，如今已告式微。發行量大的美國雜誌，幾乎都已經不刊登純散文。散文繼續存活的空間，主要都是發行量較小的刊物，只是這些刊物全部加起來的讀者人數，還不及瑪格麗特・愛特伍的推特粉絲數。我們是該哀悼散文的滅絕？還是該慶賀散文征服了更大的文化領域？

・・・

那就來一篇既個人又主觀的短文吧。關於寫散文，我學到的寥寥幾件事，都是我在《紐約客》雜誌的編輯亨利・芬德（Henry Finder）教我的。我頭一次去找亨利是一九九四年，當時的我一心想當記者，也非常需要錢。我不知哪來的狗屎運，寫了篇關於美國郵政的文章，居然獲選刊登；接著我寫了篇關於「山巒俱樂部」（Sierra

1〔譯注〕：Rachel Cusk，加拿大作家。基於自身經歷創作的《Outline、Transit、Kudos》三部曲小說，是她極具代表性的作品。
2〔譯注〕：Karl Ove Knausgaard，挪威作家。以六冊自傳體小說《我的奮鬥》（*Min Kamp*）聞名國際文壇。
3〔譯注〕：James Baldwin（1924-1987），美國作家，作品類型遍及小說、劇作、詩、散文。譯為繁體中文的作品有《喬凡尼的房間》（*Giovanni's Room*）。小說《If Beale Street Could Talk》後改編為電影《藍色比爾街的沉默》。

Club）的文章，則因我個人能力不足未獲採用。也就在這個當兒，亨利說我搞不好有寫散文的才能。我聽他用的詞是「既然你很明顯是個爛記者」，只是我不覺得自己是那塊料。我是中西部長大的，最怕滔滔不絕講自己的事，加上我對寫小說有些固執的想法，養成了某種成見——同樣的事假如描寫出來會更精采，我就不願平鋪直敘。但我還是需要錢，所以不斷打電話給亨利，問他可不可以讓我寫書評。有一回電話上他問我有沒有興趣寫菸草業（理查・克魯格寫的重要新史主題[4]），我隨即回道：「全世界我最不願意去想的就是香菸。」亨利話回得比我還快：「就是因為這樣，你非寫不可。」

這是亨利給我上的第一堂課，也是最重要的一堂。我二十歲起的十年都是菸槍，三十出頭才成功戒過兩年菸。但他們派我寫美國郵政那篇文章的期間，我變得很怕拿起電話，向別人自我介紹說是《紐約客》的記者，所以又開始抽。從那之後的幾年間，我都努力把自己想成不碰菸的人，或者說，儘管我還是繼續抽，最起碼我鐵了心要再次戒菸，所以應該已經不算菸槍了吧。我的心態就像量子波函數，只要我不去評斷自己，我可以是徹徹底底的菸槍，同時又完全不碰菸。我頓時恍然大悟，寫關於香菸的事，會迫使我評斷自己。這就是散文的作用。

此外還有一個問題，就是我媽。外公死於肺癌，我媽自然是強硬反菸派。我一直沒讓她知道我抽菸，這一瞞就超過十五年。我之所以得一直在抽菸與不抽之間擺盪，有個原因就是我不喜歡騙她。倘若我能再次成功戒菸，永遠不去碰它，那波函數就會崩陷，我便能百分之百符合我向來純淨的不菸形象——但唯一的前提是，我不先在文章裡坦承自己是菸槍。

亨利是蒂娜．布朗（Tina Brown）擔任《紐約客》總編輯時招進來的人，當時他才二十出頭，是個天才型的青年。他講話的方式很特別，好像胸腔裡氣不太夠似的，每個字都很清楚，聽起來卻像在嘟囔，就像文章經過縝密編修，讀者卻有看沒有懂。他的頭腦、他的博學，在在令我歎服，也隨即變得戰戰兢兢，生怕讓他失望。他回我那句話，還非常熱切加重了「就是因為這樣」的語氣——我認識的人之中，唯有他加重語氣的開頭「就是因為這樣」和命令語氣的「非寫不可」，讓我非但不在意，反而還期盼這代表我在他意識中已占有小小的一席之地。

於是我動筆了，每天都要對著客廳窗前的箱型排氣扇抽掉半打淡菸，最後終於交稿。在我交給亨利的稿件之中，這一篇是唯一不需要他改稿的。我不記得我媽

4〔譯注〕：指美國作家Richard Kruger獲一九九七年普立茲獎之作《菸草的命運：美國菸草業百年爭鬥史》（*Ashes to Ashes*），曾有簡體中文版。

用什麼管道看到了這篇文章，也不記得她是寫信還是打電話，跟我說她覺得自己一直被蒙在鼓裡，但我記得她那次有六週沒跟我聯絡——這是很長一段時間，也是她不和我聯絡的最久紀錄，這正是我最怕的結果。不過她平復心情後，又開始寫信給我，這時我才覺得她用我從未感受過的方式看見我，看見我真正的樣貌。不僅是因為我一直對她隱藏了「真正」的我，也因為我在她面前彷彿從來沒有自我。

齊克果在《非此即彼》（*Either/Or*）中取笑「忙人」，說忙人的忙只是逃避對自我誠實評斷的藉口。你或許半夜醒來發現自己的婚姻生活十分寂寞，或許覺得你需要想想自己消費的程度對地球有什麼影響，但隔天你有一百萬件小事得做，再隔天又有一百萬件事。只要這些小事無止無盡，你永遠不必停下腳步面對更大的問題。世上有很多方法可以讓你停下來問問自己到底是誰、生命究竟有何意義，寫散文、讀散文不是唯一的選項，卻是個不錯的方式。而且，要是你想想齊克果所在的哥本哈根有多「不忙」，和我們現在這個年代對照之下，那些主觀的推特發文，和三兩下寫完就貼的部落格文，就沒那麼像散文，似乎反倒更像在逃避真正的散文迫使我們面對的東西。我們一天到晚看螢幕，還不斷抱怨自己到底有多忙，但螢幕上的內容要是變成紙本書，我們根本懶得看。

一九九七年我再次戒菸，二〇〇二年戒最後一次，接著在二〇〇三年戒了最後的最後一次——除非你把我寫此文時血液中流動的無煙尼古丁成分也算進去。努力寫篇誠實的散文，不會改變我有多重自我的事實。我依然可以同時是腦殘的癮君子、為自己健康而憂天的杞人、永遠長不大的小毛孩、自己找藥吃的憂鬱症患者。假如我真的花時間停下來仔細評斷自己，會改變的是：我這個「多重自我」的身分，有了「存在感」。

⋮

文學的奧祕之一，就是作家和讀者感受到個人存在感的地方，都是在自身之外，在某種頁面上。我要如何不透過加諸身體的動作，而是藉由自己的筆下，感到更忠於自我？我要怎麼透過閱讀某人的文字，就覺得比坐在本尊身邊更接近對方？這些問題的答案，多少在於寫作與閱讀都需要全神貫注，不過當然也和只有頁面才能傳達出的那種「順序性」有關。

在這裡我大概得提一下我跟亨利・芬德學到的另外兩件事。一、**每篇散文，就算是表達觀點的評論文章，也是在講故事**。二、**組織素材只有兩種方式，「同一類的歸一起」，和「先這樣，再那樣」**。這或許不用說大家也知道，可是隨便找哪個高中生或大學生寫的作文來看，你就知道其實不然。我覺得尤其不為人知的一點，就是表達觀點的評析文章應該遵照戲劇的法則。但話又說回來，好的論述的第一步，不都是先設想某個難題嗎？接著難道不是提出大膽的見解、建議避開問題之道？然後用異議和反方說法設下障礙，最後再用一連串逆轉，達成先前無法預見、卻皆大歡喜的結論？

倘若你贊同亨利的前提，認為一篇成功的文章，是用故事的形式來組織素材；假如你像我一樣，堅信我們身分認同的構成要素，是我們述說自己的故事，那麼我們應能從寫作之苦和閱讀之樂中，體會到濃濃的個人存在感。我無論隻身漫步森林或和朋友晚餐，總有大量散亂的感官訊息，朝我排山倒海而來，壓得我透不過氣。而寫作這舉動幾乎抹去一切，只留下字母與標點符號，逐漸朝不散亂的狀態前進。你在為一個熟悉的故事所含的元素排序時，偶爾會發現這故事的含義，並不是你以為的那個意義。有時我們需要全新的敘事，尤其是敘述論點時（例如主張「這件事是那件事的結果」）。打造好故事的淬鍊過程，可以讓你原本只是隱約知道自己有的某些想法和感受，變得益發清晰。

如果你手邊有一堆素材，似乎不適合寫成故事，亨利會說你只有一個辦法，就是把素材分類，把相似的元素分成一組，也就是「同一類的歸一起」，這最起碼是個很有條理的寫作方式。不過固定模式也有辦法轉化為故事。假設你想寫篇文章解釋為何「人人都唱衰川普選總統，他最後卻贏得大選」，很容易會用「先這樣再那樣」的邏輯來架構，於是順序就成了：希拉蕊處理電子郵件公私不分，但司法部決定不起訴她；後來前眾議員安東尼・韋納筆電上的電郵曝光；接著是聯邦調查局局長詹姆斯・柯米向國會報告，希拉蕊可能還是有問題，必須重啟調查；然後川普就贏了大選。然而把同類的素材歸在一起來寫，效果可能會更好，例如：川普獲勝好比英國脫歐公投，好比歐洲再次盛行的反移民國家主義。希拉蕊處理電郵如此一意孤行又輕率，正如她令人觀感不佳的競選活動，正如她沒在密西根州和賓州加碼催票的失策。

・・・

總統大選那天我人在迦納，跟我哥和兩個朋友一起賞鳥。我動身去非洲前，柯米給國會的報告為選戰投下了震撼彈，但奈特・席佛的權威民意調查網站「五三八」（FiveThirtyEight）[5]仍預測川普當選的機率是三成。我因為早在出發前就提前投票給希拉蕊，抵達迦納的首都阿克拉後，對選情只是普通緊張而已，還很慶幸自己做了明智的決定，在大選活動的最後一週跑來賞鳥，不必每天上十次「五三八」網站看最新分析結果。

我在迦納盡情沉迷於一種不太一樣的強迫症。說來慚愧，我是賞鳥界人士所謂的「飆鳥人」（lister）。這倒不是說我並非因為欣賞鳥的特質而愛鳥。我賞鳥，是為了體驗鳥的美與多樣性，為了進一步學習鳥類的行為與所屬的生態系，也為了在沒去過的地方多花些時間好好散步、沿路觀察。不過我的賞鳥紀錄清單真的太多了。打從二〇〇三年起，我不僅記錄在全球看過的鳥種數量，還計算我在去過的每一國、美國每一州看到的鳥種，而且較小的觀鳥地點也照算不誤，連自家後院都包括在內。我可以把這種強迫性的計算行為，合理解釋為出於滿腔熱情而玩的小小遊戲，但我的強迫症真的很嚴重，和純粹為享受賞鳥之樂而賞鳥的鳥界人士相比，我在道德上就矮了人家一截。

去迦納賞鳥，代表我給自己一個機會，打破一年內看過一千兩百八十六種鳥的個人紀錄。出發前，我二〇一六年看過的鳥種已超過八百種，而且我在網上做過功課，發現類似我們這次在迦納的行程，已有觀察到近五百種的紀錄，其中只有少數是美國常見鳥種。假如我這次能看到四百六十種非洲特有種，再利用在倫敦等候轉機的七小時，去希斯洛機場附近的某公園，看到二十種歐洲極常見的鳥種，那麼二〇一六年就會是我個人紀錄最佳的一年。

我們在迦納真是大飽眼福，看到只在西非才有的美麗蕉鵑（turaco）和蜂虎（bee-eater）。然而迦納僅餘的少許林地飽受嚴重的狩獵和砍伐壓力，而且我們在林中行走只覺酷熱難耐，稱不上收穫豐富。到大選之日傍晚，我們已錯過唯一能看到幾個目標鳥種的大好機會。隔天一大清早，美國西岸還在開票，我打開手機，等著看希拉蕊如我所想一路領先，不料卻看到加州朋友們傳來的簡訊噩耗，外加他們哭喪著臉盯著電視的照片，我女友則在沙發上抱膝縮成一團。那一刻《時代》雜誌的標題是「川普拿下北卡州，蓄勢待發；希拉蕊勝利之路益發難行」。

除了賞鳥，無事可做。前往恩蘇塔森林（Nsuta Forest）的路上，我不斷閃躲運木材的卡車，它們那橫衝直撞的氣勢，讓我聯想到川普，但我同時也想到希拉蕊的勝利之路還未絕，因此仍抱著一線希望，就在這種心情下，我看了幾隻黑彎嘴犀鳥（Black Dwarf Hornbill）、一隻西非鵑隼（African Cuckoo-Hawk）、一隻哀啄木

5〔譯注〕：Nate Silver，美國統計與預測專家，專長是分析棒球與選舉數據。他於二〇〇八年美國總統大選前，成立「五三八」網站（因美國的選舉人票總數為五百三十八而得名），發表選情預測，結果全美五十州之中，有四十九州的投票結果符合該網站的預測，讓他成為美國家喻戶曉的人物。著有《精準預測：如何從巨量雜訊中，看出重要的訊息？》（*The Signal and Noise: Why So Many Predictions Fail—but Some Don't*）。

（Melancholy Woodpecker）[6]。那個早晨我汗如雨下，但收穫不錯，待我們又開始看新聞補進度，那個「短手指的暴發戶」（這經典稱號出自專門嘲諷傳媒與名流的《間諜》雜誌）已成了我國的新總統，為這個上午劃下句點。就在這一刻，我明白了自己之前是怎麼解讀席佛預測川普的那三成機率。我不知怎的始終以為這數字代表在最壞的情況下，這世界有可能會在大選日後再爛個三成。當然，這數字實際上代表的是，這世界有三成的機率會變得百分之百的爛。

我們往北走，進入較乾燥、空曠的北迦納，一路上看到了些我夢想已久的鳥兒：埃及鴴（Egyptian Plover）、洋紅蜂虎（Carmine Bee-eater），和一隻公的纓翅夜鷹（Standard-winged Nightjar），牠的雙翅好似拖著長長的旗子，活像一隻夜鷹後面跟著兩隻窮追不捨的蝙蝠。我為了要讓今年看過的鳥種總數達標，得保持一定的進度，只是現在進度更加落後。我事後才恍然大悟，我先前在網上查到這個行程可看的鳥種清單，把「只是聽到鳥叫聲、並未實際看到」的鳥種也算進去了，但我的習慣是得親眼看到真鳥，才會列入紀錄。這些清單拉高了我的期望，一如席佛的「五三八」網站。此時我漏掉的每個目標鳥種，都讓我的壓力越來越大，倘若我想打破自己的紀錄，就得把還沒看到的目標鳥種一網打盡，連看到機率微乎其微的鳥種也得算在內。那只是我自己愚蠢的年度鳥種清單而已，到最後連我都覺得它毫無意義，然而大選日隔天早晨的那新聞標題，始終在我腦中揮之不去。我不要兩百七十五張選舉人票，我要的是四百六十種鳥種，而我的勝利之路著實益發難行。終於，這趟旅行結束前四天，我們來到布吉納法索邊界附近的水庫溢洪道，我原本希望在那兒看到六種沒看過的草原性鳥類，結果完全落空，我必須接受全盤皆輸的現實。那一刻我突然驚覺，我真該在家盡力安慰為大選結果傷心的女友；我真該發揮憂鬱悲觀之人的一大優勢，那就是習慣在黑暗時刻大笑以對。

⋯

「短手指的暴發戶」怎麼會跨進白宮大門？希拉蕊在大選後，重新站上講臺對公眾演說，她回答這個問題的方式，是用「先這樣再那樣」的敘事手法，如此一來，用「同一類的歸一起」的方式來描述她的性格，就更有說服力。照她的說法，她處理電子郵件公私不分，她說支持川普的人是「一籮筐爛人」，都無所謂。選民可能有

6〔作者注〕：我在本書遵照標準鳥類學做法，提及鳥種時，我會把鳥的美國名稱字首以大寫處理。很多種啄木鳥或可用「哀」（melancholy）來形容，但只有一種鳥種稱為「哀啄木」。

充分理由不爽她代表的自由派菁英；選民在全球財富整體成長、中產階級卻付出代價之際，或許難以理解自由貿易、開放邊界、工廠自動化背後的道理；選民說不定痛恨政府把自由派的都會價值觀，硬套在保守的鄉村社區上，但這些全都無所謂。照希拉蕊的說法，她會輸掉大選，都是詹姆斯．柯米的錯——俄國人搞不好也有份。

我得說，我對這個問題有自己的妙解。我從非洲回到聖塔克魯茲後，改革派的那些朋友還是無法接受大選結果，想不通川普怎麼會當選。我想起以前有次和樂天派的社群媒體專家克雷．薛基[7]一起出席公開活動，他對聽眾提到透過群眾外包運作的餐飲評論業者「薩加特」（Zagat），把「聯合廣場咖啡館」評為紐約最佳餐廳後，一票紐約專業餐廳評論人是如何如何「震驚」。薛基講這個的重點是：一、專業評論人並沒有他們自認的那麼高明；二、老實說，在大數據時代，評論人連存在的必要都沒有。姑且先不論「聯合廣場咖啡館」正是我私心最愛的紐約餐廳（群眾是對的！），我在活動現場不悅地想，書評人說艾莉絲．孟若是比詹姆斯．派特森更好的作家，那薛基會不會也覺得書評人很蠢？但現在川普贏了，也形同證實薛基對權威專家的嘲弄沒錯。社群媒體讓川普繞過了評論機制，在關鍵的幾個搖擺州，就是正好有那麼多民眾覺得，川普的低俗鬧劇和煽動性演說，比希拉蕊的細膩論述與嫻熟政策「更好」。這就是「先這樣再那樣」的手法——沒有推特和臉書，就沒有川普。

大選後，臉書執行長祖克柏確實曾有一會兒看似（有那麼點）要為「創造散布希拉蕊假新聞的平台」負起責任，也表示臉書可能會更積極過濾新聞（祝他們好運了）。至於推特呢，則始終一聲不吭。川普在推特上頻頻發文的氣勢不曾稍減，推特還有什麼好說？難道要說他們讓世界變得更好不成？

到了十二月，全聖塔克魯茲我最愛的廣播電台KPIG播起一個假廣告，說要為在臉書和推特發文反川普成癮的人提供諮商服務。隔年一月，在川普就職典禮的前一週，美國筆會中心（PEN American Center）在全國辦了多場活動，聲稱川普象徵對言論自由的攻擊，該會將極力與之對抗。儘管川普政府後來頒布的旅遊禁令，確實讓穆斯林國家的作家在美國更難發聲，但在一月那時，「箝制言論自由」這罪名還沒法安在川普頭上。他的推文謊話連篇，又老愛用文字霸凌他人，豈不正是類固醇嗑太多的自由言論？不過幾年前，美國筆會還因為推特在「阿拉伯之春」運動期間扮演個人發表平台的角色，頒了言論自由獎給推特。「阿拉伯之春」的實際成果是

7〔譯注〕：Clay Shirky，美國作家、教授暨顧問，專長是研究網路科技對社會與經濟的影響，著有《鄉民都來了：網路群眾的組織力量》（*Here Comes Everybody: The Power of Organizing Without Organizations*）等書。

削弱獨裁政府勢力，而推特打從落入川普手中起，就露出了真面目，成為供獨裁政府使喚的平台，但這諷刺的反差還沒完。一月的同一週，有些改革派的美國書店和作者，提議抵制「賽門與舒斯特」（Simon & Schuster）出版集團，因為該集團旗下的出版社，打算幫極其惡劣的右派分子麥羅・亞納波洛斯（Milo Yiannopoulos）出書。反彈最大的多間書店，還提到全面拒絕「賽門與舒斯特」出版的書進店，這表示美國筆會會長安德魯・所羅門的書也可能算在裡面。這股反彈聲浪一直到「賽門與舒斯特」中止與亞納波洛斯的合約才告終。

川普和他的另類右派支持者，很喜歡故意去踩政治正確的地雷，但這招也只在有地雷可踩時才有用——學生和行動派人士宣稱自己有權不聽這些惹人火大的言論，有權對聽不順耳的言論大聲回嗆。網路更加助長這種偏狹的心態，審慎自制的發文因點閱率不高而受懲罰；臉書和Google看不見的演算法會把你導向你贊同的內容，與你意見相左的聲音則保持沉默，生怕收到辱罵信件、惡意留言、解除朋友關係等等。最後的結局就是你身在封閉的象牙塔，無論你立場為何，都覺得厭惡自己厭惡的人事物是天經地義。於是這就要說到散文和「乍看之下類似散文的幾種主觀言論」之間，有另一個差異，就是散文植根於文學，而最棒的文學作品（例如艾莉絲・孟若的作品）會讓你不由自問，你會不會有那麼點做錯了？甚至可能大錯特錯？一流的文學也會引導你去想，為什麼別人有可能厭惡你。

⋮

我三年前就對氣候變遷這個議題十分火大。共和黨仍繼續欺騙大家，說科學界尚未對氣候問題達成共識——佛羅里達州的環保局做得更過火，在佛州州長（共和黨員）堅稱氣候變遷並非「真確的事實」後，該局竟禁止員工寫「氣候變遷」四字。然而我對左派的火氣也不能說小。我看了娜歐蜜．克萊恩（Naomi Klein）的新書《天翻地覆：資本主義vs.氣候危機》（*This Changes Everything*），她在書中向讀者保證，儘管「時間緊迫」，在本世紀結束前，我們還有十年時間大幅改造全球經濟，好讓全球氣溫不致上升超過攝氏兩度。她對未來如此樂觀固然令人感動，但這也是某種鴕鳥心態。早在川普當選之前，就沒有證據可證明人類在政治、心理、道德、經濟各方面，有能力快速大幅降低碳排放，低到足以扭轉全局。再說歐盟，不僅率先關注氣候議題，還喜歡數落其他地區不負責任，但光是二〇〇九年一個經濟不景氣，就讓歐盟把焦點轉移到經濟成長上。本世紀氣溫「最可能」上升的幅度，大約會在攝氏六度，除非未來十年內全球對自由市場資本主義全面反彈（抗拒自由市場資本主義，是克萊恩主張仍有可能救我們一命的方式）。我們要是能在二〇三〇年前免於氣溫上升攝氏兩度的命運，那算我們走運。

在一個壁壘空前分明的政治組織中，左派比右派更不願意面對全球暖化的真相。右派不願面對的方式是扯一堆可惡的謊，但好歹他們從頭到尾都擺出某種冷冰冰的政治現實主義姿態。而左派呢，先是痛批右派曲解事實欺騙民眾、把氣候變遷否定論變成政治口號，結果現在落得進退兩難。左派人士得繼續堅信氣候科學的真實性，同時還得一直重複那套想像的說法，說只要全球一起採取行動，就有可能免於最壞的結局；說假如全世界都能接受這些事實，仍有可能力挽狂瀾（這在一九九五年原本真的有可能發生）。要不然，萬一共和黨挑起氣候科學的毛病，左派還能有什麼作為？

我因為贊同左派的主張（減少碳排放量，遠比什麼都不做好得多，即使一次只能把氣溫降低個半度，積少成多也有好處），自然也用比較高的標準去看他們。否認殘酷的現實、謊稱巴黎協定有可能讓生靈免於塗炭，好讓大眾有減少碳排放量的動力，也讓大家一直懷抱希望，這種手法我可以理解。但是把這招當成策略，卻是弊多於利。這形同自願棄守道德崗位，也侮辱了不買帳的選民的智慧（「是喔？我們還有十年時間？」），更排除了開誠布公討論的可能——討論全球共同體應如何為劇烈變遷做準備；應如何補償像孟加拉這樣的國家，因美國這樣的國家的舉動蒙受的損失。

缺乏誠信，也扭曲了問題的優先順序。過去二十年來，環境運動已局限為單一議題。注重環境議題的大型非政府組織，一來是真心擔憂；二來也因為和討論大自然相較之下，把人類共同的問題凸顯出來，在政治層面上風險較低（也比較沒那麼菁英取向），於是這種組織把所有的政治資本，都投注在對抗氣候變遷上，把它包裝成人的問題。讓我這個愛鳥人特別火大的非政府組織，就是美國奧杜邦學會（National Audubon Society），他們曾經堅決守護鳥類，如今是個萎靡不振的組織，卻有大得不得了的公關部門。二〇一四年九月，該會公關部門大張旗鼓，向世人宣告「氣候變遷」是對北美鳥類的頭號威脅。這宣言一來在狹義上可說造假，因為內文的措辭和該會自己的科學家做出的結論並不一致；二來在廣義上也是欺瞞，因為沒有一隻鳥的死可直接歸因於人類的碳排放。二〇一四年，對美國鳥類最嚴重的威脅是棲地消失，和在戶外走動的貓。只是奧杜邦一祭出「氣候變遷」這個熱門詞彙，便引來許多自由派媒體報導，在與「不相信科學的右派」的對決中又拿下一分，但我們實在看不出這對鳥類到底有何助益。在我看來，奧杜邦學會這宣言唯一的實際效用，是不讓大家去處理自然界當下面臨的真正威脅。

・・・

我怒不可遏，決定應該來寫篇文章。文章開頭先是對美國奥杜邦學會的一長串數落，再延伸至痛批環境運動的整體情況，結果是我在懊悔與疑慮交織下，屢屢夜半驚醒。散文是作家的明鏡，而我不喜歡在這面鏡中看到的自己。不相信氣候變遷的人明明可惡得多，我幹麼對和我同一陣營的自由派人士開砲？氣候變遷接下來的發展，和我抨擊的這些團體，同樣令我作嘔。全球暖化每往上爬一度，世界上就多幾億人受苦。我們傾盡全力，就算只把溫度降低半度，難道不值得嗎？孟加拉的孩童飽受威脅之際，我們還在談鳥兒，難道不令人髮指？沒錯，我這篇文章的前提，就是我們除了對自己以外，對其他的物種同樣有道德責任，可是萬一這前提是錯的呢？就算我的前提沒錯，我自個兒真的在乎生物多樣性嗎？還是說，我不過就是個好命又愛賞鳥的白種男？而且我還不是真心愛鳥——我是有清單狂的飆鳥人！

我連續三晚都在質疑自己的性格與動機，最後還是打電話給亨利．芬德，跟他說我沒法寫那篇文章。要說開砲，我早就對朋友和志趣相投的保育人士，大罵過氣候問題不知多少次，但這很像在網路上的嘴砲，只是網路文本來就是當下的隨興產物，加上你的同溫層網友原本就和善，你在網路上仍有一層防護罩。嘗試寫出完整的成品、寫出一篇表達個人觀點的散文，讓我體認到自己的想法有多草率。寫出來也大大增加丟臉的風險，因為下筆並非興之所至，也因為要面對的讀者是一群可能心懷敵意的陌生人。經過亨利一番提醒（那句「就是因為這樣」），我才體會到，寫這種論述散文的作家有如消防員，他的職責是在人人逃離羞慚之火的同時，挺身衝進火海。只是這次有太多事讓我害怕，比怕我媽反對還嚴重得多。

倘若我不曾點下奧杜邦學會網站上的按鈕，表明：是的，我想加入對抗氣候變遷的行列，我那篇文章八成還會一直在字紙簍裡。我會去點那個按鈕，僅僅是想為打擊奧杜邦學會蒐集文字彈藥，沒想到這一點下去，他們的電子傳單隨即有如洩洪湧進我的信箱，六週內至少八封，全是要我捐錢的，更別說我信箱平日就有一堆這種廣告信。我在和亨利通電話的幾天後，打開該會寄來的某封電郵，竟發現我在盯著自個兒的照片——所幸那張照片拍得還不錯，那是二〇一〇年為了《時尚》雜誌拍的，他們把我打扮得比我自己平常穿的還稱頭，讓我置身田野間，拿著雙筒望遠鏡做賞鳥人狀。那封電郵的標題大意是「與作家強納森．法蘭岑一同支持奧杜邦學會」。沒錯，幾年前我接受《奧杜邦》雜誌專訪，禮貌性稱讚了該會，或至少稱讚了一下那本雜誌。但現在拿我的名字和照片來募款，可沒人徵求過我同意。我還不敢說那封電郵算合法呢。

促使我重新提筆寫那篇文章的正向刺激，來自亨利。就我所知，亨利一點也不關心鳥類，卻似乎從我的論述中看出了什麼。我當時的論點是，我們極力關注未來的災難，反而不去處理當下明明可以解決的環境問題。亨利在電郵中委婉建議我，不要用自以為先知的輕蔑口吻。「能讓這篇文章更有說服力的方式，」他在另一封電郵這麼寫：「說來諷刺，就是讓它多一點矛盾，少一點抨擊。你不是要砲轟叫我們關注氣候變遷和減少碳排放的人，但你注意到他們這麼做的負面影響，也警覺到他們這種論述把哪些問題邊緣化。」他和我通了一封又一封信，把稿子修改了一次又一次，一步步鼓勵我把文章的架構從譴責轉為提問：我們在世界彷彿正走向終點之際，如何從自己的行動中找到意義？最終版的草稿[8]，有很大篇幅寫的是兩個分別在秘魯和哥斯大黎加的區域性保育計畫，都是經過精心策畫與執行的成果。從這兩個計畫可以看到，真的有人讓世界變得更好，而且不僅是為了那兒的野生動植物，也為了住在當地的秘魯人與哥斯大黎加人。為這些計畫所付出的心力，對個人意義非凡，也有立即而具體的回饋。

我寫這兩個計畫的同時，也期盼一、兩個大型慈善基金會（願意花幾千萬元開發生質柴油或厄立垂亞風電場的那種基金會）能有機會看到這篇文章，或可考慮投資能產出具體成果的計畫。結果我得到的是自由派象牙塔的重砲猛轟。我不上社群網站，但朋友跟我說網上有人用各種稱號修理我，諸如「小鳥腦」、「不相信氣候變遷的死硬派」之類。有人把我的文章東剪西剪，變成符合推特長度的短句，斷章取義轉推，把我變成一副主張全盤棄守的姿態，叫大家別再費那個勁兒減少碳排放，這正是共和黨的立場，在網路論述非黑即白的邏輯下，我就這樣成了「不相信氣候變遷的死硬派」。但我其實相信氣候變遷，所以對不斷消融的冰帽，根本懶得抱什麼指望。我不相信的是一群頭腦清楚的國際菁英，在全球各地的豪華飯店開開會，就能阻止冰帽消融。這正是我違反主流信仰之罪。自由派對氣候議題的想法已牢不可破，只要想改變討論方向——哪怕是嘗試改成討論人類不用氣候變遷助攻便已造成的大滅絕，也等於是冒犯這主流信仰。

我確實同情公開抨擊我這篇文章的氣候變遷專家。這群人努力了幾十年，才讓美國警覺這問題的嚴重性，也終於爭取到歐巴馬總統的支持，乃至有了巴黎協定。我在這節骨眼上，指出劇烈的全球暖化已成事實，說既然到現在全球都沒半個國家

8〔譯注〕：這篇文章也就是本書收錄的第四篇〈救你所愛〉，二〇一五年刊登於《紐約客》雜誌時名為〈碳捕獲〉（Carbon Capture）。

承諾保存土壤中的碳，看來也不必指望人類在土裡留碳云云，的確是不會看時間講話。我也能理解替代能源產業對這篇文章火大的原因，他們這行和別的產業一樣，都得做生意賺錢。假如你承認再生能源計畫只是溫和的手法，無法逆轉過去的碳排放對未來數百年持續造成的損害，形同讓他人有了質疑這個產業的理由。好比說，我們真的有必要裝那麼多風力發電的風車嗎？這種風車真的非裝在生態敏感區不可嗎？又如莫哈維沙漠中的太陽能發電廠——用太陽能發電板覆蓋洛杉磯市區，不去破壞開放空間，不是更有道理嗎？我們這樣豈不是為了拯救自然界，反而以某種方式破壞它？我相信說我是「小鳥腦」的人，是某業界的部落客。

再說回奧杜邦學會，我早該從他們的募款信看出該會的管理風格。不過我還是驚訝於他們對我這篇文章的反應。他們居然不批評我的論點，反而攻擊我個人，但不過兩個月前，他們問都沒問就用此人的姓名和照片幫他們宣傳，倒是用得很高興。是，我的文章對奧杜邦學會確實是愛之深責之切。我希望他們別再扯廢話，也別再講五十年之後會如何如何，他們應該更強勢、更積極，挺身捍衛他們和我同樣深愛的鳥類。只是該會顯然只看到此文威脅到它的會員數和募款活動，因此必須徹底否定我這個人的存在。有人跟我說，奧杜邦學會會長針對我個人發表四篇不同的抨擊言論。這年頭的領導人就幹這種事。

而且這招還真有效。我用不著看那堆砲轟我的文章——光是知道有人在看，就已覺得無地自容。感覺就像我八年級那時候，人人對我避之不及、說我壞話，我理應不該受影響，卻真的很受傷。倘若我當初因為夜半驚惶失措決定收手，那堆意見只要自己明白就好，不寫出來不就沒事了嗎？飽受煎熬之下，我打電話給亨利，把自己的羞愧和懊悔一股腦兒全倒給他。亨利還是用他那種讓人有聽沒有懂的風格，跟我說網路上的反應都只是「天氣」。「有民意，」他說：「就有天氣，然後就有氣候。你是想改變氣候，那需要時間。」

他說的我信不信倒無所謂。光是感受到這世上有個人（亨利）不討厭我，這就夠了。我有了讓自己得到慰藉的想法——儘管氣候太過巨大紊亂，無人能憑一己之力改變，但用一己之力，仍可以設法對一座受苦的村莊、對一個因全球不義之舉而受害的人，做出一些改變，從中找到意義。或者把你付出的對象換成一隻鳥、一名讀者都好。網路上的砲火平息後，才有些保育工作者私下與我聯絡，他們也有與我相同的挫折感，只是無法冒表態之險。和我聯絡的人並不多，但反正這樣的人也不必多。我對這些人的感受都一樣——寫這篇文章是為了你。

然而如今兩年半過去，冰棚崩裂，成天發推特的總統退出巴黎協定，我也沒法說什麼肯定話了。現在我可以對自己老實說，我寫那篇文章不僅是為了幫一些保育人士打氣，把慈善捐款導向更有意義的目標。我真心希望改變氣候，也依然如此希望。我和我文中批評的人一樣，都認定全球暖化是這個時代最最重要的議題，或許也是全人類史上最大的議題。如今我們每個人的處境，一如當年歐洲人帶著槍砲和天花來到這裡時，美洲原住民的處境——我們的世界勢必會有翻天覆地的變化，不僅無從預知，也大多是負面的變化。我不指望我們能阻止這改變之勢，我僅有的希望是，我們能及時接受現實，以同理心做好準備。我唯一的信念是，無論面對這件事有多痛苦，誠實以對總比拒絕接受來得好。

⋮

倘若今天我來寫那篇文章，我大概會把前面說的的都放進去。當年印成白紙黑字的那篇文章宛如明鏡，照出一個怒氣沖天、自命不凡又不合群的愛鳥人。那個人也許是我，卻不是完整的我，比那篇更好的文章應能反映出這點。在那個更好的版本中，我對奧杜邦學會該罵的八成還是會罵，但至於其他我很火大的人，我會設法表現更多的同情——包括為氣候議題積極奔走的人，這二十年來隨著碳排放量攀升，必需的降低碳排目標越發不切實際，他們等於眼睜睜看著自己的勝利之路日益難行；還有從事替代能源產業的勞工，他們都有家要養，同時也努力尋找除了石油以外的方案；以及環保領域的非政府組織，他們自以為終於找到可以喚醒世界的議題；外加某些左派人士，在新自由主義與科技讓選民淪為個別消費者的同時，他們把氣候變遷當成支持集體主義的最後一張王牌。我下筆時尤其會努力牢記，有些人的生活比某個憂鬱的悲觀派需要更多希望；有些人覺得一個災禍不斷又熱死人的未來太悲慘也太可怕，實在難以承受，所以不願去想，這也情有可原。我會持續修改這篇文章。

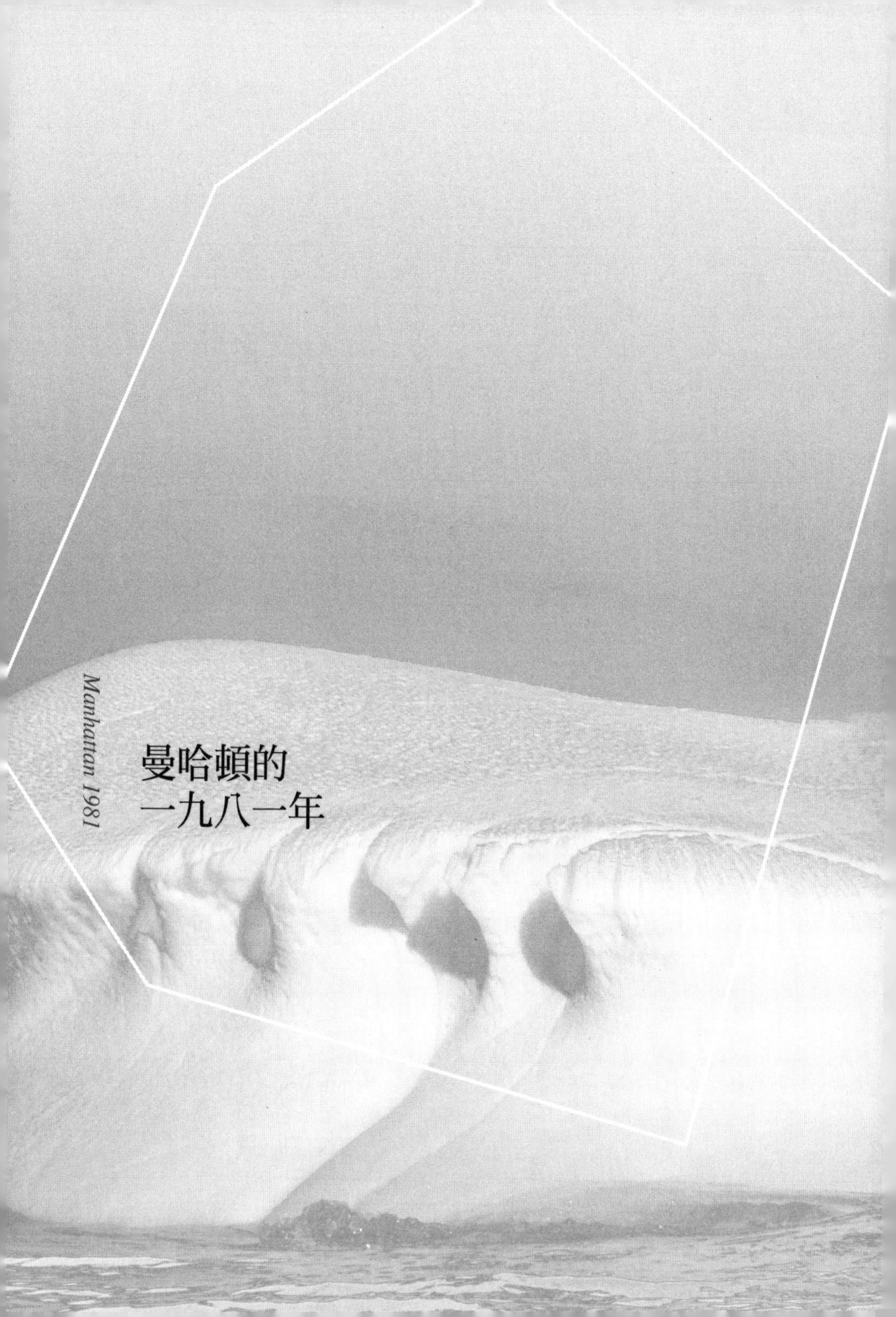

曼哈頓的
一九八一年

Manhattan 1981

我和女友V大學畢業前夕，在跨出下一步前有整個夏天可消磨，而紐約向我們招手。V跑了紐約市一趟，跟一個哥倫比亞大學的學生簽了三個月公寓租約。那學生叫巴比．阿金，搞不好是「阿金減重飲食法」（Atkins Diet）創始人的兒子，總之我們都喜歡把他想成那個「阿金」。他家在第一一〇街和阿姆斯特丹大道交口的西南方街角，裡面有兩間小臥室，髒到無可救藥。我們帶著一瓶七百五十c.c.的坦奎瑞琴酒、一整盒萬寶路淡菸、「義大利美食教母」瑪契拉．賀桑（Marcella Hazan）的義大利菜食譜，在六月搬了進去。不知誰留下一個軟趴趴的黑豹絨毛玩具沒帶走，是個韓國貨，我們決定把它據為己有。

當時的我們形同住在某種邊界。紐約市在全面中產階級化、動不動把人關進監獄的那個時代之前，似乎是壁壘分明的黑與白。某個哈林區的年輕喜劇演員，在北上的三號地鐵裡表演「把所有白人乘客在九十六街變不見」的「魔術」；我則自覺在眾人面前受審，為我的白人身分被判了罪。我們有個朋友叫強．賈斯提斯，一般人在褲子後口袋放皮夾，他老兄那年夏天在燈芯絨褲後口袋放的，是湯瑪斯．品瓊（Thomas Pynchon）的長篇小說《V.》。強有天在格蘭特將軍國家紀念堂（Grant's Tomb）被搶，問題是那地方他本來就不該去。我欣賞城市之美，卻生怕挨子彈。紐約的阿姆斯特丹大道是鮮明的分水嶺，我就只那麼一次身在阿姆斯特丹大道以東。

那天我誤打誤撞搭上C線地鐵，坐到第一一〇街下車再走回家。當時約莫下午四、五點，街上沒人多看我一眼，我卻嚇得連站都站不穩。我總覺得這一帶危機四伏，有兩件事更是強化我這種印象：一是我們住處的窗上都有影響採光的厚重鐵窗；二是公寓樓下大門裝了加強防盜鎖，有根鋼柱固定在地上，放成斜角抵住大門。還有我家隔壁那個嚴重失智的白人老頭，他會跑來搥我家的門，要不就是站在門外平臺上，全身上下只穿一條睡褲，一遍又一遍罵非常難聽的髒話，振振有辭說他太太和幾個黑人都有一腿。我也很怕那老頭，更恨他把我們這些自由派小鬼默默接受的種族分裂，如此大刺刺說出口。

理論上我和V應該努力寫小說，但正逢酷暑，阿金家又像陰森森的牢房，蟑螂滿地爬，外加那個四處亂晃的鄰居，在在逼得我透不過氣。我和V吵架、流淚、和好、玩那隻絨毛黑豹。兩人一起練廚藝和符號學批判理論，也一起出門探險（通常往西走），去「塔利亞」、「湖南包廂」等餐館，也去「莎草紙書店」，我會在那兒買最新一期的《Semiotext(e)》期刊，和德希達與肯尼斯・柏克（Kenneth Burke）厚厚幾大冊的理論書。我完全不記得錢從哪兒來，但不難想像應該是爸媽給了我幾百元，儘管他們並不贊成我到紐約，對我和V同居也不以為然。但我倒是記得自己四處寄信給雜誌社，問有沒有可支薪的實習職缺，結果得到的答案都是——我早該在六個月前提出申請。

所幸我哥湯姆那年夏天在紐約，幫年輕的攝影好手葛雷格里·海斯勒（Gregory Heisler）把工業用空間翻修成住家。湯姆當時住在芝加哥，會跑來紐約是因為海斯勒在芝加哥有個朋友，打算自己創業做房屋整修，想跟我哥學點技術，就帶湯姆一起去做這案子，說好收益兩人平分。結果到了紐約，海斯勒看出湯姆具備所有該有的專業技能與知識，便把他朋友送回芝加哥，由湯姆獨挑大梁，只是少了工人，於是這就成了我的工作。

海斯勒專拍人像攝影，日後他最知名的作品，就是以雙重曝光手法拍攝老布希總統，上了《時代》雜誌封面。他要翻修的空間位於百老匯大道和豪斯頓街交口，也就是電纜大樓（Cable Building）的頂樓。當時這棟大樓滿是血汗工廠，後來有一部分成了「安潔莉卡電影院」。這棟樓屬於商業用地，只是湯姆和海斯勒都懶得去申請市政府許可，因此湯姆要在海斯勒攝影工作室南面的牆後蓋起祕密公寓，至少對我來說，有股「我們在幹違法勾當」的興奮勁兒。海斯勒要求公寓中的每一處表面，都要鋪當時某種最新潮的灰色塑膠層壓板，上面有凸起的小顆粒。用路達機給這種板子修邊，簡直是噩夢一場。我有好幾個下午都耗在清理層壓板表面的橡膠接合劑，形同置身丙酮毒氣室。湯姆則在另一個房間大爆粗口，痛罵那些個凸起的小顆粒。

我主要的工作是當跑腿。湯姆每天早上會給我一張購物清單，列出該買的必備材料，和一些稀奇古怪的玩意兒。我為了這個，得跑好幾趟包瑞街和運河街上的材料行。包瑞街再往東，就是以ＡＢＣＤ等字母命名的街道和各項建案，這區很危險，在我心中那張曼哈頓地圖上，乃絕對不可涉足之區。但除此之外，下曼哈頓的其他地方，都滿足了我一直企盼的美感體驗。蘇活區尚在轉型之初，街上安安靜靜，支撐建物的鑄鐵巨柱已顯斑駁。下百老匯大道一帶滿是成衣工人；運河街以南的市區，恍若七〇年代的宿醉還沒退，連樓房都很意外自己居然還站得直。國慶日那個週末，我和Ｖ、強三人行，走上老舊的西城高架快速道路（當時已封閉，但還沒拆），也走在新穎的世貿雙塔下（粗野主義建築，但還沒蒙上悲劇色彩），沿途四面八方，無論黑人白人，不見半個人影。這空蕩得浪漫的美景，就是我二十一歲那年想望的城市風光。

・・・

國慶日傍晚，晨邊高地這一帶發出的聲音越來越像貝魯特在打仗，我和Ｖ動身前往東端大道，去我們的朋友莉莎．亞伯特家，看正式的國慶日煙火。我們搭電梯上樓，電梯門一開竟然就是她家的前廳，我不由大吃一驚。她家的廚師問我要不要來份三明治，我說好，麻煩你。我壓根沒想到自己和莉莎的背景其實不同，沒想到世上居然有她家這種豪宅。我也想不到只比我大五歲的海斯勒，已能坐擁一班助理任他差遣，更別說他的澳洲妻子璞璐，不僅婀娜多姿，更有閉月羞花之貌，她穿上飄逸的白色夏裝，會讓我想到《大亨小傳》的女主角黛西．布坎南。

這城市的財富分界線，與另一種分界線（黑白）不無關聯，只是沒有那麼明顯的地緣之隔，我要越界也沒那麼難。我畢竟頂著菁英大學教育的光環，想像自己在不久的將來，便能用文學理論顛覆資本主義的政治經濟，然而我的教育背景，也同時讓我在有錢人的那一邊如魚得水。V的奶奶有次到紐約來，帶我倆去中城一間很正式的餐廳午餐，我那天穿的是黑色牛仔褲，餐廳的人給了我一件藍色西裝外套，我只需穿上那件外套就進得去。

我太過理想主義，覺得錢夠用就好，不願要求更多；我也太過自負，拉不下那個臉去羨慕海斯勒，因此在我眼中，有錢人是珍奇的稀有動物，我覺得他們毫不掩飾的海派與吝嗇特別有趣。有一回我和V去她外公外婆在紐約鄉間的莊園，兩位老人家帶我看了客廳掛著的幾幅小畫，是雷諾瓦與塞尚的作品；拿給我們吃的點心，則是市面賣的現成餅乾，而且還過期了。又如我大哥鮑伯的岳父岳母，兩人都是精神分析師，家裡和我朋友莉莎家的豪宅差不多大。有次他們帶我們去中央公園的「綠苑小築」餐廳晚餐，我才知道要點蔬菜當牛排配菜得另外收費，大驚失色。他岳父似乎沒把錢放在心上，但我們都發現他岳母有隻鞋纏著絕緣膠帶以防脫落。再說到海斯勒，同樣出手闊綽，有次還掏腰包，讓湯姆的未婚妻從芝加哥飛來紐約度週末。但他為了翻修住處，給湯姆的酬勞是一萬兩千五百美元，這大概是紐約承包商行情價的八分之一。

就是有我和湯姆這種人，不明白自己拿到的東西價值多少。湯姆大可跟海斯勒多收兩、三倍的錢，只是他明白這點時已然太遲。而我在八月中旬離開曼哈頓時，還欠聖路克醫院兩百二十五元。這要說回我和V為了慶祝夏季接近尾聲（我想應該也是為了慶祝我倆訂婚），去哥倫布大道上一間叫「維多」的古巴餐廳吃晚飯，V的前男友是古巴人，是那邊的老主顧。先上的是黑豆湯，我喝了沒幾口便覺得黑豆彷彿在我舌上有了生命，帶著某種殺氣連翻帶滾。我伸手進嘴，竟拿出一塊狹長的玻璃碎片。V連忙攔下我們這桌的服務生跟他說了，服務生找來經理，經理道了歉，仔細看了下那玻璃碎片，把它帶走了。過一會兒他又回來，卻急著趕我們兩人出去。我用餐巾按著舌上的傷口止血，到了店門口，我問經理可不可以留著那餐巾。「當然，當然。」經理回道，隨即大門一關。我和V招了那年夏天唯一一次計程車，直奔我們社區的聖路克醫院。最後醫生跟我說，我的傷口應該很快會自行癒合，用不著縫，只是我等了好幾小時才聽到這句話，外加一針破傷風。在我候診的某條走道上，我正對面是個躺在輪床上的非裔美國少女，外露的腹部有個挨了子彈的傷口。那傷口流出淺粉紅色的液體，但傷勢顯然不致害她送命。這一景至今歷歷在目，一個點二二口徑的洞，那曾令我魂飛魄散之物。

・・・

十五年後，結了婚又離婚的我，在第一二五街的某層樓面打造了自己的工作室，我照著湯姆的前例，釘牆板、接插座，樣樣自己來。我已經略懂理財，得以掌握先機，用便宜的價格在哈林區擁有自己的空間，因為我再也不怕這城市了。我和同一棟樓的哈林人有了交情，也會在忙完一天的工作後到市中心去，和朋友安心在那幾條字母街壓壓馬路，那一帶已經是年輕白人的天下。後來，拜我在哈林區完成的那本書[1]暢銷之賜，我在上東區買下自己的合作公寓，也成了帶年輕親友外出晚餐的長輩，去他們上不起的餐館。

這城市的分界線，至少就單向而言變得更易跨越。白人藉由房價和警方行動造成的壓力，再次鞏固自己的權力。事後回想，白人心驚膽戰的那個時代，似乎是因為居然持續了好一陣子，才如此不尋常。二十一歲的我在紐約犯下不少錯，但我最懊悔的莫過於竟然沒能想到，我怕黑人紐約客，但他們其實可能比我更害怕。

我那年夏季在曼哈頓的最後一整天，從海斯勒那兒拿到一張支票，是我四週的工資，我得去「歐美銀行」兌現。那銀行是棟奇特的六角形小樓，在蘇活區東南側某小塊荒涼的公園綠地上。我不記得那天在銀行拿到幾張百元鈔（大概六張，不定九張），但就是覺得這數目放在皮夾裡隨身帶著很危險。我走出銀行前，暗地把那疊鈔票塞進一邊的襪子。出得門來，外面是燦爛的八月早晨，冷鋒掃走了城市上空的陰霾。我逕自走向最近的地鐵站，為身上帶的這筆錢提心吊膽，倘若路上有人比我更想要那襪子裡的錢，我希望他眼中的我是一臉窮相。

1〔譯注〕：即《修正》。

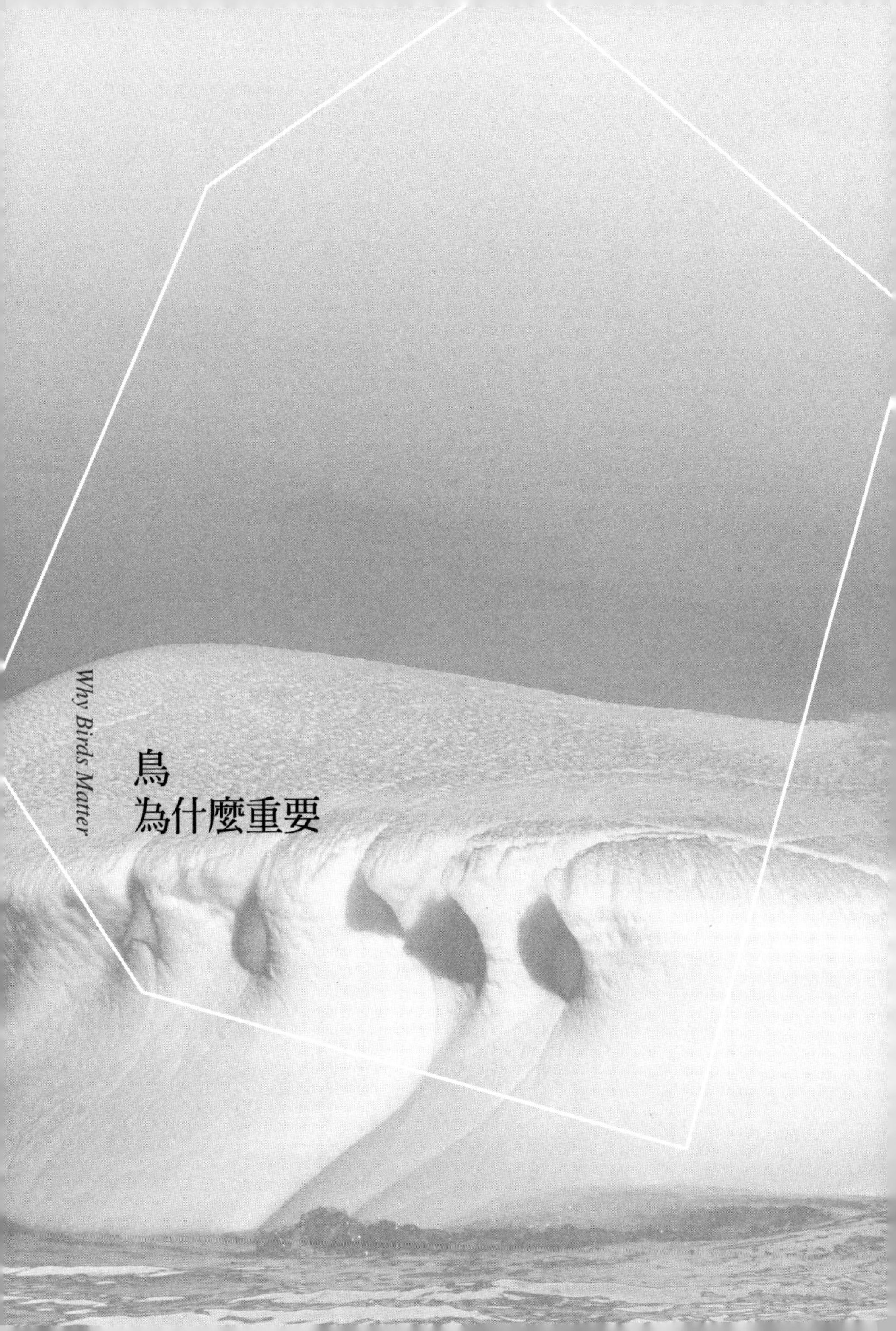

鳥為什麼重要

Why Birds Matter

倘若你能看遍世上每一種鳥，應該等於看遍整個世界。這長著羽毛的玩意兒，無論在哪片海洋的哪個角落，哪怕陸上的棲息地荒涼到別的物種待不下去，總還是找得到牠們的蹤跡。灰鷗（Gray Gull）在智利的亞他加馬沙漠育雛，那可是地球上數一數二的極旱之地。皇帝企鵝（Emperor Penguin）在南極的寒冬下孵蛋。蒼鷹（Goshawk）在影后瑪琳・黛德麗（Marlene Dietrich）長眠的柏林墓園築巢；麻雀利用曼哈頓的紅綠燈桿做窩；雨燕（swift）選擇海洞；兀鷲（vulture）高踞喜馬拉雅山峭壁；蒼頭燕雀（chaffinch）以車諾比為家。唯一比鳥類分布更廣的生命形式，只有用顯微鏡才看得到。

全世界約有一萬種鳥，牠們為了要在這麼多不同的棲地存活，演化出的形式之多元，令人歎為觀止。體型大者如可達九呎高的鴕鳥，在非洲十分常見；小則似恰如其名的吸蜜蜂鳥（Bee Hummingbird），只在古巴才有。鳥的喙可以極大（如鵜鶘、巨嘴鳥〔toucan〕）、極小（如褐色小嘴刺鶯〔Weebill〕），或和身體一樣長（如刀嘴蜂鳥〔Sword-billed Hummingbird〕）。有些鳥明豔起來比什麼花都嬌，好比德州的麗色彩鵐（Painted Bunting）、南亞的古德氏藍喉太陽鳥（Gould's Sunbird）、澳洲的彩虹吸蜜鸚鵡（Rainbow Lorikeet）。又如許多鳥儘管同為褐色，卻各有濃淡深淺，層次多到數不清，讓鳥類分類學家為了形容詞想破頭，諸如rufous（紅褐色）、

fulvous（褐黃色）、ferruginous（鐵鏽褐）、bran-colored（麩色）、foxy（狐色）等。

鳥類行為的多樣性也不遑多讓，有的群居性強，有的不愛社交。非洲的奎利亞雀（quelea）和紅鸛（flamingo）習慣集結成群，一群可達數百萬隻；鸚哥（parakeet）能用小樹枝蓋出整個鸚哥城市。會潛水的河烏（Dipper）在水下和山間溪床皆習慣獨行。翼展達十呎的漂泊信天翁（Wandering Albatross）可以離群滑行五百哩。紐西蘭的扇尾鶲（New Zealand Fantail）十分親人，還可能跟著你一起走步道。卡拉鷹（caracara）要是發現你盯著牠看太久，會俯衝下來，打算給你當頭一記。走鵑（Roadrunner）會團結起來把響尾蛇宰了吃掉，方法是先由其中一隻引開響尾蛇的注意力，其他幾隻則在蛇後方伺機而動。蜂虎專門吃蜜蜂；刮葉雀（Leaftosser）愛翻落葉堆。美洲熱帶地區特有的夜行鳥種油鴟（Oilbird），會掠過酪梨樹上空，順道叼走酪梨；螺鳶（Snail Kite）也有同樣的招數，只是叼的是蝸牛。厚嘴海鴉（Thick-billed Murre）可潛至海面下七百呎；遊隼（Peregrine Falcon）俯衝時速可達二百四十哩。鷦草雀（Wren-like Rushbird）終其一生都守在同樣的半畝池畔；深藍色林鶯（Cerulean Warbler）則可能先遷移至秘魯，再一路北上飛到紐澤西州，回到牠一年前築巢的那顆樹。

鳥不是讓你親親抱抱的圓滾滾毛球，但在許多方面，比別的哺乳動物還像我們。鳥會打造精巧的窩，在窩中生兒育女；鳥會去溫暖的地方度長長的寒假。鳳頭鸚鵡（Cockatoo）頭腦好又機靈，能破解連黑猩猩也傷腦筋的謎題。烏鴉則是出名的愛玩（你可以去YouTube找影片，看俄國有隻烏鴉站在塑膠蓋上，順著積雪的屋頂往下滑，然後叼著蓋子飛回高處，再往下滑著玩兒）。鳥也和我們一樣，以歌聲豐富世界。夜鶯在歐洲郊區鳴囀；鶇（thrush）在厄瓜多首都基多市中心高歌；畫眉在成都啼唱。山雀（Chickadee）與同類和附近一帶的每種鳥之間，都有一套複雜的語言，互相溝通是否有敵人在周圍、感覺是否安全。澳洲東部有些琴鳥（lyrebird）唱的曲調，很可能是牠們老祖宗近一世紀前聽移民吹笛子學來的。要是你對著琴鳥拍太多照片，牠會把你的相機快門聲也列入曲目。

不過鳥會做一件我們都希望自己能做、卻辦不到（夢中除外）的事，就是飛。鷹可以不費吹灰之力乘著上升熱氣流；蜂鳥能停在半空中；鵪鶉能以驚人爆發力瞬間起飛。總括起來，鳥的飛行路徑，從樹到樹之間、大陸到大陸之間，形同用千絲萬縷把地球纏在一起。對鳥而言，這世界從不嫌大。有種歐洲的雨燕在交配繁殖後，近一年都不落地，一路飛到非洲撒哈拉沙漠以南再折返，進食、換羽、睡覺，全部在飛行中進行。信天翁的幼鳥會在汪洋漫遊長達十年，才首次回到陸地繁殖。曾有人追蹤一隻斑尾鷸（Bar-tailed Godwit），牠九天內不曾落地，從阿拉斯加飛至紐西蘭，飛了七千二百六十四哩。嬌小的紅玉喉北蜂鳥（Ruby-throated Hummingbird）橫越墨西哥灣一趟，便可能耗去全身三分之一的重量。有種小型岸鳥叫紅腹濱鷸（Red Knot），其中有隻特別長壽，名為B95（因其腳環的編號得名），牠每年在阿根廷的火地島和加拿大的北極區之間往返，累積至今的飛行距離，比地球和月球間的距離還長。

然而有一種重要的能力，是人類有而鳥類沒有的，就是完全掌控環境的能力。鳥無法保護溼地、管理魚場，也不能幫自己的窩安裝空調。鳥類只有演化賜予的直覺和體能，讓牠們順利存活了很久，比人類存活的時間還多了一億五千萬年。只是如今人類正在改變這個星球，從地表、氣候到海洋——這改變的速度太快，鳥類難以靠演化適應。烏鴉和鷗類或許還能靠我們的垃圾堆維生；黑鸝（blackbird）和牛鸝（cowbird）有圈養場當靠山；知更鳥和鵯類（bulbul）則以都市的公園為家。但大多數鳥種的未來，仰賴的是我們對保育鳥類的決心。鳥類的價值，有大到要讓我們花這個力氣嗎？

．．．

在「人類世」後期，「價值」一詞幾乎已等同於「經濟價值」，代表對人類的效益。當然，很多野鳥都可當成食物，對人類有用處。有的野鳥則吃害蟲和鼠類。很多野鳥不僅能幫植物授粉、散播種子，也是掠食性哺乳動物的食物，在生態系扮演要角，而生態系若一直保持自然狀態，就有觀光或碳吸存的價值。你或許也聽過一種說法，主張鳥類總數量是生態系健康與否的重要指標，就像俗話說，看煤礦坑的金絲雀即知有沒有危險。可是我們真的非得看到鳥兒絕跡，才知道濕地嚴重汙染、森林濫伐濫燒、漁場慘遭破壞嗎？令人悲哀的事實是，野鳥永遠無法為人類經濟貢獻己力；野鳥想吃的是我們的藍莓。

可以用鳥類總數量當指標看出的，是我們的「倫理」價值有多健康。野鳥之所以重要（也應該重要），在於牠們是我們與逐漸消失的自然界之間最後的連結，也是最好的連結。人類抵達地球之前，鳥類是最活躍、分布最廣的地球代表，至今亦然。牠們和史上最大的陸地動物同樣歷經衰滅——你窗外的美洲家朱雀（house finch），就是在奇妙的演化適應後，變成的小巧活恐龍。你在某地池塘看到的鴨子，長相和叫聲與兩千萬年前的鴨子並無二致，當時還是中新世，正是鳥類統治地球的時候。在人工化程度史無前例的世界，不長羽毛的無人機滿天飛，手機上的「憤怒鳥」在模仿真鳥，我們也許會覺得沒必要去珍惜、幫助這個曾經統治自然界的物種。但我們的最高標準就是計算經濟效益嗎？莎翁筆下的李爾王退位後，懇求長女和次女，希望她們讓他保有一些國王過往的威權。兩個女兒回說沒這個必要，老國王忍不住大喊：「啊，別跟我說需不需要！」視鳥類如無物，形同數典忘祖。

有人會說：「鳥兒這樣是很慘啦，可是人類最重要啊。」這句話其實有兩層意思。這人有可能在說人類比別的動物好不到哪兒去——我們天性只顧自己的那個自我，受自私的基因驅使，總是不計代價複製基因，追求最大樂趣，至於非人類的世界，管他呢。這是憤世嫉俗的現實主義者的觀點，這種人覺得關切別的物種，不過是濫情到惹人嫌。你沒法證明這種觀點不成立，而且這一派的人，也包括毫不吝於展現自私面的人。

然而「人類最重要」也可能有和前者相反的意義——我們這物種獨一無二，就是有資格獨攬全世界的資源，因為我們可一點都不像其他的動物；因為我們有意識、有自由意志、有回憶過去與塑造未來的能力。我們不難發現持這種觀點的虔誠信徒和世俗的人本主義者，而且同樣無法證明它的對錯。不過這種說法確實點出了一個問題：倘若我們就是比別種動物有資格，我們有能力明辨是非，能刻意犧牲些許小我成就大我，這豈不是理應讓我們更容易體察自然的需求？獨特的能力，難道不附帶獨特的責任？

• • •

倘若你站在東南亞的森林裡，或許會先聽到，接著才感覺到胸中迴盪某種頗具節奏感的低沉呼呼聲。乍聽像是天氣使然，其實那是雙角犀鳥（Great Hornbill）飛進森林、找到正在結果的樹、降落樹上的拍翅聲。這種鳥有黃色的巨喙，粗壯的大腿則是白色，長得很像巨嘴鳥和大貓熊的綜合體。看牠們在樹上使勁攀爬，安然吃著果子，你或許會感受到所有情緒中最罕見的一種——純粹的喜悅；你或許會情不自禁帶著這份喜悅高喊。這與你想要什麼、擁有什麼毫不相干，完全是雙角犀鳥本身無比動人的緣故，而牠完全不鳥你。

鳥類如此強烈的他者性，與牠們的美、牠們的價值密不可分。牠們總在我們周遭，卻從不屬於我們。拜演化之賜，鳥類是另一種主宰世界的動物，牠們對人類的無感，應是給我們的教訓，提醒人類並非世間萬物的標準。我們用故事訴說的往昔、想像的未來，都是鳥類沒有也無所謂的心理建設。牠們只是單純活在當下。而目前，儘管我們的貓、窗戶、除蟲劑每年殺害的鳥不計其數；儘管有些鳥種（尤其是海島上的）已永遠絕跡，鳥類的世界依舊生意盎然。在地球上每個角落，在小如核桃大似稻草堆的巢中，都有小小鳥正奮力啄破蛋殼，迎向曙光。

救你所愛

Save What You Love

向來關心鳥類多於路人甲的我，去年[1]九月一直在關注的新聞報導，是關於明尼蘇達州的雙子城，正為該市的美式足球隊「維京人」蓋新體育場，而體育場的玻璃帷幕外牆，預計每年會害數千隻鳥送命。當地愛鳥人士要求興建工程的贊助商採用一種有特殊圖樣的玻璃，以降低鳥撞玻璃的機率。這種玻璃會讓建造成本增加百分之一的十分之一，贊助商興趣缺缺。也差不多就在那段期間，奧杜邦學會發布新聞稿，聲稱氣候變遷是對美洲鳥類「最大的威脅」，並警告說到了二〇八〇年，北美洲將有「近半數」的鳥種面臨失去棲地的危險。全國性媒體和地方媒體不疑有他，大力散布奧杜邦的宣言，連明州第一大報《明星論壇報》也不例外。該報專寫鳥類主題的部落客吉姆．威廉斯竟順水推舟，說既然鳥類面臨的「真正」威脅是氣候變遷，幹麼為體育場的玻璃吵翻天？他還說，相形之下，幾千隻鳥死掉也「沒什麼」。

我當時人在加州的聖塔克魯茲，心情已經很差了。讀到威廉斯那些話的當天，是那年的第二百五十四天，但其中能稱得上「雨天」的天數，不過十六天而已。乾旱至此已經夠慘，每天還得聽廣播電臺的氣象預報員說天氣真好，感覺就像天天被打臉。我並不是不像威廉斯那樣憂心未來，我氣的是像奧杜邦提出的這種末世預言，可能會讓人覺得當下鳥類的命運與他何干。

我有這種反應，也許是因為從小就是新教徒，在那樣的環境長大，之後又成了環保人士，不過我始終意識到，環境主義和新英格蘭清教主義在精神層面有其相近之處。這兩種信仰體系都籠罩在「生而為人便是有罪」這感受的陰影下。環境主義的這種感受是基於科學事實。無論是史前北美原住民把乳齒象獵殺至絕種，毛利人把紐西蘭的大型動物趕盡殺絕，還是現代文明把地球上的森林砍伐殆盡、掏空海洋，總之人類不管走到哪裡，都是自然界的劊子手。如今氣候變遷已經讓我們感到末日將至，該想想自己的罪孽——某個宛如煉獄的未來、所謂的審判日即將臨頭。我們必須懺悔、痛改前非，否則我們全都是罪人，只能聽候憤怒的地球發落。

我還是很容易受這種清教主義的嚴格道德觀影響。每回搭飛機，或開車去買菜，不免會想到自己的碳足跡而心生內疚[2]。可是打從我開始賞鳥、擔心起牠們的安危以來，對基督教另一派與此抗衡的思維越來越有興趣。這一派受聖方濟的典範啟發，主張要去愛我們眼前具體而脆弱的事物。我樂於支持美國鳥類保育協會（American Bird Conservancy）及奧杜邦學會地方分會目標明確的行動。哪怕是慘遭破壞、不忍卒睹的自然景觀，只要那之中有鳥在，就能讓我開心起來。

1〔譯注〕：二〇一四年。

2〔作者注〕：我為求更清楚正確，在此文最初刊於《紐約客》雜誌的版本（原名為〈碳捕獲〉）新增了數句，此句是其中之一。

我因此對氣候變遷生出矛盾而糾結的情緒。我同意它確實是我們這時代最重要的環境議題，卻也覺得被它的強勢姿態霸凌，害我不但每次買菜都有罪惡感，想到自己比較關心目前的鳥類而不是未來的大眾，也覺得我很自私。鷹與兀鷲成為風力機運轉下的冤魂，與海平面上升對貧窮國家造成的衝擊，兩者孰輕孰重？安地斯山脈雲霧林中的特有鳥類，與安地斯山脈的水力發電計畫對空氣的助益，相較之下又該如何取捨？

奧杜邦學會在一百年前是激進行動的組織，發起反對濫殺鳥類、濫捕蒼鷺採集羽毛等運動，但這樣的衝勁已日益趨緩。這幾十年來，該學會更出名的是自製年節賀卡、紅雀和藍鶇的絨毛玩具（擠捏後會發出真鳥叫聲），而不是產出硬科學、站在引發爭議的立場，或與真正從事保育工作的團體合作。去年九月眼看該會轉向末日模式，我真寧願他們專心賣絨毛玩具就好。「愛」是比「罪惡感」更好的驅動力。

奧杜邦學會在發起氣候變遷相關活動的同時，也暗示他們整理出的「公民科學數據」，和該會科學家做的一份「報告」，能支持他們預言的悲慘未來。只要上他們的新版網站，即可看到氣候變遷危及的各鳥種（好比白頭海鵰〔Bald Eagle〕）照片，及該會請求網站訪客「立誓」伸出援手的告示。奧杜邦學會建議立誓訪客採取的行動都很溫和，好比分享自己的故事、打造對鳥兒友善的庭院之類。不過網站同時也提供「氣候行動誓言」，以相當的篇幅鉅細靡遺說明民眾可以怎麼做，像是把家中的鎢絲燈泡換成低瓦數的別種燈泡。

這份氣候變遷報告並未立即公開，不過從網站上的圖表（包括不同鳥種的分布地圖）來看，應可推斷這份報告的研究方法，包含把某一鳥種「目前的分布區域」與「未來預計因氣候影響而異動的區域」相互比較。假如這兩種分布區域間重疊的部分很多，應可假定該物種能繼續存活。萬一重疊範圍很小，或毫無重疊之處，則可假定該物種會面臨「原有分布區域已不宜居，新區域的棲地又不合適」的窘境，而有絕跡之虞。

建立這種模型或許有其用處，卻充滿不確定因素。某鳥種或許目前可在某特定平均氣溫下於棲地繁殖，但這不代表牠無法承受較高的氣溫，也不代表牠到了更北邊略為不同的棲地便無法適應，而且也難說更北邊的棲地不會因氣溫升高而變化。北美洲的鳥種大致上隨著演化過程，已經安於炎熱的七月天與霜寒的九月夜，對氣溫波動的耐受度比熱帶鳥種來得強。雖說無論在哪裡，後院常見的某些鳥種都可能會在二〇八〇年左右消失，但更南方的鳥種也可能過來取而代之。北美洲的鳥類或許不會變少，反而更為多樣。

奧杜邦學會選用白頭海鵰當成活動海報上主打的鳥，尤其令人不解。五十年前美國尚未禁用DDT殺蟲劑，白頭海鵰幾乎絕種。如今我們會憂心牠的未來，只有一個理由，就是大眾（在曾經相當活躍的奧杜邦學會引導下）一致說牠面臨「立即的」威脅。白頭海鵰的困境，是一九七三年會通過〈瀕危物種法〉的主因，牠也因此成為法案的一大成功範例。禁用DDT後，白頭海鵰的蛋殼不再因DDT而變薄，數量與分布區域皆大幅增長，終於在二〇〇七年自瀕危物種清單上除名。牠之所以能從谷底再起，是因為適應力強，又能隨機應變，無論自己捕獵或翻垃圾吃腐肉都不挑嘴，且具備長途飛行、在新地域繁衍族群的能力。像牠這樣不受地域所限的鳥種並不多。就算全球暖化把牠們完全逐出目前夏冬兩季的分布區，說不定阿拉斯加及加拿大的融冰，會讓牠們的新分布區更大。

只是對汲汲爭取外界重視的組織來說，「氣候變遷」一詞的魅力實在無法擋，不但是現成的網路瘋傳話題，也難以精確評估（這特質很好用）——儘管經同儕評閱的科學預估數字顯示，美國每年因撞擊和戶外貓而死的鳥超過三十億隻，我們卻無法斷言哪隻鳥是因氣候變遷而死，更難把鳥的死歸因於路人甲針對氣候變遷而做（或沒做）的事。（一地的短期天氣模式是許多變數作用下的混亂產物，與某人開的是悍馬車或油電混合車並無關聯。）儘管你可以用具體行動讓鳥兒免於窗殺或命喪貓口，但就算把自己的碳足跡減到零，還是什麼也挽不回。因此宣稱氣候變遷對鳥有害，完全不會引起爭議。要求風電場的環評更嚴格，好確保施工地點不會擋住數百萬遷移中的鳥兒，等於和一心支持風力發電的環保團體作對。強勢反對過度捕撈鱟（紅腹濱鷸這種岸鳥今冬得列入美國受脅物種名單，真正的原因就是人類過度捕撈鱟），則可能讓歐巴馬政府臉上無光，因為「漁業暨野生動物局」（U.S. Fish and Wildlife Service）局長在宣布受脅物種名單時，說紅腹濱鷸數量減少，主要是「氣候變遷」所致，從政治角度考量，這是大家比較能接受的罪魁禍首。氣候變遷，人人有錯——換句話說就是沒人有錯。譴責氣候變遷，大家都好過。

接下來的這個世紀，勢必讓野生動物很難熬。就算氣候科學家說錯，全球氣溫明天就會奇蹟般穩定下來，我們依然將面臨六千五百萬年來最大的滅絕事件。自然界殘存之物，也很快就會在幾種因素的作用下毀滅，諸如人口不斷增加、森林濫伐、集約農業、漁場與含水層耗竭、殺蟲劑及塑膠的汙染、入侵物種擴散等等。對無數物種（包括幾乎所有的北美洲鳥類）而言，氣候變遷是較為遙遠而次要的威脅。鳥類對氣候劇烈轉變造成的壓力有何反應，尚無完整研究，但鳥類數千萬年來都在適應這樣的壓力，結果也始終出乎我們意料——南極融冰，皇帝企鵝便換個繁殖地；小天鵝（Tundra Swan）離開水域，學著在農田裡撿穀粒吃。不是每個物種都有辦法適應改變，但只要地球的鳥類族群更多、更健康、種類更多樣，很多物種繼續存活、甚至開枝散葉的機率就更大。要讓我們未來免於滅絕之災，抑制碳排放是不夠的。**刻不容緩的是，我們現在就得保住整個野鳥族群的命**。我們必須讓目前受威脅的物種不走向滅絕，努力減少導致北美洲鳥類大量死亡的諸多危害，也應投入規畫完善的大規模保育活動，尤其是考慮到未來氣候變遷而設計的活動。關心自然界的人該做的事當然不止這些，但倘若全球暖化問題要求每個愛護自然的團體投入所有資源，也就難怪有人選擇不行動了。

・・・

氣候行動主義令人啼笑皆非的，就是把自己的目標改了。十年前我們聽到的，是我們有十年時間採取必要的激進行動，讓全球氣溫不致在這個世紀上升超過兩度。而今天我們從同一批行動派人士那邊聽到的，是我們居然還有十年。其實我們如今要採取的行動，需要比十年前更激進，因為大氣中累積的碳量更加驚人。照我們現在這個速度，這個世紀還沒過一半，我們就會用完所有的碳排放額度。而現在很多政府提議的行動，竟然比十年前提出的更為溫和。

有本書能如實呈現氣候變遷的完整悲劇面和怪奇喜劇面，就是哲學家戴爾・

詹米森（Dale Jamieson）所寫的《黑暗時代的邏輯思考》（*Reason in a Dark Time*，暫譯）。我通常不看這種主題的書，但去年夏天有朋友推薦我看，加上我覺得這書的副標很有意思，「為何對抗氣候變遷失敗了——及此事對我們未來的意義」。「失敗了」三字用的是過去式時態，特別勾起我的興趣，結果我一翻開書就停不下來。

詹米森從九〇年代之初，就擔任許多氣候會議的觀察員和與會人。他在全書開頭，先大略說明人類如何因應這個史上最大的集體行動困境。地球高峰會一九九二年在里約熱內盧舉行，與會國對全球協議都寄予厚望，但二十三年過去了，碳排放非但沒有減少，反而大幅增加。歐巴馬總統二〇〇九年在哥本哈根的氣候變遷會議上，拒絕為美國設下減少碳排放的約束性目標，不過是確認了一個既成事實。歐巴馬不像柯林頓，他對美國政治體系可以為氣候變遷做些什麼，講得十分坦白，就是啥也不做。美國是全世界第二大溫室氣體排放國，少了美國的全球協議，根本無「全球」可言，別的國家也沒什麼簽署的誘因。說穿了，就是美國不但有否決權，而且還一再行使。

美國的政治體系拿不出行動，原因並不像許多改革派人士所想，是化石燃料企業資助否認氣候變遷派、用政治獻金操控選舉之類。就連接受全球暖化已成事實之人，也可能從好幾種不同角度來看這個問題（全球治理危機、市場失靈、科技挑戰、社會正義等），而每種角度都有理由支持不同的昂貴對策。幾乎每個國家都為這種問題（專有名詞叫「棘手問題」，wicked problem）所苦，但美國政府先天就比人民弱勢，同時還要為人民服務，這問題於是變得格外難解。改革派人士認為金錢堆砌的利益扭曲了民主，詹米森卻主張美國對氣候變遷的消極態度，正是民主的「結果」。畢竟好的民主要做的就是讓國民受益，也正是這些碳排放大宗的民主國家人民，享受便宜汽油和全球貿易的好處，而我們造成的汙染帶來的主要損害，則由無權投票的人承擔——包括更貧困的國家、未來的世世代代，和人類以外的物種。我們也可以說，美國全體選民是理性的自私自利。根據詹米森在書中引用的民意調查顯示，六成以上的美國人，相信氣候變遷會危及其他物種和子子孫孫；只有三成二的民眾相信氣候變遷會害到自己。

我們對別人（現在活著的和還沒出生的）的責任，難道不該促使我們對氣候變遷採取激烈的行動嗎？問題是，無論哪個人（包括我自己）開車或騎腳踏車上班，對氣候毫無影響。溫室氣體排放的規模太過龐大，這些排放影響氣候的機制亦非線性運作，影響分布的時空範圍又極廣，我們根本無法把某次特定的傷害，一路推本溯源，歸因於我那百分之零點零零零零零零一的碳排放。我或許會為自己的碳排量大於全球人均排放量而（在理論層面上）自責，不過假如真要以「讓本世紀全球暖化溫度上升不超過兩度」為前提，來計算每年平均碳排量的額度，就會發現對一般的美國家庭來說，要維持一戶人家平日生活所需，兩週內就會超過這個額度。既然看不到這麼做會造成直接危害的跡象，我的道德直覺判斷就是應該把自己這條命好好活著、做個好公民、善待身邊人、在能力範圍內盡量保護環境。

詹米森提出的更大爭議點，是他說氣候變遷和這世界遭遇過的問題完全不同類。首先，氣候變遷與人腦習慣的運作模式背道而馳，令人無所適從——人腦演化成專注現在，不看遙遠的未來；只留意能立即感知的動作，不關注緩慢而受機率左右的發展。（看詹米森寫到「在一個越來越熱的世界，過去完全不覺異常的冬天，在大家眼中也變得反常的冷，因而成為沒有暖化這回事的證據」，真不知該為我們的腦袋哭還是笑。）啟蒙運動以為人類的理性或可讓我們超越演化的局限，無奈這等雄心早已因戰爭和種族屠殺而破滅，但唯有在面臨氣候變遷難題的此刻，才真正一敗塗地。

我以為《黑暗時代的邏輯思考》會讓我看得很沮喪，結果卻不然。氣候變遷之所以引人入勝，多少是因為它跨越的時空之龐大。詹米森則把這個議題架構在人類經驗範圍的脈絡中，說明我們過去的種種失敗，也質疑人類未來是否能有更好的做法。「我們不斷聽到一種說法，說我們正處於人類史上獨一無二的時刻，這是能做出改變的最後機會。」他在此書序言中寫道：「然而人類史上每個時間點都獨一無二，也都是做出某個具體改變的最後機會。」

我這篇文章開頭提到明州某些愛鳥人士試圖做出的具體改變，正呼應了詹米森所言，這也正是那句「沒什麼」讓我火氣這麼大的原因。問題不是我們不該在意全球氣溫在本世紀上升兩度或六度；不必關心海平面高了二十吋還是二十呎——這差異茲事體大。有許多基金會、非政府組織、政府單位致力減輕全球暖化，或設法適應暖化，只要這些努力未來有可能看到成效，我們都不該批評。真正的問題在於每個關心環境的人，是否有把氣候放在第一優先的義務。百萬千萬條人命與生計面臨險境之際，去關心幾千隻鶯撞上體育場的玻璃，到底是有實際意義？還是道德意義？

要回答這個問題，很重要的是先承認地球溫度暴增至過熱已成定局。即使是飽受洪水旱災之苦的國家；即使是以天下為己任、投入開發替代能源的國家，仍沒有一個國家元首承諾把碳留在地底。少了這種承諾，「替代」只不過是「額外」的同義詞——不是預防人類災禍，只是把災禍延後。我們如今所知的地球，就像病入膏肓的癌症患者。我們可以選擇讓地球面目全非的強勢入侵療法，在每條河上築壩蓄水，把鄉間美景全部換成生質燃料農業、太陽能農場、風力發電機，以緩和暖化的程度，多爭取幾年時間。我們也可用某種療程，讓我們有更高的生活品質，在對抗病痛的同時，也保護野生動植物掙扎求生的區域，代價是人類的災禍會快一些到來。但這樣的療程有個優點，就是萬一像「融合能」這樣的神奇解藥能開發出來，或萬一全世界能源的消耗率和人口都減少，那說不定還有些完好的生態系得以獲救。

倘若自然還是居於優勢，在人類可能付出代價的情況下選擇保存自然，良心上應該更過不去。但我們如今活在人類世——一個越來越受我們的行為影響的世界。詹米森在講倫理學那章的末尾提問：一六三〇年那個鬱鬱蒼蒼、鳥飛魚游、田園風光的曼哈頓，變成現代這個有高架鐵道公園和大都會博物館的曼哈頓，是好還是壞？不同的人會有不同的答案。重點是已經發生的改變無法扭轉，一如全球暖化已無可挽回。祖先把一個有好有壞的世界留給我們，我們會把一個有好有壞的世界留給後代，只是不同的好與壞。一直以來，人類無論走到哪裡都會破壞環境，卻又非常能適應環境。氣候變遷只是把人類同樣套路的作為放大而已。我們這物種自找的生存威脅，只有核戰和基因改造的微生物而已。

有個新說法是我們正在導致大滅絕。不是人人都關心野生動物，但把野生動物視為無可取代、無法變現之物的人，會站在野生動物的立場，發表積極的道德主張。瑞秋．卡森（Rachel Carson）在引發現代環境運動的名著《寂靜的春天》（*Silent Spring*）中，提出的是同樣的主張。她在書中確實提醒讀者汙染對人類造成的危害，全書的中心思想卻隱含於書名：剷除世上所有的鳥類，我們真的無所謂嗎？今日的碳汙染造成的危害，比當年的ＤＤＴ嚴重得多，氣候變遷也或許真如奧杜邦學會所說，是鳥類最大的長期威脅。但我早知道我們沒法靠換個燈泡來預防全球暖化，只是我仍想做點什麼具體的事。

《安妮霍爾》這部電影中，男主角艾維．辛格小時候有天突然不願寫家庭作業，他媽帶他去看心理醫生，一問之下，原來艾維之前讀到宇宙不斷在膨脹，這代表宇宙勢必有天會爆炸，他覺得既然這樣幹麼還要寫功課——「那還有什麼意義？」在巨大的全球性問題與巨大的全球性解方陰影下，為大自然做的小規模行動，似乎可能同樣沒意義。不過艾維這番話，他媽可一點都聽不進去。「你人在布魯克林耶！」她說：「布魯克林又沒膨脹！」這就完全看我們覺得「意義」的意義是什麼了。

•••

經濟體系正加快氣候變遷的腳步，而氣候變遷與經濟體系又有很多共通的特性。氣候變遷就像資本主義，可以跨越國界、無預警造成破壞、自行坐大、無法避免。氣候變遷無視個人反對，製造大贏家與大輸家，傾向全球同質化——在物種層面代表差異的滅絕；在組織層面代表議題單一化。氣候變遷同時還與科技業完美結合，鼓勵一種觀念，讓大家相信只有科技能解決溫室氣體排放的問題（無論是透過「優步」的效能，抑或地球工程的壯舉）。要把氣候變遷當個故事來講，應該就像「市場很有效率」可用一句話搞定。我們也可用一百四十字以內的篇幅把它講完：我們正在取用原本與大氣隔絕的碳，還把碳釋放到大氣中，要是我們不停手，人類統統會完蛋。

反觀保育工作，還真的很像小說。每個地方都不一樣，每個故事都不簡單。我去年十一月去秘魯，參觀秘美兩國合作的「亞馬遜保育協會」（Amazon Conservation Association）的工作成果，旅程的第一站是庫斯科（Cuzco）東邊高地上某個小小的原住民社區。社區居民在亞馬遜保育協會的協助下，在安地斯山區的山坡上重新種植林木、遏止森林火災，還利用當地一種叫「tarwi」的莢果[3]做起生意，這種莢果在退化的土地上也能長得很好，在庫斯科頗受歡迎，足以讓生意獲利。午餐是在一棟老舊的樓房吃的，屋裡灰塵滿布，地板是泥土地。社區的婦女用「tarwi」做了燉菜和很扎實的甜麵包招待我。飯後我去了附近一個院子，參觀當地特有樹種的苗圃，

3〔譯注〕：即南美五彩羽扇豆。

社區居民之後會親手把幼樹一株株種在陡峭的山坡上，以對抗土地侵蝕、改善當地水質。之後我走訪附近另一個社區，這裡的人承諾會讓林地保持原狀，同時也經營一座實驗有機農場。農場規模不大，但對這個社區而言，這代表會有乾淨的溪流，居民可以自給自足；對亞馬遜保育協會而言，這代表了其他社區可仿效的模型。地區政府和市政府都有開採石油與開礦的許可費進帳，是可以依照這個模型，拿這筆錢來振興高地。「我們不會眼紅啦。」亞馬遜保育協會的秘魯會長丹妮拉．波里亞尼（Daniela Pogliani）對我說：「要是政府想拿我們的點子去用，說是他們想出來的，我們也沒意見。」

在全球主義種類五花八門的時代，好的保育計畫必須符合新的標準。首先是計畫規模一定要「大」，因為棲地要是被油棕樹林或氣體鑽井切割得支離破碎，便無法保有生物多樣性。其次，計畫必須尊重當地及周邊地區的居民，照顧到他們的需求。（碳排放已經讓「未受人為破壞的荒野」這種理想成為空談。新的理想狀態是「野生」，判斷標準不在於遠離干擾的程度，而是「能完成整個生命週期的生物體之多樣性」。）此外，計畫必須考量氣候變遷而有彈性空間，可以是調整計畫規模的大小，也可以是整合不同種海拔梯度或多種微氣候。

高地對亞馬遜雨林十分重要，因為高地是這一區的水源，加上地球越來越熱，原本在低海拔活動的物種會往高處移居。亞馬遜保育計畫的焦點，集中在秘魯的「馬努國家公園」（Manú National Park），這裡有一整片面積比康乃狄克州還大的低海拔雨林，住著與世隔絕的原住民族群。這座公園受法律保護，不得入侵，只是在熱帶國家，非法入侵公園地根本是家常便飯。亞馬遜保育協會在馬努國家公園嘗試推動的工作重點，一是拓展高海拔坡地的可能性、保護公園集水區；二是強化公園周邊的緩衝區，因為這一區目前面臨好幾種威脅，除了伐木與火耕之外，馬德雷迪歐斯（Madre de Dios）區又盛行小規模非法開採金礦。亞馬遜保育協會算是半個美國非政府組織，雖然把這一區全部買下來也是個辦法，但這招就算在政治面可行，協會也負擔不起買地的經費。它能做的是以守護土地為職志，保護小型保留地和自給自足的社區地，以及向國有土地取得「特許使用權」的大型保育區，成為這些土地的屏障。

從高地下山的五十五哩路上，有可能看到近六百種鳥類。這條路其實是一條古道，在前哥倫布時期，這是把古柯葉從低地運往高地文明社會的管道。亞馬遜保育協會研究員與現代古柯鹼販子，在這條路旁的小徑上和平共存。路的最低點在卡門別墅（Villa Carmen）附近，這裡曾是鄉間莊園，現在是教育中心，也提供生態旅遊觀光客住宿，更是實驗農場，來測試一種名為生物炭（biochar）的物質。生物炭的製法是用窯燒木質廢料，把廢料燒成炭後磨成粉，如此可以把碳留在農田裡，既能肥化劣質土壤，成本又低。當地農民習於火耕，也就是砍伐、焚燒林木，清出農地，不久後地力枯竭，農民再砍燒別的林地，以致林地毀壞的面積越來越大，生物炭正可以提供當地農民一種替代方案。就連挪威這樣富裕的國家，儘管一直想找出抵消碳排放的方法來減輕罪惡感，還是無法光靠買地圈地拯救雨林，因為沒有圍籬擋得住社會力量。拯救雨林的方法，是提供雨林居民取代砍伐的替代方案。

到了離卡門別墅不遠的「聖塔羅莎華卡利亞」（Santa Rosa de Huacaria）原住民村，社區的印第安酋長亞伯托・曼克里亞帕（Don Alberto Manqueriapa），帶我參觀亞馬遜保育協會協助開發的魚塭和孵化場。世界上其他地方做大規模養殖漁業會造成生態問題，但在亞馬遜這一帶用當地特有魚種（如紅銀板〔pacu〕）做小規模養殖，卻是獲取動物性蛋白質的方案之中，永續性最高、破壞性又最低的方案。華卡利亞村經營的魚塭，不僅養得活村裡的三十九戶人家，還有多的魚可以賣了換現金。他們招待我的午餐，是火烤養殖紅銀板，配上竹筒樹薯（竹筒兩端塞上赫蕉花葉，裡面每一節都包著樹薯）。席間亞伯托酋長滔滔不絕，講到他這輩子親眼見識的氣候變遷影響。太陽現在感覺更熱了，他說。有些村民得了皮膚癌，這在過去聞所未聞。儘管如此，他仍全心奉獻給森林。亞馬遜保育協會正在協助該社區擴張土地所有權、讓村落自己建立與馬努國家公園的合作關係。他跟我說，有間自然醫學公司說要給他一筆聘用定金和一架噴射機，他可以搭機環遊世界演講，宣揚傳統療法，只是他回絕了。

亞馬遜保育協會的工作最驚人之處，是它的組成要素之小，小到毫不起眼。村裡僅有八尾母紅銀板，產的魚卵可供一季所需；養魚苗的塑膠箱簡陋得可以。高地女子坐在一個個圓錐形土堆旁，幫小塑膠袋裝滿土，以便在袋中種樹苗。該協會還幫採收巴西栗子的原住民搭了簡單小木屋，好讓他們存放栗子免得雨淋。這得以讓村民在「賺取溫飽」與「必須伐林或離開森林」的選項間做出改變。此外他們在低地區做鳥類調查的方法也很陽春——你走個幾百公尺，停下來看看聽聽，再走個幾百公尺。處處可見這「小」與氣候變遷計畫之「大」的強烈對比——巨大的風力發電機、一望無際的太陽能農場，以及地球工程師所想像的，把有反射作用的粒子放射到太空，形成環繞地球的雲層。這規模上的差異，使得行動本身對實際執行行動的人，產生不同種類的意義。針對氣候變遷採取的相關行動，由於無法立即看出成效，在意義上必然帶有末世的意味，代表審判日終將到來，我們不過是希望能把這天往後延而已。而亞馬遜保育工作的意義，則帶著方濟會的精神——你幫助的是自己所愛、就在你眼前的事物，你看得到成果。

• • •

歐洲和北美洲這些個經濟富裕但生態貧瘠的國家，卻需要熱帶國家擔起護衛全球生物多樣性的重任，這就好比已開發國家多年來占了碳排放的極大比例，這會兒卻希望開發中國家分擔減輕碳排放的重擔。然而許多熱帶國家尚處於脫離殖民主義後的復原期，有一堆更急迫的難題得處理。就以巴西的亞馬遜雨林為例，有錢人濫伐的情況其實並不多。動手毀林的其實是貧苦人家，這些人原本住在沃土之區，但資本密集的農企業進駐後，開始種植甘蔗（以便製成乙醇和軟性飲料）和尤加利樹（打成木漿後用於生產美國的紙尿布），害得他們流離失所。此外，馬德雷迪歐斯區的金礦業蓬勃發展，造成多地頻傳汞中毒與販賣人口事件，這不僅是生態之災，更是人類浩劫，秘魯的州政府和聯邦政府卻尚未遏止此一亂象，因為這些礦工在礦區掙的錢，遠比在窮鄉僻壤的老家好得多。於是像亞馬遜保育協會這種團體推動的計畫，除了要符合當地民眾的需求與能力外，還得努力在極其複雜的政治地景中走出一條路。

我在哥斯大黎加遇見一位七十六歲的熱帶生物學家，丹尼爾・詹森（Daniel

Janzen），他大半輩子在做的就是這些事。他和妻子溫妮．霍瓦克（Winnie Hallwachs）在這裡一手打造的，或許可稱為新世界熱帶地區最大膽也最成功的保育計畫，也就是「瓜納卡斯提保育區」（the Área de Conservación Guanacaste，以下簡稱ACG）。他們夫妻一九八五年開始這計畫，當時已有不少先天優勢。哥斯大黎加有穩定的民主政府，有涵蓋四分之一陸地面積的公園與保留區系統，備受國際肯定。他們的計畫地點在瓜納卡斯提北邊的旱林區，既偏遠，人口又少，吸引不了農企業。儘管如此，夫妻兩人能在這兒打造出符合各項新標準的保留區（占地廣闊、與周邊社區關係友好；有一處海洋保留區，有火山山脈的乾旱山坡，也有加勒比海的雨林），卻是了不起的成就，因為這兩個科學家手頭並不寬裕，而政治永遠是糾葛的難題。

哥斯大黎加沒有軍隊是出名的，但該國的公園主管單位編制卻有如軍隊。公園處總部在首都聖荷西，警衛和其他員工可在體系內自由輪調，他們把公園視為需要護衛的領土，以防非法入侵之人成群結隊來犯。詹森和該國某些決定政策人士有先見之明，看出這個國家經濟機會不多，保護地數量龐大，但用於保護資源的經費極其有限，在這種環境下要看守富含木材、野生動物、礦物等資源的公園，形同在貧民區捍衛豪宅。ACG因此實驗了一種新方法，讓國家公園和公園中的保留區，不受公園管理單位的輪調政策管轄，如此可讓管理單位的人有機會親手栽種，培養對這片土地和保育觀念的認同與支持。這個新方案也希望包括警察在內的所有員工，都親自從事有意義的保育或科學工作。

ＡＣＧ早期的保育工作常是對抗野火。現在的ＡＣＧ有很大面積曾經是牧場，種滿了非洲化的草種。詹森靠著「大自然保護協會」（Nature Conservancy）、瑞典政府與哥斯大黎加政府等單位協助募款，加上他本人在美國演講後都會發起捐款，得以買下幾大片牧草地和受創的林地，正介於兩座現存國家公園之間。移除牛群後，這個計畫最主要的威脅成了野火。詹森原本實驗的是栽種當地特有樹種的幼苗，卻很快發現用自然的方式復育林地更有效，也就是讓風和動物排泄來散播種子。新林地逐漸成形，野火的機率也日益減少，他隨即生出企圖心更大的任務，交由ＡＣＧ的員工執行：做出該區範圍內預計達三十七萬五千種動植物的完整清冊。

詹森借用「律師助理」一詞，為他招募的瓜納卡斯提在地員工新創「分類學家助理」一職。這些當地人沒有大學學位，但經過一段時間的密集訓練後，即可從事真正的科學工作，一步一腳印，走進乾燥的太平洋沿岸旱林，踏遍潮濕的加勒比海森林，收集標本、妥為裝裱，再採下組織樣本，供ＤＮＡ分析之用。詹森目前雇用了三十四位分類學家助理，也給他們不錯的薪水，薪水的經費來源則是補助金、累積小額捐款所得的利息，外加勤奮募款。詹森跟我說，這些助理和他帶的一流研究生（他在賓州大學教生物學）沒兩樣，非常自動自發，求知欲也很強。我在某個週六清晨看到一組助理收集各種不同的葉子，好餵他們養在塑膠袋裡的毛毛蟲；週日早上又看到一組，正要出發去森林採集標本。

成功的保育計畫要符合的三個新標準之中，以「與周邊社區整合」難度最高，詹森在分類學上花的工夫，就幾個層面而言，都達成了這個目標。首先最基本的是，要讓哥斯大黎加人關心生物多樣性（該國占地球陸地面積的百分之零點零三，包含地球百分之四的物種），他們得先知道生物多樣性是由什麼組成的。「生物多樣性」這個詞很抽象，但在聖塔羅莎國家公園空調完善的室內，幾百個抽屜裡釘好、寫上名稱的瓜納卡斯提蛾類標本，可一點都不抽象。三十年來，ACG接待過一批又一批瓜納卡斯提的學童，讓他們有親身體驗科學的機會。這種自己實做的經驗，和每株有毒植物、每隻寄生蜂各自蘊藏的故事，都成為學童的記憶點。倘若你小時候曾在旱林待上一週，細細觀察各種蛹和美洲豹貓的糞便，待你長大成人，或許就會覺得森林除了僅是經濟資源之外，還有別的意義。

最後（或許也是最重要的）一點，就是這些分類學家助理創造了「自己的地自己管」的意識。有些助理是夫妻檔，而且其中不少人就住在分散於ACG園區內的不同研究站。他們在這裡發揮的保護作用比武裝警衛還大，因為鄰居就是自己的親友。我在瓜納卡斯提的那陣子，多次經過聖塔羅莎國家公園入口的研究站，沒有一次看到警衛。根據詹森的說法，ＡＣＧ盜獵與盜伐的情況，比哥斯大黎加照慣例派駐警衛的公園少得多。

詹森與霍瓦克這對夫妻，大半年時間的家是一間凌亂的小屋，就在聖塔羅莎國家公園的ＡＣＧ總部辦公室附近。鹿、蹄鼠、鵲鴉、黃蜂、猴子常來他們屋前的水盆喝水。他們這些年養了一隻豪豬和一隻鵂鶹（pygmy owl），都是在動物救援行動後留下來變成寵物。詹森一臉嚮往對我說，他真希望能養隻響尾蛇。他滿臉白鬍子、打赤膊，全身上下只穿運動鞋和髒兮兮的綠色棉褲，完全就是從康拉德[4]的小說裡走出來的人。霍瓦克則是熱帶生態學家，比詹森年輕，也比較圓融，很擅長把詹森的科學理性，轉換為慣用的社交語言。

我覺得聖塔羅莎的森林，就算用旱季間旱林的標準來看，也未免乾旱得太嚴重。霍瓦克指向幾座火山被雲遮住的地方，說過去十五年來，雲逐漸往高處移動，這就是氣候變遷的前兆。「我以前都跟別人賭哪天會下雨，贏了好幾箱啤酒。」詹森說：「以前總是五月十五號下雨，現在你根本不知道哪天會下。」他又說，瓜納卡斯提的昆蟲數量，在他研究昆蟲的四十年間嚴重下滑，他想過要把這個現象寫在論文裡，但寫了又有什麼意義？只會讓大家更難過。昆蟲滅亡已經危及以昆蟲為食的鳥，和需要授粉的植物，而地球日益暖化，勢必陸續會有更多種昆蟲絕跡。不過在詹森看來，地球暖化並不會減損ACG存在的必要。「假設你有全世界唯一一幅林布蘭的畫，」他說：「有人跑來劃了它一刀——你會把它丟了嗎？」

我去哥斯大黎加那段時間，正好有新聞報導，說用纖維素製造乙醇的技術有了突破性進展。從氣候角度來看，生產有效益的生質燃料著實很吸引人，詹森卻認為這是另一個災難。哥斯大黎加最肥沃的土地，已經讓給栽培單一作物的農企業，倘若次生林能為全國汽車提供燃料，這國家又將如何？只要「減緩氣候變遷」的聲浪蓋過其他的環境問題，地球上就永無安全之地。氣候主義和全球主義一樣，都跟我們有距離。如今美國人的消費習慣傷害了生態，但他們住在離這些傷害很遠的地方。就算未來的消費者更能接受碳足跡的概念，汽車油箱裡裝的都是認證過的綠燃料，他們還是不會有具體的感受。唯有不再把大自然當成「正在死去」的抽象物，真正體認到大自然是「具體的受脅棲地」的集合體，才能阻止這世界徹底失去自然的屬性。

瓜納卡斯提已經是中美洲太平洋旱林區的最後一片重要淨土。就算只能保存其

4〔譯注〕：即Joseph Conrad，《黑暗之心》作者。

中某些特有物種，也得永遠留住這片保留地。「這就像恐怖主義。」詹森說：「我們每天都得做到成功，恐怖份子只要成功一次就好。」他和妻子對未來的疑問，和全球暖化沒什麼關聯。他們關心的是怎麼讓ACG的財務自給自足；如何讓這個計畫的使命在哥斯大黎加社會永遠生根；怎樣才能確保園區的水資源不會都抽去灌溉耕地；萬一以後哥斯大黎加的政客想鏟平這裡，生產纖維素做的乙醇，該如何先做好準備。

來到瓜納卡斯提的外國訪客大多都會問，這裡的模式要怎麼應用至其他熱帶地區的生物多樣化中心，答案是「無法應用」。我們的經濟體系鼓勵單一文化的思維，以為這個世界上有最棒的對策、最好的保育產品，只要我們找到了，就能把它擴大規模，賣到全世界。但從亞馬遜保育協會和ACG之間的對比即可知，保存生物多樣性，需要多樣化的方式。好的計畫不僅是在當地採取行動，也勢必要以在地觀點思考——這樣的計畫不勝枚舉，諸如卡爾基金會（Carr Foundation）在莫三比克推動的「哥隆戈薩國家公園復育計畫」（Gorongosa Restoration Project）；加州的非營利組織「島嶼保育」（Island Conservation），讓太平洋與加勒比海的島嶼重新回歸原始狀態；環保團體「野性地球守護者」（WildEarth Guardian）奮力拯救美國西部的山艾樹林；德國的「歐洲自然基金會」（EuroNatur Foundation）在東南歐致力讓文化與生物保育相結合。

我和詹森相處的那段時間，他很少提到別的計畫。他最關心的，就是他深愛不移的兩件事，一是他以熱帶田野生物學家身分使用的特定旱林獵區；二是在ACG工作、住在ACG邊界附近的弱勢哥斯大黎加人。他坐在自己那棟林間小屋外的椅上，故事一個接一個講不完，像是奧利佛．諾斯（Oliver North）中校當年在聖埃列納半島上蓋了供反抗軍飛機起降的簡易跑道，以及聖埃列納半島後來如何成為ACG的一部分。還有蛾的故事——詹森發現旱林蛾種有部分的生命週期，是在潮濕的森林中度過，這使得夫妻倆把原本已頗具企圖心的計畫，又擴大了範圍。又如ACG的柳橙皮故事——他們請生產柳橙汁的工廠提供榨完汁的柳橙皮（一千輛卡車的量），也同意處理掉這些果皮，來交換一千四百公頃生產力最佳的林地，結果某個好事的環保人士，竟控告果汁公司在公眾土地違法傾倒果皮，哪怕待官司和解，果皮早已腐爛，把土壤滋養成利於復育林地的沃土。他也講到他們夫妻倆和地主間的關係——他倆學會怎麼同時和不同的地主打交道，提出「要就要，不要拉倒」的條件，一次談下一整批地，免得受個別的釘子戶要脅。還有地主把賣掉牧場的收入，投資在灌溉ACG外的甘蔗田上——這如同運用保育工作逆轉地理上的失序，把混合使用的土地，歸類為既受嚴格保護，又可密集開發的區域。又如ACG把園區內的中小學教師改稱為「祕書」，因為「中小學教師」並非受認可的公務員職稱。

詹森與霍瓦克一九八五年著手創辦ACG時，兩人都未受過保育工作訓練，也沒有相關經驗，那時的他們根本無法想像會有前面提過的這些故事。瓜納卡斯提成為他們生命的際遇，也是他們選擇的人生路。詹森很愛講「有生就有死」，當然這句話或許是真的，我也確實納悶，人類會不會暗地裡覺得，一個被氣候改變本性的地球、一個為了經濟效益而長滿柳枝稷和尤加利樹的世界，其實也滿不錯的，因為既然少了許多生命，也就沒那麼多死亡。置身森林中的我，身邊自然處處是死亡，比起郊區或農田，森林中的死亡顯然多得多——美洲豹吃鹿；鹿吃小樹；黃蜂吃毛蟲；蟒蛇吃鳥；鳥則視自己的特長，吃你想得到的各種東西，但這是因為這裡是活生生的森林。

從全球觀點來看，未來會發生的似乎不僅是我的死，還有另一個規模更大的死，就是我們熟悉的世界之死。從亞馬遜保育協會地勢最低的研究站，望向洛斯阿米哥斯河的對岸，可以看到綿延好幾哩的林地，被開採金礦的業者蹂躪得支離破碎。ACG的四周都是農企業和海岸開發案，使得它的存在有集中保育的功效。但在洛斯阿米哥斯河的研究站，咬鵑（quetzal）、鴂（tinamou）、喇叭鳥（trumpeter）和其他的物種，也有牠們持續存在代表的各種意義。ACG園區內是一片三十年前完全不存在的森林，有百呎高的參天大樹，有五種大型貓科動物；海龜在海邊掘洞做窩；鸚哥呼朋引伴，在結實累累的樹上大啖種子。動物也許無法感謝人類讓牠們活著，倘若有朝一日我們雙方對調位置，動物肯定不會讓我們活著。然而需要生命有意義的，是我們，不是牠們。

Capitalism in Hyperdrive

高速運轉的資本主義

——論雪莉・特克的作品

雪莉・特克在與科技相關的論述上，有她獨樹一格的觀點。她原本有堅定的信念，如今凡事持懷疑態度。在業配名嘴和緊張兮兮的文人之間，她是與眾不同的臨床心理學家。有些人專講大家愛聽的趣聞軼事，她則堅守實證路線。她是偏激人士之中的溫和派，夢想家之中的務實派，重人文卻不反科技，一言以蔽之，就是個成熟的大人。她在麻省理工學院有一席私人機構資助的教職，也和同校的機器人專家及情感運算（affective computing）工程師密切合作。她和扛著微軟包袱的傑容・藍尼爾[1]，與從白俄羅斯觀點出發的葉夫根尼・莫羅佐夫[2]不一樣，她是眾人信賴與尊重的業界權威，也可說她代表科技界的某種良心。

雪莉・特克寫的《在一起孤獨》（*Alone Together*）一書，是用批判角度觀察數位時代人類關係的心得。她不僅觀察大眾與機器人的互動，也實地訪問民眾使用電腦與手機的感想，來說明新科技是如何淘汰舊價值觀。我們用機器人取代人力照護，或用簡訊交談，一開始都會說這種替代方案「總比什麼都沒有好」，最後卻覺得這種替代方案「比什麼都好」——因為乾淨俐落、風險更低、更省事。和這種轉變相仿的心態，是越來越偏好虛擬，捨棄真實。機器人並不關心人，但特克測試與訪談的對象，竟然馬上退而求其次，覺得有受人關心的「感覺」就夠了。他們也同樣偏愛社群媒體提供的「社群感」，因為真實世界的社群有附帶的危險與承諾，「社群感」卻沒有這些包袱。特克從這些訪談觀察中，看見對人類極深的失望，人類有缺點，又健忘、愛黏人、難捉摸，機器不會設定成這樣。

她的新作《重新與人對話》（*Reclaiming Conversation*）延續之前的評論，只是這次重點比較不在機器人，而著重在近期研究受訪對象對科技的不滿。她把這些人的不滿視為希望的象徵，同時以這本書呼籲大家採取行動——我們對數位科技心悅誠服，已使得人類原本具備的同理心、自省等能力逐漸退化。如今正是重新確立自己本能的時候，我們必須拿出成人應有的作為，把科技放在它該有的位置。特克這本書如同《在一起孤獨》，她的論點之所以有力，是因為做了廣泛的研究，以及在心理學層面的犀利見解。她訪談的對象選用各種新科技產物，以取得更大的掌控權，卻只感覺受科技控制。這些人利用社群媒體，創造討喜的理想化自我，真實的自我卻因此覺得更孤立。他們不斷交流，卻害怕面對面交談，也因為經常戀舊，生怕錯失了什

1〔譯注〕：Jaron Lanier，有「虛擬實境技術之父」之稱，於一九八四年創辦虛擬實境公司VPL，將虛擬實境技術應用至醫學、設計等領域，並首創多人虛擬世界。現於微軟研究院擔任跨領域科學家。著有《別讓科技統治你：一個矽谷鬼才的告白》（*You Are Not a Gadget*）等書。

2〔譯注〕：Evgeny Morozov，白俄羅斯的科技與網路評論作家，著有《技術至死：數字化生存的陰暗面》（簡體中文版）（*To Save Everything, Click Here*），也是最早提出「懶人行動主義」一詞概念之人。

麼很基本的東西。

特克以對話做為架構全書的原則，因為我們一旦用電子傳輸取代人性，便危及極大比例的人性構成要素。好比說，對話是以獨處為先決條件，因為我們獨處時會學習為自己思考，培養健全的自我意識，這是與人互動時能接納他人本性的關鍵。（特克認為，要是我們與智慧型手機形影不離，便形同對他人「一點一滴」的消費，「我們彷彿把別人當零件，用來支撐脆弱的自我」）。父母透過交談關注子女，孩子能因此感受到持續的情感連結，養成說出自己感覺的習慣，不會一有某種感覺就採取行動。（特克相信家中有固定交談的習慣，可以幫孩童「打預防針」，讓他們比較有對抗霸凌的能力。）你和人當面談話，就等於不得不認可眼前的對方是個完整的人，這就是同理心的起點。（最近有項研究，針對智慧型手機世代的大學生進行標準心理測驗，結果顯示同理心大幅衰退。）談話自然可能會有無聊的時候，這是我們在有了智慧型手機後最害怕的狀態，卻正是培養耐性與想像力的時機。

特克檢視對話的每個層面，如獨處時與自己的對話、與親友的對話、與老師和親密伴侶的對話，與同事和客戶的對話，與較大的社會群體的對話——並說明科技產品如何侵蝕這些層面。臉書、交友應用程式、開放式線上課程、不發不快的簡訊、逼著你不得不回的辦公室電郵、光按讚就能參與社會活動的「懶人行動主義」，在在都有推波助瀾之效。不過全書最動人也最具代表性的章節，是關於家庭對話之死。特克訪問的年輕人表示，這個惡性循環是這樣運作的：「家長給小孩手機，自己也一直玩手機。小孩沒法讓玩手機的家長轉移注意力，就從自己的手機上找安慰。接著家長看到小孩沉迷於手機，就覺得這代表自己可以盡情拿手機出來玩。」特克認為這完全是家長的責任：「要打破這種循環，最實際的辦法就是要家長採取行動、扛起人生導師的責任。」她同時也坦承要做到這點並非易事，一來家長怕不懂新科技、跟不上孩子；二來和小孩對話需要耐性、需要練習，相形之下，拍一堆照片貼上臉書展現親情，確實容易得多。儘管特克在《在一起孤獨》中僅是點出問題，到了《重新與人對話》卻語氣一變，帶著療癒和勸說的意味。她呼籲家長去了解家庭對話中有什麼可能逐漸消失（如「培養信任與自尊」、「展現同理心、友誼、親密關係的能力」），同時也誠實面對自己易受科技魅惑的事實。「接受你自己的弱點。」她說：「除去那個對你的誘惑。」

・・・

閱讀《重新與人對話》最好的角度，是把它當成一本有深度的心理勵志書。這本書提出種種有力的理由，主張負有指導孩童、學生、員工之責的人，應該以身作則，主動抽空與指導對象當面互動，如此一來，孩童的發展、學生的學習、員工的表現，都能有所改善。沒那麼有力的，則是作者對集體行動的呼籲。她相信我們有能力設計、也必須設計出「讓我們在有更強意圖時才使用」的科技。她稱許「不鼓勵我們時時黏在網路上，而是鼓勵我們抽離」的智慧型手機介面，但這樣的介面應該會危及矽谷所有的商業模式。在矽谷，你得讓消費者一直盯著手上的載具不放，才能達成龐大的市場資本化。特克有鑑於食品業者在消費者需求的壓力下，製造更健康的產品，期盼消費者需求有朝一日或可對科技業造成同樣的壓力。然而這種類比並不恰當。食品公司是靠賣民生必需品賺錢，不是靠在豬排上刊登針對特定目標的廣告，也不是靠探勘某人邊吃豬排邊提供的個資。而且如此類比的政治含義也有可議之處。不鼓勵使用者過度投入的平台，獲利相對較少，難免得收比較高的使用費，只有高學歷又多金、會去高檔有機超市購物的那種消費者，才有可能付得起。

儘管特克在《重新與人對話》中，約略提到隱私和省力機器人涉及的政治學，卻迴避了研究結果中藏著更為偏激的含義。她寫到賈伯斯不准家中晚餐桌上出現平板電腦和智慧型手機，鼓勵家人多聊聊書和歷史的話題；她引用莫札特、卡夫卡、畢卡索等人，來說明專心獨處的價值，只是這些都是高效能人士的習慣[3]。而且，經濟寬裕、買得起她這本新書來看的家庭，或許確實可以學著限制自己使用科技產品的頻率，讓全家過得更好。可是還有一大批人太焦慮、太寂寞，抵抗不了科技的誘惑；也可能實在太窮困、太操勞，根本逃不出那個惡性循環，這些人該如何是好？馬修·柯勞佛（Matthew Crawford）在《數位時代的自處之道》（*The World Beyond Your Head*，暫譯）一書中，比較了機場的兩種貴賓室，一是充斥廣告、掛滿吸睛螢幕的「低階」貴賓室；二是安安靜靜、完全沒有廣告的商務貴賓室：「要在機場閒晃的那幾小時中專心思考，生出有趣、創新的巧思，說不定還能賺大錢，需要的是安靜。但在低階貴賓室（或公車站），他人腦中的想法卻可能被視為某種資源——也就是購買力的儲備庫。」我們的各項數位科技在政治上並不中立。現在的年輕人已經失去獨處的能力，以後也不會有獨處的時刻，無論是與家人交談、和朋友出門、聽課、工作，都非得密切盯著手機不可，足證我們的政治經濟活像水蛭，牢牢吸著我們的身體不放。數位科技如同裝上高效加速器的資本主義，把資本主義的消費與促銷邏輯、金錢化與效益邏輯，注入我們清醒的每分每秒。

3〔譯注〕：作者此句借用《與成功有約：高效能人士的七個習慣》一書的原文書名〈The Seven Habits of Highly Effective People〉，意指特克寫的都是所謂的「成功人士」。

我們很容易認為「數位民主」的崛起與大幅加劇的所得不均互有關連，也很容易覺得這現象除了諷刺還有別的意義。然而，或許世間良善的價值觀逐步崩毀，就是大多數人為了享受Google「不花錢」的便利、為了玩臉書獲得慰藉、為了讓iPhone長相左右，所願意付的代價。《重新與人對話》的可看之處，在於這本書喚起一個還不算很久遠的時代，那個時候，交談、隱私、有層次的辯論，都不是珍奇的奢侈品。人生勝利組或許會把特克的書當成生活指南，那並不是她的錯。她的主要訴求對象是中產階級，那是她的成長背景；她喚起的是人類潛能可以到達的深度，那是曾經十分普遍的特質。只是我們都知道，中間那層正在消失。

咒你一輩子倒大楣

May Your Life Be Ruined

我在地中海的觀光勝地——埃及馬特魯港（Marsa Martruh）的鳥市，細細打量擠滿野斑鳩和鵪鶉的鳥籠，想是我邊看邊變了臉色，眉頭不覺一皺。有個鳥販見我這樣，拉高了嗓門，一副酸溜溜的語氣：「你們美國人看鳥這樣覺得好難過喔，但你們跑到別人國家丟炸彈，可沒覺得難過。」

我大可以回他兩句，說我對鳥和對丟炸彈可能同樣難過；說我認為把兩件壞事講在一起，也不會負負得正。只是我感覺這鳥販講的好像有那麼點道理，在一個充滿人類歧異的世界，自然保育面臨的問題正是如此，要反駁不是那麼簡單的事。他作勢親了一下自己的手指，意思是這些鳥很美味，我則繼續對著鳥籠皺眉。

獵鳥在北美有完善的法令規定，北美也沒人吃鳴禽，只有農場的調皮小鬼會射牠們，所以在一個北美來的旅客眼中，地中海區這種狀況可謂令人髮指。整個地中海區從這一頭到另一端，每年有數億隻鳴禽與大型候鳥遇害，理由從食用、牟利、競賽到好玩，不一而足。這種殺戮行為大多無特定對象、一視同仁，對於繁殖棲地已毀壞或破碎的鳥種，造成極為嚴重的影響。地中海區的國家會射殺鶴、鸛、大型猛禽，而該區北方的某些國家，還為了這些鳥種砸下數百萬歐元進行保育計畫。全歐的鳥類總數量正急速下滑，地中海區的殺戮則是原因之一。

義大利的獵鳥人和盜獵人最是惡名昭彰。義大利鄉間的森林與濕地，一年到頭幾乎都聽得見槍響和抓鳥陷阱的劈啪聲。法國饕客繼續非法大啖圃鵐（ortolan bunting）；法國規定的可獵鳥類清單長得匪夷所思，內含多種性命垂危的岸鳥。西班牙某些區域設陷阱捕捉鳴禽的現象仍很普遍；馬爾他的獵人不爽國內缺乏原生種獵物，就把遷移中的猛禽轟下來。賽普勒斯大規模捕殺鶯，裝滿一盤又一盤大快朵頤，視法律規定如無物。

然而歐盟對殺候鳥至少理論上有所限制。歐盟國家民意上傾向支持保育，也有各種保護自然的團體協助政府執法。（曾因殺害猛禽知名的西西里島，盜獵行為已近乎絕跡，有些盜獵人甚至變成了賞鳥人）。不屬歐盟的地中海國家，候鳥遇害的情況則完全沒有改善的跡象。老實說，我走訪阿爾巴尼亞和埃及的期間，還覺得事態顯然更加嚴重。

⋮

二〇一二年的二月，是東歐五十年來最冷的時候。平常會在多瑙河河谷過冬的雁因此飛往南方避寒，約有五萬隻降落在阿爾巴尼亞的平原，又餓又累。結果五萬隻皆慘遭毒手，無一倖免。男人用霰彈槍和老舊的俄製卡拉希尼可夫步槍將牠們大批射下，婦孺則負責把鳥屍扛到鎮上賣給餐廳。很多雁腳上還有北方國家的研究人員幫牠們上的腳環，有個獵人跟我說他看過有個腳環來自格陵蘭。雖說阿爾巴尼亞沒人挨餓，卻在歐洲平均每人所得最低國之列。對當地農夫和村民來說，莫名其妙來了一大群可以賣錢的雁，名副其實是天外飛來的橫財。

歐洲最東邊的候鳥遷移路徑，會穿過巴爾幹半島。而阿爾巴尼亞除了亞得里亞海岸線面向無比肥沃的濕地、湖泊和海岸平原之外，都是崇山峻嶺。幾千年來從非洲往北飛的鳥類，在一路辛勞飛越第拿里阿爾卑斯山、抵達繁殖地之前，都在這兒養精蓄銳。到了秋季再次飛越地中海前，也同樣在這裡略事休息。

阿爾巴尼亞在恩維爾・霍查（Enver Hoxha）四十年的馬克思主義獨裁統治下，變成極度專制的警察國家。這裡的風景有無數蘑菇狀的水泥碉堡四散其間，面向著封閉的國界。極權主義摧毀了阿爾巴尼亞社會與傳統的結構，不過對鳥來說卻未必是壞事。霍查為自己和一些親信保留了打獵和私人擁槍的權利，在海邊還有間打獵小屋，每年都會去那兒住上一週。（他們的國立自然史博物館，至今仍展示霍查和一干政治局成員的獵鳥戰利品。）不過這為數不多的獵人，對數百萬過境的候鳥造成的衝擊有限，加上阿爾巴尼亞實施開倒車的指令經濟，也不歡迎外國的海灘觀光客，濱海的大量棲地得以完整無損。

霍查於一九八五年去世後，阿爾巴尼亞經歷了一陣動盪的轉型期，才改為市場經濟型態，其中還有段時間近乎無政府狀態，國家軍火庫大開，老百姓紛紛把軍隊的槍據為己有。後來社會雖重歸法治，民眾還是把槍留在身邊，而且國情對各種法規依然相當排斥，這也不難理解。經濟逐漸成長後，首都地拉那某個世代的青年，便用各種方式來展現之前未曾享有的自由與繁榮，其中一種方式就是買昂貴的霰彈槍，一買就是數千支，然後用來做原本只有菁英分子能做的事——殺鳥。

二月這陣超級寒流過去後數週，我在地拉那認識一名少婦，她正為了先生染上打獵的嗜好而不悅。她跟我說夫妻倆已經為他的槍吵過架，他還得向人借錢才買得起槍。他把槍放在家裡那輛一九八六年的賓士車裡，她說有一回兩人開在路上，先生突然把車停到路邊、跳下車、對著停在電線上的幾隻小鳥開槍。

「我想聽聽這是怎麼回事。」我說。

「不會吧！」她回道：「我和他談過，我完全搞不懂是怎麼回事。」不過她還是打手機叫先生過來一起聊。

「這已經變成一種流行，是朋友把我說動了。」這個獵鳥人如此對我說明，帶點難為情的語氣。「我不算真的獵人啦——都四十歲了還當什麼獵人。不過我剛入門嘛，手上又有領了執照的武器，而且是火力很強的好槍，感覺很爽，加上我之前又完全沒殺過鳥——一開始都會覺得很好玩。就像夏天一到，你就想往海裡跳；就像站在球門前面，腳邊又有球，哪有不射門的道理。我會自己出門開到山上，兜一個小時。我們沒有明確標示的保護區，射得到的東西我都射，很隨興的。不過只要想到你殺掉的那些動物，就沒那麼開心了。」

「對啊，這又該怎麼說？」我問。

獵鳥人蹙了下眉。「事情變成這樣，我實在滿難受的。我那些朋友現在也會說：『都沒鳥了，我們走了好幾小時，一隻也沒看到。』真的很恐怖。到了這個地步，我們政府應該全面禁止打獵禁個兩年——不對，得要五年吧，這樣鳥才有時間復原。要是政府真這麼做了，我會很高興。」

這種法令之前不是沒有——七年前，沿海毒品與人口走私猖獗，政府乾脆下令禁止大多數的私人船隻與遊艇。不過阿爾巴尼亞兩大主要政黨勢均力敵，無論哪一黨都不願為了大多數選民眼中的小事，推動可能不受歡迎的法規。

阿爾巴尼亞確實只有一人認真為鳥兒喉舌，那就是陶朗・畢諾（Taulant Bino），他也是全國唯一的正宗賞鳥人。畢諾同時還是環境部副部長，他有天早上帶我去阿爾巴尼亞海岸保護區最重要的區域——迪維亞克—卡拉瓦斯塔國家公園（Divjaka-Karavasta National Park），這裡占地遼闊，有壯觀的海灘與濕地棲地。當時是三月中旬，是全國的禁獵季，加上這座公園全年禁獵，理應滿是過冬與遷移而來的水禽和涉禽。然而除了一個由漁民守護的池塘，和某個離島上的卷羽鵜鶘（Dalmatian Pelican）群落以外（阿爾巴尼亞以這個瀕危的美麗鳥種在此棲息而自豪，儘管牠們是霍查生前獵殺的鳥），園區內的鳥類少得嚇人，連一隻綠頭鴨都沒有。

我們沿著海灘一路開，不久便看到鳥這麼少的理由之一：有群獵人已經擺出誘餌，正對著鸕鷀（cormorant）和鷸（godwit）開槍。與我們隨行的公園管理人忿忿請那群獵人離開，這時其中一名獵人拿出手機，想打給政府裡的友人。「你瘋啦？」公園管理人朝他咆哮：「你知不知道我旁邊的就是環境部副部長？」

畢諾的單位保護的棲地，至少書面紀錄上來看，足以讓遷移中鳥類與繁殖中鳥類的總數維持正常。「保育人士看到經濟發展有可能妨害生物多樣性，」畢諾這麼跟我說：「就想說在保護區受到開發的威脅之前，還是應該拓展整個保護網的範圍。可是要掌控有武器的人並不容易——你也需要警方的支持。我們二〇〇七年把這裡某一區封起來，結果來了四百個獵人，看到什麼就打什麼。後來警察來了，沒收了一些武器，可是兩天以後警方就跟我們說：『這是你們的問題，不是我們的問題。』」

無奈的是，共產黨的老笑話，套在負責管理保護區的林務局官員身上，還是說得通——政府假裝付官員薪水；官員假裝有做事。結局就是空有法律卻無人執行——受歐盟規範所限的義大利獵人很快便看出這點，在霍查死後逮到了機會。我在阿爾巴尼亞的那週，就沒看到哪個保護區沒有義大利獵人，儘管打獵季早已結束，連不受保護的區域他們也照去不誤。而且他們無論在哪裡，都會用違法的高品質鳥音回播設備，隨心所欲盡情射下相中的目標。

我第二次去卡拉瓦斯塔時，畢諾沒有同行。我見到兩個迷彩裝扮、帶了槍的男人正在上船，那兩人顯然只想在我開口前趕緊開溜。他們的阿爾巴尼亞助手站在海灘上，跟我說那兩個男的是阿爾巴尼亞人，可是待我高聲喚他們，得到的回應是義大利語。

「好啦，他們是義大利人。」兩個男人的船開走之際，那助手說了實話：「他們是巴里（Bari）的心臟病專家，裝備超齊全的，昨天在這裡從清晨待到半夜。」

「他們知道這裡打獵季已經結束了嗎？」我問。

「他們很聰明的。」

「他們怎麼進到國家公園裡？」

「大門開著啊。」

「那誰收了好處？警衛嗎？」

「不是警衛。更高的。」

「公園管理人？」

那助手把肩一聳。

阿爾巴尼亞曾受義大利統治，很多阿爾巴尼亞人還是把義大利人視為成熟發展與現代的典範。義大利的觀光客獵人不僅對阿爾巴尼亞造成極為可觀的立即損害，更嚴重的是他們還引進無差別屠殺的全套體系，和達成此一目標的新手法——尤其是播放鳥鳴，吸引鳥兒極為有效，結果也極其慘重。如今就連阿爾巴尼亞鄉間小村的獵人，手機或iPod上都有鴨叫聲的錄音檔。配備升級，加上估計約十萬支霰彈槍（在一個人口三百萬的國家）和一堆供過於求的各類武器（逮到機會就可用），把阿爾巴尼亞變成一個東歐遷移生物的巨大流沙坑，數百萬隻鳥飛過，只有少數能活著出來。

有腦袋或走運的鳥兒，會避開這個國家。我在維里波亞（Velipoja）的海灘上，看到遠方海面有大批鴨子焦急來回飛行。牠們已經飛越亞得里亞海，這樣飛更是耗損體力，但海灘上每隔一段適當的距離就有觀鳥小屋，當地的獵人就在小屋裡，鳥群因此無法降落到濕地覓食。德國保育組織「歐洲自然基金會」的鳥類專家馬丁·史奈德—雅各比跟我說，從海上飛進阿爾巴尼亞的鶴群，是如何依照年齡分成兩組。成鳥一直保持在高空飛行，首次參與遷移、經驗不足的鳥，看到底下誘人的棲地便往下飛，待槍聲大作（總會有人等在那裡亂射一通）又飛起，跟隨成鳥。「牠們從撒哈拉沙漠飛來，」史奈德－雅各比說：「一路上得飛過好幾座兩千公尺左右的高山，非得好好休息不可。牠們說不定還是有體力飛過高山，但之後很可能沒力氣成功繁殖。」

越過阿爾巴尼亞邊境，到了蒙特內哥羅（Montenegro），史奈德－雅各比帶我去看烏爾奇尼鎮（Ulcinj）的廣闊鹽田。這些鹽田因為蒙特內哥羅的獵人出沒，原本一直不見鳥蹤，就像不過幾哩外的阿爾巴尼亞「保護」區，但這情況近來有了變化。非營利組織「蒙特內哥羅鳥類保護與研究中心」請了一名管理員，負責向警方舉報盜獵，成效驚人——目光所及之處，有幾千隻涉禽和幾千隻鴨忙著進食。春季遷移總是引人驚歎，但我的感受似乎從未如此刻這麼強烈。

「歐亞大陸承受不了像阿爾巴尼亞這種流沙坑帶來的後果。」史奈德－雅各比說：「我們太會殺這些動物，又還沒學會怎麼在歐洲建立一個讓鳥類活得下去的體系。禁獵應該是目前唯一有效的方法。假如他們在這裡禁獵，一定會有全歐洲最棒的棲地。大家都會到卡拉瓦斯塔來看停棲的鶴。」

‧‧‧

阿爾巴尼亞的情況還不算完全絕望。許多新一代獵人似乎意識到改變的必要。更完善的環境教育、外國觀光客的市場即將成長，都可能使得這裡更需要未受人為破壞的自然區。假如政府能在保護區貫徹執法，鳥類數量很快會從谷底回升。後來我帶前面提過的那位「把打獵當嗜好」的先生和他太太一起去卡拉瓦斯塔，讓他們看某個保護區的池塘，裡面有好些鴨子和涉禽，那太太既得意又開心，高喊：「我們還真不知道這裡有這種鳥！」[1]

到了更南邊的國家，希望越發渺茫。埃及的情況和阿爾巴尼亞很像，歷史背景和政治都不利推動保育。埃及名義上簽了數種規範獵鳥的國際公約，但該國對歐洲殖民主義長久以來積怨已深，加上與以色列之間的緊張情勢，以及傳統穆斯林文化和西方世界之間的衝突，讓這積怨更是雪上加霜，使得埃及政府不願遵守公約。埃

1〔作者注〕：那位先生在我造訪後沒多久把槍賣了。兩年後，也是《國家地理雜誌》刊出這篇文章（搭配大衛．古騰菲爾德〔David Guttenfelder〕拍攝的照片）的隔年，阿爾巴尼亞政府實施了兩年全國禁獵令，兩年期滿後又延長為五年，只是如何貫徹執法仍是問題。

及二〇一一年的革命運動，更是對埃及警方的反彈。新上任的總統穆罕默德・穆希（Mohamed Morsi）無法積極推動法規，以免節外生枝。他要治理的是一個九千萬人的窮國（儘管無人挨餓），而且構成這個國家的幾個重要族裔團體（例如貝都因人），也未完全整合。他有很多比野生生物更急迫的問題要操心[2]。

非洲東北部則與巴爾幹半島不同，他們同樣有捕獵各種大小候鳥的悠久傳統，而且延續至今，（現今認為《聖經》中記載在西奈沙漠解救希伯來人的奇蹟之肉，應是遷移中的鵪鶉。）只要用的仍是傳統獵鳥法（用手編的網和黏鳥膠枝、草編小陷阱、用駱駝載運等），對歐亞大陸繁殖中鳥類總數造成的衝擊，或許也會持續下去。當下的問題是，傳統方法依舊盛行的同時，新科技又大幅提高了捕獲量。

然而最令人灰心的文化斷層，或許在於——埃及獵鳥人覺得抓魚和抓鳥沒什麼差別。（確實，尼羅河三角洲捕魚和捕鳥用的是同樣的網。）許多西方人覺得鳥有種獨特的魅力，因此在感情上，甚至道德上，鳥都具有相當的分量，但魚則不然。有回我到開羅西邊的沙漠，和六個年輕的貝都因獵鳥人坐在帳篷裡，忽地看到有隻黃鶺鴒（Yellow Wagtail）在外面的沙地上蹦跳。我的反應完全是情緒層面的——有隻全身披著美麗羽毛的小動物，才剛剛飛了好幾百哩穿越沙漠來到此地，完全不疑有他蹦蹦跳跳。坐我隔壁那個獵人的反應，卻是抓起空氣步槍開了一槍。黃鶺鴒拍拍翅膀，毫髮無傷飛走，對他來說就像抓魚失手；對我，則是原本懸著的心，難得放了下來。

那六個貝都因人大概都還不到二十歲，在稀疏的相思樹樹叢中紮營，四面八方盡是九月烈陽炙烤的沙。他們平日帶著霰彈槍和空氣步槍在樹叢中巡邏，不時停步、拍手、踢沙，把棲息在樹叢裡的鳥兒趕出來。往南遷移的鳥很喜歡棲息在這樹叢間，但只要是飛進來的鳥兒，無論體型大小、鳥種或保育狀態，一律慘遭殺害，淪為盤中飧。獵殺鳴禽對這些年輕人來說，是排遣無聊的方式，也是出門和朋友一起玩、做點男性娛樂活動的藉口。他們的配備也毫不含糊，有發電機、灌了一堆B級片的電腦、單眼反光相機、夜視鏡，還有純粹射著好玩的卡拉希尼可夫步槍——全是有錢人家的玩意兒。

這些人把早上獵到的鳥都綁在一條線上，有斑鳩、金黃鸝（golden oriole）、小巧的鶯，活像吊著一大排魚。鶯身上其實沒什麼肉，連金黃鸝的肉也不多，只是這些鳥會為了準備秋季的長途飛行囤積脂肪，獵人拔毛後即可見到鳥腹有黃色的團狀

2〔作者注〕：穆希果真於二〇一三年七月遭政變推翻下臺，隨即入獄至今。（譯按：穆希於二〇一九年六月十七日出庭時暴斃，享年六十七歲。）

物。這些鳥兒配上香料飯，就是豐盛的午餐。儘管金黃鸝在中東地區是有名的壯陽食物（有人跟我說金黃鸝是「天然的威而鋼」），我用不著威而鋼，只拿了一隻斑鳩來吃。

午餐後，有個獵人進得帳篷來，拿著我之前看到的那隻在沙地上蹦跳的黃鶺鴒。牠一死，身形看來更小。「好可憐喔。」另一個獵人開口，大夥兒隨即一陣哄笑。他是在講笑話給一個西方人聽。

由於如今在埃及沙漠中穿梭，靠的是卡車不是駱駝，到了秋季高峰期，凡是有一定體積的樹或灌木，無論多偏遠，都可能是獵人的目標。有些地區把金黃鸝當經濟作物，賣給中間商之後冷凍起來，再轉賣到波斯灣區的阿拉伯國家。不過貝都因人大多是捕到什麼吃什麼，或送給親友鄰居等。像艾馬格拉（Al Maghrah）綠洲這種熱門獵鳥地點，會聚集大批獵人，光是一人一天捕殺的金黃鸝，即可達五十隻以上。

我在遷移季的後期來到艾馬格拉，但獵人設置的金黃鸝誘餌（大多是把公鳥屍體綁在竿子上）還是吸引了相當數量的鳥，而且獵人開槍很少失手。以當地獵鳥人的數量來看，光是這一地每年就很可能有五千隻金黃鸝命喪槍下。何況沙漠中還有許多獵鳥地，金黃鸝又是埃及沿海最有價值的獵物，以全歐洲有兩、三百萬對金黃鸝繁殖的總數來看，在埃及折損的鳥數占了其中相當的比例。這豔麗的鳥兒在夏冬兩季的分布範圍極廣，但每年九月卻有人霸占了欣賞牠的樂趣，而且還是一群相對為數極少、吃飽沒事幹、以打獵為休閒娛樂、想找天然威而鋼的人。其中有些人用來殺鳥的武器或許並無執照，但除此之外，其他的人可一點都沒有違反埃及法律。

我在這片綠洲碰到一個窮得連霰彈槍都買不起的牧羊人。他和十歲兒子用的捕鳥法是把四張網掛在樹的上方，抓到的多半是像鵪、伯勞、鶯這類小型鳥。他兒子一番努力，終於把一隻閃著金黑光澤的金黃鸝公鳥困在網中。他抓著鳥奔向父親，得意高喊著：「一隻金黃鸝！」然後拿刀割了牠的喉。不久便有隻母的金黃鸝在我們眼前飛快閃過，我心想不知牠是否就是這隻公鳥的伴侶，此刻正心急如焚。牧羊人的兒子追過去，奔向罩了鳥網的棕櫚樹，不過那鳥兒在最後關頭避開了樹，轉向廣闊的沙漠，往南飛去。那男孩邊追邊罵：「我咒你一輩子倒大楣！」

⋯

和我談過的貝都因人，大多都說他們不殺當地的留鳥，像是戴勝（hoopoe）和棕斑鳩（laughing dove）。不過他們和地中海區的獵人一樣，把所有的候鳥一律當成獵物——就像阿爾巴尼亞人常掛在嘴邊的那句：「牠們不是我們的鳥。」儘管我遇到的埃及獵人都坦承候鳥數量近年不斷下降，只有少數人覺得過度捕獵可能是個原因。有的獵人說是氣候變遷的錯，還有個特別流行的說法，說是海岸邊裝的電燈越來越多，嚇跑了鳥兒（其實燈還比較有可能吸引鳥兒）。不過就算數字下跌，大家也只是惋惜，並不憂心。我在開羅沙漠的嚮導跟我說，貝都因人把波斑鴇（Houbara Bustard）獵到在當地絕種後（這可與他們聲稱「不殺留鳥」的政策背道而馳），是真心為這種鳥兒消失而難過。「他們不是不在乎。」那嚮導說：「可是萬一哪天波斑鴇又在這裡出現了，他們還是會照獵不誤。」

埃及的環境意識推廣與教育，多半局限於一些小型的非政府組織，如「埃及自然保育」（Nature Conservation Egypt）（此文亦獲該組織協助）。歐洲宣導鳥類保育的團體，在馬爾他和一些歐洲捕殺候鳥的熱門地點投注大批金錢與人力，但埃及的問題雖比歐洲任何地方都嚴重，卻大多無人聞問。這或許正代表了「牠們不是我們的鳥」的另一面：「他們不是我們的獵人」。然而西方國家與中東在政治與文化上的分歧，也令人感到無力。所謂環境「教育」傳達的基本訊息，必然是「埃及應停止長久以來的行為」。對依然痛恨英國殖民的埃及來說，英國這種愛鳥國家來操心這個未免荒謬，也很多管閒事。要是有哪個「皇家保護鯰魚學會」對密西西比州的鯰魚業指指點點，漁民們大概也是這種反應吧。

埃及的海岸城鎮大多有鳥市，鵪鶉一隻賣二美元，棕斑鳩一隻五美元，金黃鸝三元，小型鳥則賣幾分幾十分。我在其中一個叫艾達巴的鎮外，參觀了一個白鬍子男人的農場，他捕鳥的作業規模，大到餵飽六個兒子各自的家之後，還有多餘的量可以賣到市場。八棵高聳的檉柳樹和許多較小的灌木上方，覆著巨大的網，圍住了一片無花果樹和橄欖樹叢。這種鳥網是廉價的現代產物，在艾達巴出現不過是七年前的事。陽光毒辣，遷移的鳴禽從附近的海岸線飛來找隱蔽之處。牠們看到樹上有網就避開，去找下一棵樹，如此飛到被網纏住為止。那農場主人的幾個孫兒紛紛跑到網幕裡抓鳥，有個兒子則一一扯下鳥的飛羽，把鳥丟進裝穀物的塑膠布袋。我在二十分鐘之內，看到一隻紅背伯勞（Red-Backed Shrike）、一隻白領姬鶲（Collared Flycatcher）、一隻斑鶲（Spotted Flycatcher）、一隻公的金黃鸝、一隻嘰喳柳鶯（Chiffchaff）、一隻黑頂林鶯（Blackcap）、兩隻林柳鶯（Wood Warbler）、兩隻棕扇尾鶯（Zitting Cisticola），以及很多不知名的鳥兒消失在袋中。等我們在樹蔭下暫歇，身邊都是他們丟棄的鳥頭和羽毛，有杜鵑、戴勝和一隻雀鷹，而那個大塑膠布袋已經塞得鼓鼓的，那隻金黃鸝在袋中大叫。

我根據這個農場主人估計的每日捕獲量，算出每年八月二十五日至九月二十五日間，他的捕鳥作業會剷除空中的六百隻金黃鸝、兩百五十隻棕斑鳩、兩百隻戴勝、以及四千五百隻小型鳥類。有額外的收入當然好，但這農場顯然少了這筆錢也過得同樣寬裕。他們以貝都因人的殷勤好客，在家中的寬敞客廳招待我，那客廳的家具都是全新的，而且品質極好。

我沿著海岸，從馬特魯港到拉斯艾巴（Ras el Barr），一路上所到之處，都可見到像那座農場用的鳥網。更厲害的是捉鵪鶉用的霧網——這是一種極細的尼龍網，綁在竿子上架起來，低可貼地，高可離地十一呎甚或更高，而且偏偏就只有鳥看不見。霧網也是近年的革新產物，約十五年前引進西奈半島，不斷往西普及，之後遍布埃及地中海沿岸。這種網沿著西奈半島西邊的濱海公路，視線所及之處無所不在，甚至穿過觀光城鎮，飯店和公寓大樓前也不例外。

埃及的海岸大多都是名義上的保護區，但海岸保護區保護鳥類的程度，也只到「架設捕鳥網要申請許可證」而已。許可證很便宜，發放也沒什麼限制。官方對鳥網架設高度與間隔的規定，大多無人遵守。鳥網的主人天沒亮就出門，等著鵪鶉從海的那一端飛來，在海灘上嘰嘰喳喳之際，將牠們一網打盡。情況好的話，五百三十公尺左右的網，可以抓到五十多隻鵪鶉。我根據捕獲量不佳的年分做了非常粗略的估計，得出埃及沿海每年光是用霧網捕獲的鵪鶉，就有十萬隻。

儘管歐洲許多地方越來越難發現鵪鶉的蹤跡，埃及的鵪鶉捕獲量倒是一路上升，這是因為鳥音回播技術越發盛行。其中最好的一種系統叫「鳥聲」（Bird Sound），內建的數位晶片存有一百種不同鳥鳴的高品質錄音檔。在歐盟國家拿這種裝置打獵是違法行為，店家卻照樣販售，也不會有人過問。我在亞歷山卓和一個名叫威爾．卡拉維亞的獵人聊起來，打獵是他的休閒運動。他自稱在二〇〇九年把「鳥聲」引進埃及。至於他怎麼知道有「鳥聲」，答案毫不意外，是他聽一個在阿爾巴尼亞打獵的義大利人說的。卡拉維亞說他現在對自己引進「鳥聲」，感覺「很差，非常後悔」。一般情況下，飛進埃及的鵪鶉或許有四分之三會飛過霧網上空，但利用「鳥聲」的獵人，可以把飛得更高的鵪鶉也引下來。在西奈半島北方架設霧網的獵人早就這麼做了，有些人連春秋兩季也照獵不誤。埃及大型湖泊區的獵人也已開始使用「鳥聲」，在夜間把整群的鴨一網打盡。

「這樣會影響到鳥兒，一定會的。」卡拉維亞對我說：「問題在於心態——大家都想愛抓什麼就抓什麼，愛打什麼就打什麼，不要有人來管。我們在那場革命之前就已經有很多槍，革命之後槍的數量又多了四成。買不起槍的人就自己做槍，這很危險的，抓到了就可能坐三年牢，但他們才不管。連小孩都在做槍。學校九月開學，可是小孩要等打獵季結束才去上課。」

我在觀光小鎮巴提姆（Baltim）的海灘上，就碰到一些這樣的孩子。法令規定架設霧網唯一能捕的就是鶺鴒，但霧網上總是會有連帶落網的小型鳥類，和獵食鶺鴒的隼。黃昏時分，我和一位「埃及自然保育」的嚮導及當地保護區的官員同行，走著走著，我注意到一排公寓大樓的陰影下，有隻小巧美麗的岸鳥——小環頸鴴（Little Ringed Plover）被網困住。我的嚮導威爾·修迪隨即小心翼翼解開牠身上的網，這時卻有名青年跑來要我們停手，他手裡拿著網袋，後面跟了兩個十幾歲的朋友。「別碰那隻鳥！」他怒喊：「那是我們的網！」

「沒關係的。」修迪安撫他：「我們每天都在處理這種鳥，很有經驗的。」

那年輕獵人想示範給修迪看，要怎樣在不破壞網的情況下把鳥拉出來，結果引發一番唇槍舌劍。修迪最關心的自然是鳥的安全，他不知用了什麼辦法，竟成功讓鳥兒毫髮無傷脫困，不過那獵人隨即要修迪把鳥交給他。

與我同行的那位政府官員哈尼·蒙索爾·比夏拉這時開了口，說那獵人手上的袋子裡，除了兩隻活鶺鴒以外，還裝著一隻活的鳴禽。

「沒啦，那隻是鶺鴒。」那獵人說。

「那明明就不是鶺鴒。」

「好啦，是一隻鵖（wheatear）。不過我已經二十歲了，我們全家都靠這張網過活。」

我不會講阿拉伯語，所以事後才知道他們在說什麼。我當下只看得出修迪一直把那隻鴴握在手裡，那青年則忿忿伸手想奪過來。我們置身一個數百萬隻鳥慘遭殺戮的國家，我卻不由自主擔心眼前這隻鴴的命運。我不斷請修迪提醒那獵人，那霧網只能抓鵪鶉，要留下鵪鶉以外的獵物都屬違法。

修迪也這樣跟對方說了，只是對一個正在氣頭上的二十歲男生而言，法律顯然不是個有力的理由。修迪和比夏拉遂改變策略，動之以情又說之以理，他們說小環頸鴴是很重要的鳥種，只有泥灘上找得到，而且還可能帶有危險的疾病。（「我們撒了點小謊啦。」修迪後來跟我說。）

「所以牠是哪種鳥？」獵人追問：「是帶了病的鳥，還是很重要的鳥？」

「都是！」修迪和比夏拉異口同聲。

「如果你們說牠帶病的事是真的，」那兩個跟來的朋友，有一個發話了：「那我們應該好幾年前就全死了吧。反正網上抓到什麼，我們就吃什麼——我們從來不放生的。」

「你就算把鳥煮熟了，還是有可能得病的。」比夏拉急中生智說道。

修迪最後把鴴交給那獵人，我不由更擔心牠了。我後來才知道，那獵人對真主發誓說會把小環頸鴴和那隻鵖都放走，只是要在我們沒看到的時候才放。

「可是《國家地理雜誌》得看到牠們真的飛走才行。」修迪說。

獵人這下更火大了，把那隻鶻抓出來往空中一扔，接著對那隻鴴也比照辦理。兩隻鳥逕自飛向空中的同類，頭也不回往海灘另一端奔去。「我這麼做，」那獵人一副桀驁不遜的語氣：「只是因為我這個人說到做到。」其實這兩隻鳥加起來的肉量，大概只比我們的一大口再多一點而已，但我從這獵人怨憤的表情看得出來，放這兩隻鳥走，他要付出多大的代價。他想留著鳥的心情，遠比我想看牠們自由的心情更加強烈。

• • •

離開埃及前，我在沙漠和一些貝都因捕隼人共度了幾天。就連貝都因人自己都認為，捕隼是吃飽沒事幹的閒人才做的事。這裡的中間商最喜歡的隼是獵隼（Saker Falcon）和遊隼，他們專為超有錢的阿拉伯馴隼人服務，只是有些捕隼人一做二十年，一隻獵準或遊隼也沒抓到。獵隼相當罕見，捕隼人一年抓到的不會超過十幾二十隻，但因為價值連城（一隻好獵隼可以賣到美金三萬五千元以上；遊隼則可逾一萬五千元），足以吸引數百名獵人一次在沙漠待上好幾週。

抓隼得用上許多較小的鳥，手法也很殘忍，像是把鴿子綁在竿上插在沙地裡，就這麼放在大太陽下曝曬，以吸引猛禽；又如把斑鳩和鵪鶉綁上繫帶，繫帶上布滿尼龍繩打的小活結，獵隼和遊隼一接近，腳便很可能套進活結動彈不得；還有利用較小的隼類如紅隼（kestrel），把牠們的眼皮縫起來，再把一個加了重量、滿布活結的誘餌繫在牠們的單腳上。這些獵人成天開著豐田的載貨卡車在沙漠裡兜，一一去檢查插在沙地裡的鴿子有沒有抓到隼，也會不時停車，把半殘的紅隼像球一樣往空中丟，看能不能吸引到獵隼或遊隼——眼不能見、腳上又綁了重量的紅隼自然飛不遠。獵人的另一招數，是把沒縫眼皮的隼繫在卡車前端的引擎蓋上，一邊在沙漠中加速行駛，一邊觀察牠的動靜。假如隼往上看，代表空中有更大的猛禽，獵人便會跳下車來布置各種誘餌。這同樣的戲碼每天下午都會上演，一週又一週。

我在埃及時倒是親眼目睹兩件事，點燃我內心的希望之火，其一是我帶在身邊的平裝本圖鑑《歐洲鳥類》，讓這群獵隼人看得渾然忘我。他們總是繞著書圍成一圈，從書的最後面往前緩緩翻閱[3]，細看各種鳥類的插圖，有的鳥他們已經認識，有的從未見過。有天下午他們在帳篷裡請我喝濃茶，吃早已過了午餐時間的午餐，我

3〔譯注〕：阿拉伯文的書寫順序是由右往左，所以習慣書往右翻，與閱讀英文書的順序正好相反。

見其中有些人圍著我的書翻閱，心頭猛地浮現一個異想天開的希望——貝都因人全都是熱情的賞鳥人，只是他們自己還沒發現而已。

我們人類的午餐上桌前，有個獵人拿來一些已經無頭的鶯，想餵我們帳篷裡縫上眼皮的一隻紅隼和一隻雀鷹。紅隼順利進食，但那雀鷹儘管肉都推到牠臉上了，還是沒半點吃的興致，反而忙著去啄纏在腿上的線——只是在我看來，這動作也是徒勞。午餐後我出了帳篷，讓那些獵人試用我的雙筒望遠鏡，卻忽地傳來一陣高喊。我轉頭一看，那雀鷹目標堅定，振翅飛離帳篷，奔向沙漠。

那群獵人立刻跳上卡車追去，一來因為那隻鷹是他們的寶貴資產，二來也多少因為（這是我親眼目睹、點燃我希望之火的事件之二）縫了眼皮的鳥決計無法獨活，他們覺得內疚。（捕隼季結束，獵人會幫這些充當誘餌的隼拆掉眼皮的線，再放牠們走，但願這是因為要餵牠們一整年太麻煩了。）這群獵人駛向沙漠遠處，越走越遠，一面擔心那隻雀鷹的下落，期盼能找到牠，我自己的心情卻很複雜。我明知牠就算成功脫身，就算沒有別組獵人撞見牠，應該也活不久。然而牠如此渴望逃出牢籠，哪怕眼不能見，哪怕必有一死，牠卻似乎體現出野鳥的本質，用行動告訴我們，野鳥為什麼重要。過了二十分鐘，最後一批去追牠的獵人空手返回帳篷，我心想：至少這隻鳥有機會以自由之身死去。

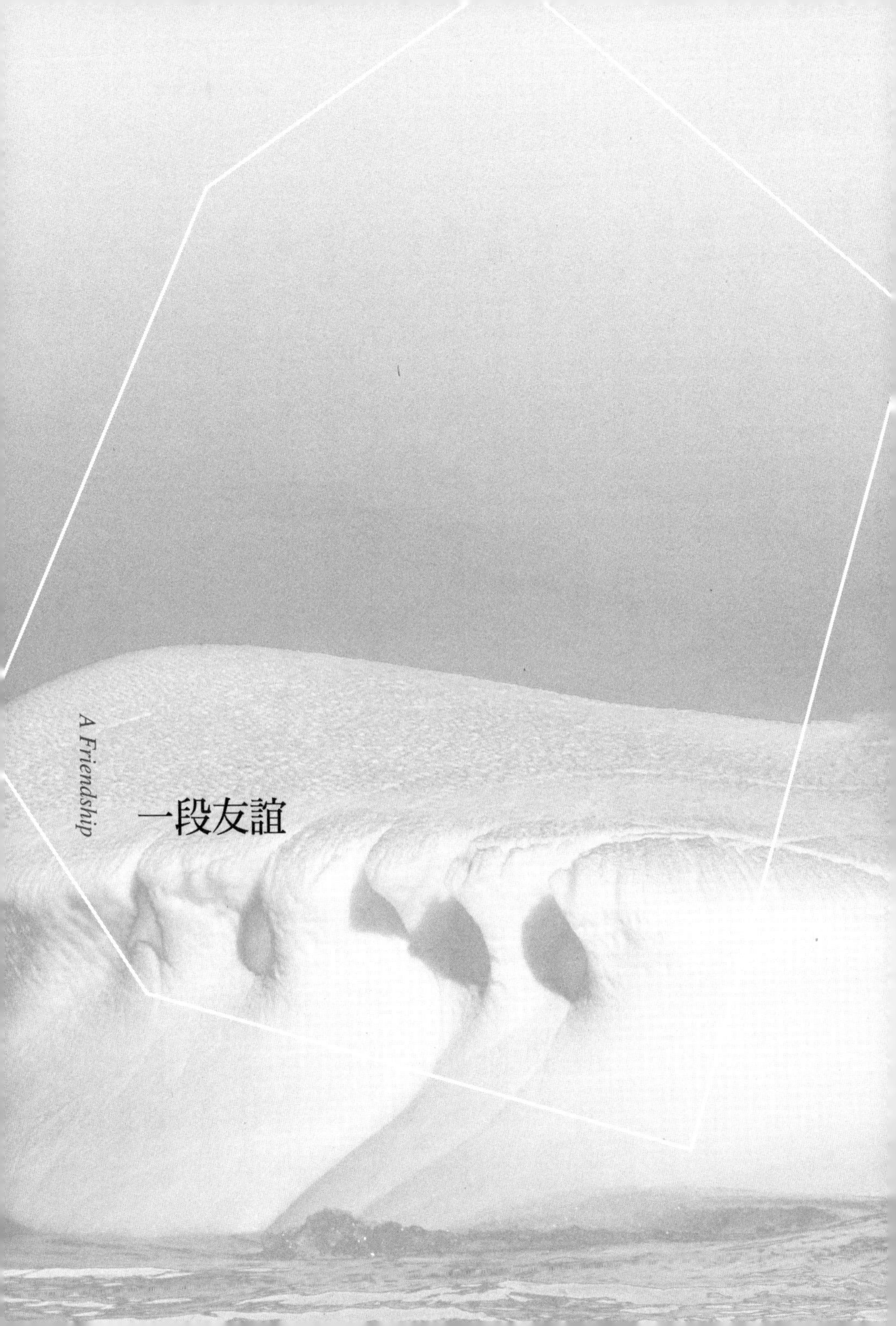

一段友誼

A Friendship

一九八九年夏末某天下午，比爾．沃爾曼[1]打電話給我，說：「嘿，強，你喜不喜歡馴鹿肉？我剛去了北極一趟，帶了些馴鹿肉回來，快壞掉了，珍妮絲要拿來做燉肉。」比爾講起話來，那嗓音與眾不同——不起不伏，只講事實，讓你很難解讀那話裡的含義。難道他言下之意是，我吃馴鹿肉的經驗算多了，應該會知道自己喜不喜歡——這是拐個彎開我玩笑嗎？還有，「快壞掉了」究竟是什麼意思？但說這話的是比爾，代表你永遠不會知道答案。

我當時住在皇后區，和第二本書搏鬥，而比爾是我在正式成為小說家後，結交的第一個朋友。這要說回一九八八年在曼哈頓，我與妻和爸媽與一同搭飯店電梯，遇上一對中年夫婦，臉上已顯歲月痕跡。他們對我親切微笑，自我介紹說是比爾的父母，到紐約來出席我們正要去的那個文學獎頒獎典禮。待我在會場見到他們的兒子，只覺他其實更像個高中科展冠軍。金屬細框眼鏡架，配上厚厚的鏡片；不太合身的休閒西裝外套；青少年般的膚質；蓬亂的頭髮。我們聊了不到兩分鐘，他不知怎的突然提議我們來當筆友。我們都沒看過對方的作品，對彼此完全不了解，比爾卻似乎已經打定主意喜歡我這個人，也或許他天性就是對人親切大方、喜歡追求新體驗，他不過是跟著感覺走而已。我完全沒防到他有此一問，但他那獨特的嗓音，讓我還沒反應過來便同意了。

後來我才明白，不管你要跟比爾做什麼事，要和他做到你來我往實在太可怕。我和他開始互相推薦好書，我因此發現他不僅一個下午就可讀五百頁，還有近乎照相式的記憶力，讀了什麼記得清清楚楚。我們約好交換未來作品的初稿，此後我每隔九個月就會收到厚厚的包裹，但我下一本書花了很久才寫成，我甚至完全忘了應該要寄初稿給他看。頒獎典禮初遇後的隔年，我用那筆獎金去了歐洲，一個月後才得空寫信給他，結果他在收到信的當天就寫回信給我，還寄來他新書《彩虹故事》（*Rainbow Stories*）正式上市前印的贈閱本，我很快就看完了（這「快」不是一下午，是一週之內），看完只覺欽佩與驚歎。這個我在紐約認識、一臉宅相的青年（父母又是那麼和藹的中西部人），原來竟是文壇奇才，對舊金山八〇年代中期的流鶯、光頭黨、酒鬼等等，累積了第一手的貼身觀察心得。這本書書名看似陽光，其實恰恰相反。書中開頭的引言是一行愛倫坡的文字，把人類各種不幸與彩虹的色調相對照（「各有不同」卻「緊密交融」）；書中的觀點就像比爾講話的聲音，在透明的真誠與極端的反諷間游移，我十分喜歡，這會兒反倒覺得他想跟我做朋友，是我的榮幸。

1〔譯注〕：比爾是威廉的暱稱。威廉．沃爾曼（William T. Vollmann），美國作家與記者，以小說《歐洲中央》（*Europe Central*）贏得二〇〇五年美國國家書獎。譯為繁體中文的報導文學作品有《窮人》（*Poor People*）及《阿富汗幻燈秀》（*An Afghanistan Picture Show*）。

我和妻那時正在討論歐洲之後的下一站要去哪裡，我極力主張去紐約的其中一個原因，就是比爾不久前才搬去紐約。

他和未婚妻珍妮絲·柳（Ryu）住的是一房公寓，位於「史隆·凱特靈癌症中心」附近的某棟摩登大廈，珍妮絲在該中心的放射腫瘤科當住院醫師。她用韓式做法來煮那快壞掉的馴鹿肉，兼具濃郁的野味和大蒜味。這一餐是我在他們家第一次吃晚餐，也為往後多次的晚餐聚會起了頭。夏天我加入了出版社的壘球隊，和大夥兒去中央公園打壘球，但天冷的那幾個月，我唯一固定抽離皇后區婚姻生活的空檔，就是搭E線或F線地鐵去比爾家。還記得我在他臥房看電視上播的《四百擊》[2]，那感覺恍如我生命中缺少的，就是一個能一同看外國片的男性作家朋友。我不確定除了推薦好書和自己的強烈觀點之外，我到底給了他什麼，但我從他身上學到很多。他給我看他為自己的書畫的墨水畫，我就決定去上課學畫畫。他給我看他寫稿用的蘋果電腦，我就出門去買了生平第一臺電腦。（不過他跟我抱怨他每天打字十二小時，得了腕隧道症候群，我只能羨慕他可以如此敬業。）他跟我說珍妮絲會幫他剪趾甲，這當然是我太太不會做的事。我很肯定自己不希望任何人剪我的趾甲，不過比爾這一講卻讓我想到，世上婚姻有千百種，不是只有我這種。他說他覺得我太太人很好，但我和她似乎都在封閉的兩人世界中透不過氣。他自己則與封閉的生活完全沾不上邊，他周遊全球，目睹死亡，自己也在鬼門關前走過一遭，又和各種國籍的妓女廝混。他不斷用那一貫平板的語氣建議我去寫新聞報導，要不就去個什麼危險的地方旅行也成。

我同樣努力追隨他的腳步，去接了一個聽來很誘人的任務，要去一趟辛辛那提，當地主管機關不久前下令關掉某個梅普索普（Robert Mapplethorpe）的攝影展。《君子》雜誌希望我也跑一趟肯塔基州的科文頓（Covington），那裡與辛辛那提僅一河之隔，我要採訪當地的成人商店和脫衣舞俱樂部，好證明這種假道學作風的某個疑點。假如是比爾，他會怎麼做？他會和某些脫衣舞孃打好關係，記錄她們對攝影展腰斬的看法，搞不好還會試試和其中哪個上床，不做到這些絕不罷休。上床超出我能力範圍，但我還是盡忠職守，去了幾個脫衣舞俱樂部，間間破敗不堪，也沒有滿屋的俄亥俄州偽君子。早知道我就該游泳渡河打道回府，不該來和脫衣舞孃套交情。總之後來我寫了篇文章談都市社會學，但實在言之無物，最後《君子》把它砍了，我其實也不怎麼失望，反倒還鬆了口氣，儘管要是真有筆稿費，也不無小補就是。我再次嘗試寫這類報導文章，是四年後的事。

2〔編注〕：法國電影，導演為楚浮，一九五九年上映。

比爾和我同樣是一九五九年七月生，不過比我大個幾週，但我有很長一段時間，只覺遠遠瞠乎其後。他可能並不真的了解我這個人，或者也可能把我當成一項寫作計畫、一個需要鼓勵的文壇小老弟，來步他的後塵，做他擅長的絕活，既然他闖出一番成績，那我也有可能成功。但他很有頭腦，也毫不吝惜分享腦袋裡的智慧。他把我在婚姻中的處境看得非常清楚，而我自己這麼多年都參不透。等我追上他的腳步、和妻子分居、當記者的臉皮也變得厚了點，他和珍妮絲又搬去了加州。一九九六年春天，我在《哈潑》雜誌上發表了一篇文學獨立宣言[3]，隔週比爾回到曼哈頓，說負責他作品的責任編輯在家開派對，邀我一起去。那時他已經出了八本書（我兩本），正考慮請一位作家經紀人，也想見見我的經紀人。我在那派對上介紹他們雙方認識，接著，拜《哈潑》效應之賜，志得意滿的我，做了一件大有比爾之風（但我從來沒做過）的事。我注意到某個年輕女子，主動過去和她攀談，還拿到她的電話號碼。我和她後來交往了兩年，其中一年過得非常快樂。彷彿比爾帶我走上一條全新的路，還一路看著我走到第一站。那場派對是我最後一次見到他。

•••

我不會假裝自己讀過比爾所有的作品。他產量豐沛好比狄更斯或巴爾札克，讀者八成要花個幾十年，才能把他所有作品理出頭緒。然而從《彩虹故事》就已經看得出來，更適合與比爾相對照的作家是梅爾維爾和惠特曼。這兩位作家都不斷廣伸觸角拓展新體驗，加上沒有什麼可循的文壇前例，所以大多都是靠自己，信賴自己信手拈來的直覺與才思。比爾和這兩位作家一樣，邊寫邊自創文體。他同樣有美國人鄙視威權的心態。他會做很大的寫作計畫，也難免時有劣作。他招牌的寫作形式是每段文字都不算長；組織段落的邏輯並不照著敘事，反而比較像詩；書名若不是迂迴曲折，就是有反諷意味。這種作風正反映出，有些主題大部分作家覺得太大，根本不會想到要寫，但他處理這種主題的方法是——他把自己縮到極小，把所有感受和情緒拋到九霄雲外。

比爾好像對什麼事都有興趣。《彩虹故事》裡有個非常精采的中篇叫〈藍色的遠方〉，裡面有個人物叫「他者」（the Other），把金門公園垃圾桶裡的東西全部倒出來加以分類，想為舊金山的幾樁酒鬼謀殺案找出線索——他其實懷疑這些案子都是他的分裂人格幹的。比爾把這垃圾桶的「解剖」整整寫了兩頁半：

3〔譯注〕：指後來收錄於《如何獨處》中的〈自尋煩惱？〉

……三個沒完全壓扁的百威啤酒罐、蓋了蓋子的肯德基炸雞紙桶，原本應該裝的是熱騰騰的春雞（現在顯然全吃掉了，因為紙桶裡只剩下一坨蜂蜜色的大便）——大便底下還有用來包《紐約時報》的藍色塑膠膜、一團擤了鼻涕的面紙（已經硬得像花生糖）、一個「大陸牌」優格塑膠杯，裡面有些優格沒刮乾淨，早已出水，引來豆狀的蛆……

作者自己寫的注解很有趣，他說自己在一九八六年十一月十三日，確實親自翻過垃圾桶，並把內容物用縮寫簡稱，「以免耗盡各位的耐性」。在該篇小說後段，他還參與了病理學家解剖屍體的過程，死者是名叫伊凡潔琳的酒鬼。這次解剖有足足八頁，有些句子是冰冷的醫學術語，有些則十分抒情，但每一句都有存在的必要：

身體多像一本書！我們每個人都在體內寫下自己的人生故事，把別人對我們做了什麼、自己做了什麼，描寫得淋漓盡致。伊凡潔琳的肝是名為「我想要什麼」的章節。文字簡短，卻足以引人鼻酸。「我想感覺有人愛，感覺溫暖、快樂、暈眩。」伊凡潔琳這麼寫。「我想住在藍色的遠方。我想住在藍天上與陽光下。我想做自己。我想要的，都到手了。」——病理學家繼續喀嚓喀嚓動著剪刀。

繼《彩虹故事》後，我最喜歡比爾寫的《地圖集》（*The Atlas*）。其中收錄的故事篇篇引人入勝，不僅是因為他勇於涉險、徹底投入、把自己放在歷史中的決心；也因為他在這個駭人而複雜的世界，不斷尋求意義與秩序。阿特拉斯[4]這個巨人把世界扛在肩上，正是「藝術家」的象徵，符合浪漫主義和現代主義的設想：把一切都消化吸收的個人主觀性。比爾嘗試的，正是為我們把整個世界扛在肩上的義舉，而且做得比所有目前活躍中的美國作家都出色。也正因此，或許我們不該意外，《地圖集》最鮮明的調性（洋溢全書字裡行間，幾乎讓人無法承受），就是作者的孤寂。我忘不了書裡有一段，比爾寫他在柏林的某一晚，擋不住寂寞排山倒海而來，把身上所有的錢都給了街邊的流鶯，懇求她以一吻回報。對方沒答應，他又在街上先後找了三個流鶯，請她們免費給他一吻。其中一人好心拿出嘴裡的口香糖，接著卻朝他臉上啐了一口痰，說：喏，給你了。

比爾作品的資料量極為豐富，讀者難免會因此忽略他的文筆何等傑出。一個作

4〔譯注〕：希臘神話中受罰扛著地球的巨人Atlas，也就是地圖集的英文字atlas的由來。

家可以去比爾去的地方、做他做的事，但如果不像比爾有一枝好筆，不管去哪裡做什麼都毫無意義。他刻意混淆事實與想像，他誤用的詞語錯到離譜，他口無遮攔、語多不雅卻據實陳述，這種種都常化為神來一筆的詩。那紙上的文字對他來說好似呼吸渾然天成，同樣自然，卻一點都不簡單。要寫到比爾這種程度，還要有對文章的熱情，有追求優美文體的渴望。我喜歡比爾的一點（也在他身上看到了這點）就是他有那樣的熱情，那樣的渴望。他的作品始終讓大批讀者死心塌地追隨，因為他是讀者眼中的某種草莽英雄，是在地底活動的冒險家。然而我們這些有幸與他為友的人都明白，他講話的時候（而不是聽人講話時，他深諳聆聽之道），興趣會轉到文法和標點，還有「你最近在看誰的書？」、「她的句子怎麼樣？」這類問題。

⋮

我不確定我和比爾為何漸行漸遠。也許是作家之間水乳交融了一陣，從各自的成分中沉澱出更加澄澈的自己；也許是我們之間特有的「大哥小弟」關係，在我另闢蹊徑後，就失去了往昔的作用。加上我讀比爾作品的速度益發落後，我們又不住同一個城市。他和珍妮絲已定居沙加緬度，即使我後來不時會待在聖塔克魯茲，兩地間不過三小時車程，他卻常出遠門採訪，而且還找得到編輯付他酬勞。

一九九五年，我有天去沙加緬度看他，他帶我去靶場，讓我用他的點五〇沙漠之鷹手槍和 Tec-9 半自動手槍打靶。硝煙間隱隱浮現從前某種熟悉、卻無以名之的五味雜陳之感，有那麼一絲海明威大展雄風的得意（可憐的史考特．費茲傑羅）（不過，海明威也很可憐！），混雜著比爾對自己的槍稚氣的狂熱，他對自己技術的自豪，和毫無架子、指導同輩的耐心——若不是他，這個同輩此生應該無緣體驗點五〇口徑手槍的後座力。我有點被比下去的感覺，同時也因為他語氣還是那麼平，又愛刻意停頓，講起話來前言不搭後語，我老是來不及反應，甚為狼狽。不過能再次與他共處，我還是高興的。他這輩子的歷練，都展現在沉穩的舉止、阿特拉斯般的體己，與他的領袖特質上。我們把他的槍都試過一輪後，就回到他和珍妮絲那棟市郊風格的大宅。假如有人只是透過比爾離經叛道的作品認識他，想必會覺得這屋內小布爾喬亞風（這是比爾自己的形容詞）的陳設極不搭調。我對那屋子最深的印象，除了比爾驚人的藏書量外，就是二樓走道掛的那幅裱框世界地圖。地圖上扎了好幾百個圖釘，標示著比爾足跡所達之處，有許多遙遠的地方、危險的地方、既遙遠又危險的地方。我懂得想做這樣一幅地圖的衝動，因為我自己就有——想名副其實把自己銘刻於世界，像是證明自己確實在歷史上某個特定的時刻，在地球上活過和走過。但在那市郊華宅的走道上，望著比爾的地圖，我卻感到——寂寞。

過了幾年，我在聖塔克魯茲，我的朋友大衛・佛斯特・華萊士則搬到克雷爾蒙。比爾有天打電話來，又有了新提議。「嘿，強，」他還是那一貫平板的語調：「你有沒有去過沙爾頓海（Salton Sea）？我現在在那邊做一個案子，我想說你、我、和佛斯特・華萊士可以一起去露營。」這提議就算用比爾的標準來看都嫌瘋狂。沙爾頓海是個快乾涸的湖，在聖地牙哥東邊的沙漠裡，也是全美國最臭、最不適合露營的地方，而且我還真不知道有誰比大衛更不愛戶外活動。然而我還是跟比爾說，我會跟大衛提提看。我跟大衛說了後，他回以一陣痛苦的沉默，就轉移了話題。過了好一陣之後，我才明白比爾的提議其實也滿棒的，不免後悔當時沒能更積極說動大衛。我後來明白了很多事，例如沙爾頓海可說是全美一流的賞鳥地，縱使惡臭沖天、蒼蠅成群，還是值得一遊。我多希望能踏進一個平行宇宙，哪怕幾天都好，在那裡，我會和兩個奇才友人一起露營，他們兩位都還健在，也或許會就此開展他們自己的友誼——因為那時，在我寫下此文的這個宇宙，大衛已不在人世，我和比爾也完全斷了聯絡。

小說中的同情心

——論伊迪絲・華頓的作品

A Rooting Interest

我年紀越大，越確信一件事——小說家的作品正是本人性格的寫照。我的文學品味，與我這個「人」對作者為人的觀感密不可分，這或許完全是我自己的性格缺陷——好比說，我就是不喜歡年輕時代裝腔作勢，寫出《平原傳奇》（*Tortilla Flat*）的史坦貝克，卻很欣賞中年時期克服個人與事業低潮，寫出《伊甸園東》（*East of Eden*）的史坦貝克，我心目中這兩者間的區別，等同於道德差異。但我想幾乎每個讀者對文學作品的評價，應該都和「能否產生同情心」有關。無論是同情作家，或同情作家筆下的虛構人物，少了同情心，小說作品就很難產生重要的意義。

那麼，適逢伊迪絲・華頓一百五十週年冥誕[1]，我們應該怎麼看她的作品？在這麼多年後、這個有文學意義的日子，我們有許多充分的理由，希望有人閱讀或重讀她的作品。你也許很失望美國文學經典中，女性的比例始終偏低；或看到學界褒揚顯而易見的形式實驗寫作，打壓文風更為自然的小說，而覺得氣餒。你也許會哀嘆伊迪絲・華頓的作品在大眾眼中，依然和她戴的帽子一樣過時；或惋惜有好幾代的高中畢業生，主要是因為她不那麼有名（而且從故事背景到氣氛都冷冰冰）的小說《伊森・弗洛姆》（*Ethan Frome*）才知道她。你也說不定會覺得，美國小說的系譜中，除了大家耳熟能詳的幾種派別（亨利・詹姆斯和現代主義作家、馬克吐溫和方言文學作家、梅爾維爾和後現代主義作家、柔拉・涅爾・賀絲頓[2]和黑人認同文學），還有一條沒那麼受關注的線，把威廉・迪安・豪威爾斯[3]、費茲傑羅、辛克萊・劉易士[4]串在一起，又由此連到傑伊・麥金納尼[5]和珍・斯邁利[6]，而伊迪絲・華頓正是這之中關鍵的連結。你也許會和我一樣，想再次推崇《歡樂之家》；讓《本國習俗》（*The Custom of the Country*）贏得該有的注目；也重新評量《純真年代》（*The Age of Innocence*）——這三本書名架構相仿的小說，都是她的傑作。然而要深究華頓其人其作，就得面對「同情心」這個問題。

1〔譯注〕：Edith Wharton（1862-1937）的生日是一月二十四日。此文刊登於二〇一二年二月十三日的《紐約客》雜誌。

2〔譯注〕：Zora Neal Hurston（1891-1960），美國人類學家與小說家，作品以非裔文化與民俗為核心，最知名的小說為一九三七年的《他們眼望上蒼》（*Their Eyes Were Watching God*）。

3〔譯注〕：William Dean Howells（1837-1920），小說家、評論家暨編輯，開美國現實主義文學之先河，認為小說應該忠實反映社會現況，最具代表性的作品為《塞拉斯・拉帕姆的發跡》（*The Rise of Silas Lapham*）（曾有簡體中文版）。

4〔譯注〕：Sinclair Lewis（1885-1951），小說家暨劇作家，作品常批判美國社會及資本主義價值觀，並以幽默嘲諷為特色，一九三〇年成為美國首位諾貝爾文學獎得主，譯為繁體中文的作品有《大街》（*Main Street*）。

5〔譯注〕：Jay McInerney，美國作家，最具代表性的作品為小說《如此燦爛，這個城市》（*Big Light, Big City*）。

6〔譯注〕：Jane Smiley，美國作家，以小說《千畝》贏得一九九二年普立茲獎。譯為繁體中文的為非文學作品《狄更斯：尋找救贖與幸福的小說家》。

美國小說名家之中，沒有人過得比華頓還優渥。儘管也不能說她完全不必為錢操煩，她卻把日子過得好似腰纏萬貫——她用遺產所得在富豪之區大買地產；醉心園藝設計和室內裝潢；包私人遊艇、雇司機禮車，無限暢遊歐洲；與權貴名流過從甚密；不入流的酒店完全看不上眼。我們也許都暗自（也或許不怎麼暗自）盼望像華頓那樣富有，但像她那樣闊綽，可就沒那麼討人喜歡，反而讓她在道德上顯得理虧。她的優渥程度又不及托爾斯泰，也不像他那樣發起社會改革方案，還把農民理想化。她極度保守，反對社會主義、工會、女性投票權；她在知識層面深受達爾文主義冷冰冰的世界觀吸引，對美國的粗獷、喧譁、低俗都極為排斥（她約在一九一四年定居法國，此後只回過美國一次，待了十二天而已）。她和羅斯福總統是朋友，但他的從政風格偏向民粹後，她便不再支持他。她向商店店員借傘，對方不願出借，她一怒之下，以自命清高的口吻寫了封信向店主抱怨。幾個寫過她傳記的作者（包括極受敬重的理查．路易斯[7]），都曾描述她創作時的反常景象：她早餐後在床上寫作，把寫完的一頁頁手稿往，地，上，扔，讓祕書去整理打字。

原名伊迪絲．紐柏．瓊斯（Edith Newbold Jones）的她，確實有個或可抵銷某些過失的缺陷——那就是，她並不漂亮。她最想嫁的對象是男性友人沃特．貝瑞（Walter Berry），此君對女性的鑑賞力公認一流，只可惜不是結婚的料。伊迪絲年輕時的兩段感情都沒結果，遂勉強接受了個性和善、沒什麼錢也沒什麼用的泰迪・華頓（Teddy Wharton）。兩人往後二十八年的婚姻，幾乎無性可言，或許主要是她對性的無知使然，而她把這點怪在母親頭上。眾所周知，她除了婚姻外，這輩子僅有過另一段肉體關係，就是和記者摩頓・富勒頓（Morton Fullerton）的婚外情。他是雙性戀，劈腿紀錄一長串，原本就是定不下來的人。那時她已四十好幾，卻像戀愛生手，被理想主義沖昏頭，也毫不掩飾自己的激情（這些在富勒頓保存的祕密日記和情書中都有詳述），這種種表現在動人之餘，也不免有損顏面，日後華頓自己似乎也有同感。

華頓的父親人很和善，卻沒什麼存在感，在她二十歲那年，不堪長年供妻子揮霍的財務壓力而去世。她這一輩子對母親的評價沒有半句好話，之後和兩個哥哥也不太往來。她沒什麼女性朋友，也沒有才情相當的女性作家朋友（從同情心的角度來看，這種朋友多了反而對她不利），不過倒是和滿多成功男士維繫緊密而長久的友誼，像是亨利・詹姆斯、伯納德・貝倫森[8]、紀德等人。其中很多人是同性戀，要

7〔譯注〕：R.W.B. Lewis（1917-2002），是美國學者、評論家、傳記作者，也是為「美國研究」這門學科奠定基礎的重要學者。他以伊迪絲・華頓為題的傳記，榮獲一九七六年普立茲獎及美國國家書評獎。譯為繁體中文的作品有《但丁：地獄與天堂的導遊》（*Dante*）。

不就是決定一輩子打光棍。若男性朋友有家室，她對朋友之妻的態度便似乎大多冷淡，或索性大吃飛醋。

華頓那時代某位評論家有句妙語，說她的文風有如男版的亨利．詹姆斯——這句話同樣可以用來形容她的社交傾向，她想與男性相處，聊男人愛聊的話題。詹姆斯和他的那圈朋友給她取了些綽號，半是親暱半是畏懼，諸如「老鷹」、「毀滅天使」之類，其實也就是他們對她觀感的寫照。她並不迷人，也不好相處，卻有無比的活力，始終有求知欲，總引人興味盎然，總令人望之生畏。她行動力強、熱愛探索、樂於付出、喜歡沉思。到了四十好幾，終於掙脫已如死水的婚姻，成為暢銷作者，泰迪卻因此墜入身心症的深淵，還盜用了她好些遺產。她為此飽受煎熬，這是常人都會有的反應，不過她腦袋還算清楚，知道要逼他還錢。三年後，她下定決心和他離婚。既無美貌也無女性魅力的她，除了不是男性之外，無論在哪一方面，都成了自己這棟房子的一家之主。

然而怪就怪在，生活中許多形式的匱乏，都能勾起我們的惻隱之心，少了「美」卻不怎麼值得同情。倘若伊迪絲．華頓有葛麗絲．凱莉或賈桂琳．甘迺迪的姿色，世人或可對她坐擁的種種特權較為寬容。我們對「美」樂於照單全收，忘了自己其實憎惡特權，沒有人比華頓更清楚意識到這樣的不公。她有三本傑出的小說，核心都是國色天香的女主角，這是她刻意的選擇，把同情心的問題變得更為複雜。

《歡樂之家》（1905）是透過勞倫斯・謝爾敦這個男人的觀點，來介紹女主角莉莉・巴特。謝爾敦在紐約中央車站與莉莉巧遇，一見傾心之餘，也隨即納悶莉莉在車站做什麼，他尋思「她總是引人猜測，她這個人就是這樣，最簡單的舉動，也像是出自遠大的目標。」謝爾敦覺得，有莉莉這等美貌的女子，不可能不諳盤算如何利用自己的姿色，正如他所料——莉莉債務纏身，原本就不斷被迫運用自己手邊最穩定的資源；但他也錯了——莉莉的為難是，她縱使有遠大的目標，拜金的渴望和偶爾竄出的道德意識卻扯她後腿。

乍看之下，讀者似乎沒有同情莉莉的理由。她決心拿到手的社會地位，連自己都覺得乏味無趣；她自我感覺極好，凡事只顧自己，毫無寬厚之心；她得意別的女人都不及自己美貌，自己卻沒有腦袋；她有志趣相投之人（謝爾敦），也無餓死之虞，卻因對方收入微薄而打消追求之念。大致可說莉莉就是個汲汲於燈紅酒綠的女生，而且是最糟的那種。而華頓處理莉莉形象的方式，和自己處世的態度差不多，連刻意裝溫柔可人都省了，也沒打算用小說家的標準技倆，把莉莉的形象變得討喜

8〔譯注〕：Benard Berenson（1865-1959），美國知名藝術史學家、藝評家暨評鑑家。

圓滑些——整本書完全沒有展現主角「縱有千般不是，心地還是很善良」的片段。那我們為什麼還是忍不住想一直看莉莉的故事？

一個很重要的原因就是，她的錢「不夠多」。莉莉的缺點或許引不起同情（她要穿華服、玩橋牌賭錢，好釣到能供她此生穿遍華服、賭一輩子橋牌的男人），但這本小說用巴爾札克以降的藝術形式觀之，有個玄妙之處，就是讀者很容易對虛構人物承受的財務焦慮有共鳴。莉莉和謝爾敦兩情相悅，一同去散了很久的步，但這也等於莉莉一手毀了嫁給（無趣又拘謹的）富豪波西・葛萊斯的大好機會。讀者明知莉莉嫁給葛萊斯必定婚姻不幸，但八成還是想對她大吼：「妳白癡啊！散什麼步！回屋裡去和葛萊斯敲定婚事啊！」錢，在小說中是個強而有力的現實原則，對錢的需求，讓我們連「想看到小說人物從此幸福快樂」的願望都可以不顧。而華頓在整本書中都運用了這個原則，加上她一貫的苛刻，讓莉莉不斷捉襟見肘，彷彿作者和老天爺聯手整她，毫不留情。

然而最後徹底擊潰莉莉的，不是無情的世間，而是她錯誤的決定，她沒能預見自己的行動會導致看似明顯的社會影響。「她不斷犯錯」便是第二個引發同情心的關鍵。我們都了解犯錯的感受，而看著他人犯錯（尤其是選錯結婚對象）的妙趣，更是從〈伊底帕斯〉到《米德鎮的春天》（*Middlemarch*）的核心訴求。華頓在《歡樂之家》中強化了這種妙趣，原因在於她創造的女主角，明明在婚姻市場上炙手可熱，卻因為太害怕嫁錯人，反而鑄成大錯。莉莉一直都有以美色交換富裕生活的機會，或至少有獲得幸福的可能，卻一再在關鍵時刻自毀前程。

我不知還有哪本小說像《歡樂之家》這麼執著於女子美色。德語流利的華頓，選擇幫百合花（莉莉Lily的原義）般的女主角加上鬍子，也就是「巴特」這個姓氏（Bart是德文的「落腮鬍」）——這麼做大有翻轉性別之意。作者在自己的私人生活中也同樣翻轉性別，好讓難過的日子比較好過，也讓自己的人生經歷成為寫作的素材。她顛倒的事情還不僅於此，像是給莉莉自己沒有的美貌，卻不給她自己有的財富。我們或可把這本小說視為華頓不斷努力想像內在美、乃至對內在美生出同情心的成果；抑或恰恰相反，是華頓對自己當不成的社交名媛，展開緩慢而徹底的懲罰，並從中得到自虐的快感。小說中的美是把雙刃劍。我們一方面很清楚，美往往扭曲天生麗質之人的品行；但另一方面，美又代表了某種自然資本，好似樹上結的完美果實，我們的天性不願見它白白浪費。隨著全書進展，我們看到莉莉的錢和她的年輕美貌一點一滴流失，而這個過程，從第一頁就開始倒數計時——「她在黑色的帽子與面紗下，又重拾了少女的圓潤膚質和純淨膚色，那都是她十一年來夜夜笙歌後逐漸失去的」此後更一再凸顯她的困境何等急迫，令讀者情不自禁感同身受。

但只有在全書最終，莉莉抱著另一個女人的嬰兒，體會到許多陌生的情緒，我們才看到一種更強大的急迫感直撲而來。她的青春蘊含的經濟潛力，原來始終只有虛假的價值，與人類繁衍的自然機制所蘊含的真正價值恰成對比。原本看似僅是莉莉個人一連串的厄運，突然間有了更重大的含義——這代表紐約社交圈最看重的事物背棄了大自然，嚴重到足以殺死這個在物競天擇原則下，原本吸收自然光就能長得很好的「適者」女子，這是何等的悲劇。這也促使讀者在莉莉駭人的扭曲成長歷程中（也是華頓自覺身受其害的成長歷程），為這齣悲劇找到解釋，也因此憐憫她，一如亞里斯多德說的，悲劇主角必須讓人憐憫。

⋯

不過小說引發的同情心，未必僅是讀者對虛構人物的直接認同，也可能是某人物具備我欠缺的許多優點，令我欽佩，進而同情（好比《梅岡城故事》深具道德勇氣的律師芬奇；《卡拉馬助夫兄弟們》中心地純良的么弟阿萊沙）；或者更妙的，是因為某人物完完全全不像我，我根本無從欽佩，甚至談不上喜歡，卻會想自己成為那種人有多好。小說有一令人費解之處（也是讓小說成為典型的自由藝術形式的特質），就是我們在現實生活中不喜歡的人，在小說中卻很容易引起我們的惻隱之心。《浮華世界》中的貝琪·夏普或許為往上爬不擇手段；《天才雷普利》中的湯姆·雷普利八成有反社會人格；《豺狼之日》的殺手「豺狼」搞不好真想暗殺法國總統；《薩巴斯劇場》中的米奇·薩巴斯可能是個噁心又自戀的老色狼；《罪與罰》的拉斯科尼可夫，說不定真想在殺人後逍遙法外，但我發現自己在幫他們每個人加油打氣。當然，這有時是禁忌的誘惑力使然，幻想自己能夠拋開顧忌、為所欲為的罪惡快感。但無論是哪種情況，小說能把我暗自的豔羨或平常對所謂「壞」人的反感，徹底轉化為同情的關鍵，就是「欲望」。小說家只需要給角色強烈的欲望（例如提升社會地位、殺了人卻想逃過法律制裁），身為讀者的我，便會不由自主把那欲望變成自己的欲望。

華頓的《本國習俗》（1913）和《歡樂之家》一樣，都是舊紐約社會中的某個非「適者」慘遭淘汰的故事。不過這裡無情的達爾文式「大自然」，是已邁入工業化時代、大剌剌信奉資本主義的新美國，而慘遭犧牲的絕對不是主角安丁·史普拉格。這本小說讀來正如《歡樂之家》的刻意徹底翻轉，不但引人同情的成分如出一轍，也把這些成分用在女主角身上，不過要是這位女主角往莉莉·巴特身邊一站，莉莉可就變成高雅體貼又討喜的天使了。安丁·史普拉格備受寵溺、無知、膚淺、沒有道德觀念、自私到極點，是美國內陸經濟繁榮之下的產物，而且她的名字還是出自爺爺大量生產的捲髮器。華頓寫這本小說的期間，正是她準備永遠棄絕美國的那幾年，而書中對這個國家荒謬、負面而扭曲的描寫（諸如紅光滿面的好色富豪范．狄更；空有愚蠢志向的名人肖像畫家帕柏；舊紐約害人不淺又無謂的種種傳統；一心想往高層爬、只知追求空泛快感的人；官商舞弊勾結等等），讀來就像華頓精挑細選的證據，好支持她的論點。華頓彷彿在提出理由對自己說，能養出安丁．史普拉格這種人、甚至還予以嘉許的國家，不是伊迪絲．華頓的安身立命之地。

但是安丁的故事你非讀不可。《本國習俗》是最早把我認知中「全然現代的美國社會風貌」寫出來的小說，也是首度以虛構形式寫出某種特殊的文化（當時有這種文化，現在有卡戴珊家族、推特、福斯新聞等等，一點都不意外）。辛克萊．劉易士的《巴比特》（*Babbitt*）、費茲傑羅的《大亨小傳》，不僅直接承襲《本國習俗》之風，而且如果真要說的話，還似乎有點「不那麼」現代。如今主宰這世界的金錢、媒體、名人鐵三角，在《本國習俗》第一章，就藉由希尼太太（她是安丁的按摩師，也是早期提點她待人處事的人）習慣隨身帶著的一疊剪報出現了。剪報也成為全書的主題，在書中一再現身，反映出安丁一路的進展。安丁固然無知，腦袋卻夠機靈，知道自己有記者要的東西，而且也以實際行動證明自己善於操縱媒體。她始終期盼現代美國社會的另兩大特色：一、用錢消弭所有的社會差異；二、物質主義帶來的無盡享樂。安丁的世界裡，什麼都能用錢買到，什麼都嫌不夠。

然而這本小說最引人注目的現代元素是離婚。《本國習俗》絕對不是第一本書中有婚姻告終的小說，卻是西方文學經典中第一本以連續離婚為核心的小說。幾世紀以來有無數作品以「婚姻情節」為推動全書的主力，《本國習俗》卻形同宣告「婚姻情節」的終結。過去擇偶經不起犯錯，但倘若就算犯錯，也能用離婚脫身的話（安丁親自證明了這點），風險即大幅降低，如今代價大多是財物損失而已。而寫此書時應也想見自己離婚勢在必行的華頓，在書中再次火力全開。離婚是貫穿《本國習俗》的精神，也是全書再三強調的重點。《歡樂之家》中的錯誤均無法挽回，最終以莉莉香消玉殞收尾；《本國習俗》中犯錯的人卻不必承擔後果，最終則是安丁儘管嫁給全美準首富，卻仍不滿足的誇張場景。你用不著欣賞安丁・史普拉格，也同樣會欽佩一個有勇氣也熱愛形式的作者，能豁出去到這種地步。納博科夫在《蘿莉塔》中欣然接納戀童癖，華頓同樣以滿腔熱誠，支持她新設計的離婚情節。

安丁是個極端的案例，她非常不討喜，卻又因種種私欲，令人莫名同情。她也像隻打不死的小強，反而生出某種趣味，就像卡通裡被嗶嗶鳥整慘後，又不斷捲土重來的威利狼。我看著她宛如威利狼，儘管一次次離婚看似嚴重打擊了她的社會地位，她依然挺了過來，還不斷往上爬，我對這一點格外有興趣。這種心態大概很像看蜘蛛在玻璃罐裡互鬥看到出神，最後終究只有一隻蜘蛛是贏家。但這本書我越看下去，越能認同安丁的掙扎，連帶產生的奇怪效應就是，原本或許該引人同情的次要人物（例如她的第二任和第三任丈夫，還有她父親），更讓人難以生出惻隱之心。安丁一路的發展讓我看得太入迷，所以我對這些只會擋路礙事的男人甚為惱火。這些人瞻前顧後，儘管理論上值得讚賞，卻與安丁的欲望背道而馳。從這個角度來想，你或許會在安丁身上看到華頓本人的影子。她的成就與活躍最終壓垮了丈夫；先後兩個用了情的對象（貝瑞和富勒頓）又無法給她相對應的愛，讀華頓傳記的時候，很難對這些人有好感。驅策安丁的唯一渴望，是享受某種紙醉金迷的歡樂時光，這點或許和華頓對藝術、國外旅遊、深度對話的高層次渴望不盡相似，然而安丁酷似華頓的一點是，她倆私下都是孑然一身的女子，盡全力運用自己的天賦，在這世上闖出自己的一條路。

這一點，確實能讓我們對華頓生出某種更深層的同情。儘管她出身上流社會，儘管她竭心盡力社交，卻仍是一座孤島，難以融入人群，這也代表她天生是作家的料。那個把一早寫的手稿往地上扔的中年女人，打從四歲起便動不動有如墜入催眠狀態，開始「編」起故事。她從小受的教育就是要注意自己的打扮、外貌，在菁英社會環境中，做到應對進退該有的各種禮數。她從二十出頭到三十幾歲的這段時間，都盡職扮演大人培育她扮演的角色，卻始終是那個愛編故事的女孩。那個女孩出現在她所有的小說佳作裡，一意孤行、滿懷渴望、身陷困境，與她那個上流世界的傳統奮力拔河。她彷彿很清楚自己有多惹人嫌，總愛把惹人嫌的女子放在這些小說最醒目的前景，再運用說書人最有力的武器——虛構欲望的強大感染力，來製造讀者對這些女人的同情。

她的小說之中，後人最常改編的《純真年代》（1920），是在她與富勒頓的婚外情結束許久後寫成，也是第一次世界大戰之後的作品——這場戰爭，讓戰前的數十年突然有了重大的歷史意義。這次華頓以空前的坦率，把自己分割成一男一女兩個人物（也可說是把莉莉和落腮鬍分開了），寫下她本人的故事。《純真年代》的主角紐藍・亞徹，體現了華頓的出身：他獨來獨往，在團體中格格不入，卻深陷舊紐約社會傳統的束縛，走投無路之下，只能背棄自己的渴望，逐漸適應這安穩保守的大環境帶來的安逸與行為準則。紐藍深愛的對象艾倫・歐倫斯卡，則代表華頓後來的樣貌：遠走他鄉、自力更生；歷經慘痛婚姻、粉碎了她對婚姻的幻想；紐約出生，久居歐洲，隨心所欲，無拘無束。紐藍與艾倫深受彼此吸引，因為他們就像完整人格的一體兩面，彼此相屬。也因此這次要同情華頓筆下的人物，完全不成問題。

這次的人物沒有犯錯，錢成了次要問題。艾倫是個美人，生活碰上困境；紐藍想要她，但自己已婚，無法擁有她。

《純真年代》之美，在於把時間拉得更長遠。華頓把主要事件發生的背景放在一八七〇年代，而得以在結局把紐藍和艾倫放進一個完全變了樣的世界，在那個不同的世界裡，他們兩人先前遭遇的苦難，便成了某個特定時空下的產物。這本小說描寫的，不僅是他倆過去無法擁有的（也就是他倆那群老派紐約上流社會家人暗中阻撓、不准他們擁有的），也是他倆「曾經」得以擁有的。書末有一令人心碎的佳句，讓我們看見紐藍對未竟之夢的抉擇，說這句話的人不是紐藍或艾倫，而是紐藍未曾背棄的配偶。華頓在這本小說中，很自然把她曾稱之為「我全神貫注的焦點」集中在扭曲她年少時代的社會傳統上，但她同樣也加以頌揚。她以歷史的角度回顧，把這套繁文縟節寫得清楚又完整，重現當時那個社會真實的模樣，讓你看見社會制度有優點也有壞處。她這樣的寫法，讓現代讀者無法從譴責過時的禮教輕易得到快感。相反的，到了全書最末，你得到的是同情。

小說家的十條守則

Ten Rules for the Novelist

一、讀者是朋友，不是擂臺上的對手，也不是一旁的觀眾。

二、小說若不是作者自身探索恐懼或未知的冒險，就沒有寫出來的價值，除非是為了錢。

三、絕對不要用「then」（然後）當連接詞——我們已經有「and」可用了。看到文中有太多「and」就換成「then」的作家根本是懶惰，或搞不清楚狀況，而且也沒解決問題。[1]

四、用第三人稱來寫，除非第一人稱觀點真的十分獨特，非用不可。

五、資訊變得免費，無論哪裡都唾手可得的情況下，為了小說做大量研究，也就沒那麼了不起了。

六、最純粹的自傳式小說需要純粹的新創。《變形記》這樣的自傳式故事，至今無人能出其右。

七、靜坐比追逐能讓你看到更多。

八、工作空間有裝網路的人，不太可能寫出好小說。

九、有趣的動詞很少真的很有趣。

十、在你能無情之前必須先去愛。

1〔譯注〕：詳見作者於《到遠方》中的〈逗點—然後〉一文。作者並舉例說明把「then」當連接詞的錯誤示範：She lit a Camel Light, then dragged deeply. 正確寫法應為：She lit a Camel Light and dragged deeply.（她點了一根駱駝淡菸，深吸一口。）

錯過

Missing

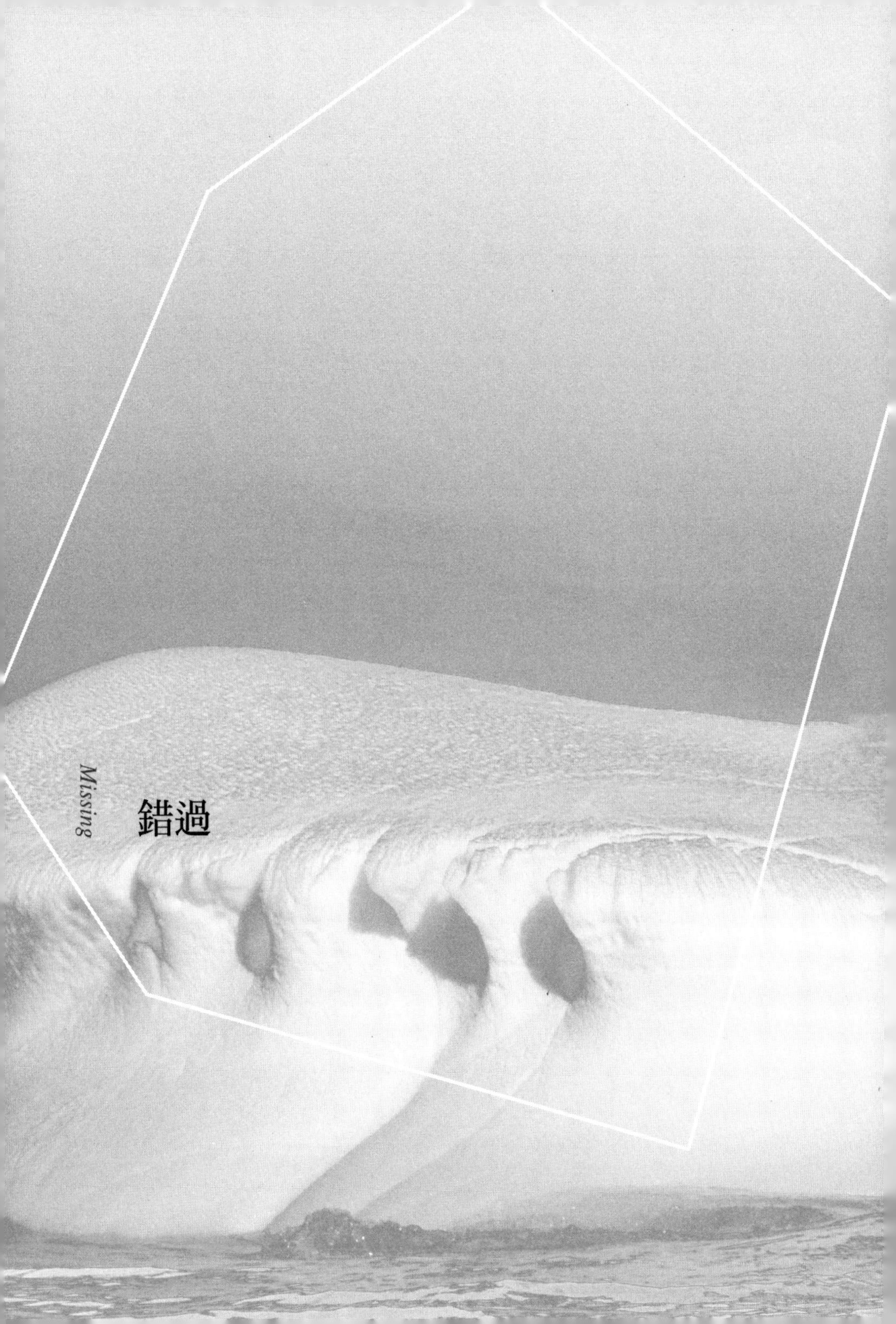

不知是幾個小時前吃的安眠藥作祟，還是因為我在紐約甘迺迪機場安檢的人龍中站了五十分鐘之久（同時眼睜睜看著「捷藍」航空的工作人員，讓另一批旅客排到人龍最前面，好彌補班機延遲造成的不便），總之我覺得腦袋不太對勁。這會兒是六點十五分（a quarter after six），我在某個賣吃的櫃位買了濃縮咖啡和瑪芬。我先付了店員六元，再打開塞得滿滿的背包外袋，逐一拿出裡面的東西，努力想挖出一枚二十五分硬幣。給對方數目正好的零錢（六點二五，同樣是a quarter after six）似乎是件天大的事，儘管我自己也覺得，我把這當成大事還真是玄了。

我終於找到二十五分硬幣，把掏出來的東西裝回背包，然後才想起沒跟店員要收據，但那時她已經在幫下一個客人（一名拉丁美洲青年）結帳。我原本要拿咖啡和瑪芬的費用報帳，卻錯過拿收據的機會，明知該就此作罷，卻莫名覺得那張收據這會兒好像也成了天大的事。我回頭向店員要一張手寫收據，那個拉丁美洲青年卻主動說可以把他那張收據給我。我真心向他道謝，而回報他的方式，是帶走了他的登機箱。

過了十分鐘，我看了一下電郵信箱，查了些美足賽的比數，接著視線便落在腳邊的那個登機箱。我最近才買了個新的「瑞士維氏」二十一吋登機箱，眼前的這個登機箱卻反常的大，而且不是「瑞士維氏」的。

我連忙趕回剛剛買咖啡的櫃位，得知沒有人把行李忘在那邊。我想起自己還沒來得及在新買的登機箱寫上姓名地址，又想到自己粗心可能造成的後果——那個拉美青年已經帶著我的登機箱上了飛機！而且那箱子裡裡外外都沒有標示誰是主人！我接著又找了好幾個登機區，最後來到服務臺。那個拉美青年正好在那裡向捷藍航空的女職員洽詢。他很開心自己的登機箱物歸原主，只是他並沒帶走我的行李。

「我們先找找看，找不到再打給保全人員。」那職員對我說：「也許有人不知道自己拿的是你的行李。」

我覺得這可能性很低。肯定有人拿了我的行李，而且搞不好是故意的。我在想，全身行李只剩背包的情況下，還能順利完成這趟旅行嗎？我跟著捷藍的那位女職員回到大廳，逐一查看那邊的行李，但那些行李上都有標示物主。我只覺自己像個賞鳥人，每種能想得到的鳥都看了，就是沒看到最最想看的那一種。但後來我們走到另一個賣吃的櫃位，這邊賣的麵包糕點比較差，我才想起自己之前來過這裡，執意要找符合我標準的瑪芬，始終決定不了要買哪個。結果在那堆瑪芬前面，自顧自站了二十分鐘（而且沒人通報保全）的，正是我的「瑞士維氏」登機箱。

・
・
・

我這趟旅行的目標很明確，就是在我可隨意安排的七天內，看遍大小安地列斯群島的各個特有鳥種。有習慣記錄看過鳥種的賞鳥人，對一個島上的特有鳥種（也就是除了那座島外，地球上其他地方都看不到的鳥）興趣特別高。我們要是在某個島上漏看了那邊的特有種，這輩子很可能就再也看不到了，因為這世上還能去的賞鳥地實在太多，要重返那座島不知會是何時。再說，加勒比海的很多特有鳥種處境都很艱困，以後只會越來越難找。倘若我有兩週時間，要看遍牙買加的二十八種和聖露西亞的四種特有種，應該不是問題，但要在一週內辦到，我運氣得很好才行。

儘管我大多時候不算迷信，卻總覺得行李在甘迺迪機場失而復得，已經用掉相當的好運額度。而且我確實有個迷信，就是給計程車司機和飯店員工豐厚的小費，可以大大提升我的賞鳥運。因此更壞的兆頭出現了——我抵達牙買加後，從京斯敦機場上藍山這一程，我反應太慢，沒來得及給司機小費。

我在藍山的民宿主人是蘇西．伯貝瑞，她開休旅車來接我，載我駛過一條路況奇差的路，來到她的咖啡農場和民宿。牙買加的藍山咖啡原本有八成的比例外銷日本，但日本在福島核災後需求一落千丈。牙買加的咖啡加工業者若不是把向咖啡農的採購量砍一半，就是把進貨價砍一半。蘇西和先生目前的收入來源都靠觀光業，有超過三分之一的民宿客人是賞鳥人。全球對加勒比海特有種的賞鳥需求，不像咖啡市場起伏那麼大。

蘇西請我吃法式鹹派和冰洛神花茶，之後就讓我自己看鳥去。我看到的第一個特有種是一隻橙紅雀（Orangequit），在咖啡農場下方的馬路上閒晃，長得非常漂亮，灰藍相間，橙色喉頭。我透過雙筒望遠鏡欣賞了好幾分鐘，但不可否認，我看到牠的喜悅，和我在玩的數字遊戲脫不了干係——看到一個特有種，代表還剩二十七種要看。我後來又看到許多橙紅雀，但牠們對我的意義就只是「那不是我還在找的特有種」。不過當然，在一個鳥類生態既豐富又多元的環境中漫步，本身就是一大樂事。這是我們和某種「過去」產生連結的方式，在那個「過去」，大自然更為完整，不致支離破碎，未受玷汙危害——鳥是一個健康生態系最明顯可見的指標。賞鳥有附加的魅力和優點，可以帶你去一個國家大多數觀光客絕對不會去的點。賞鳥也成就不同種類的觀光業，你的第一世界窺淫癖透過這種活動得以導正，因為你全神貫注的目標變成「幫生涯鳥種名錄添加新種」，這種癡迷也就變得沒那麼糟糕了。

假如你像我一樣請了當地的賞鳥嚮導，就會遇見一些散發正面能量的熱血人士，他們的同胞多半對大自然無感或嫌惡，使得他們與主流格格不入。我第一個早晨的鳥導是林登・詹森（Lyndon Johnson，和縮寫為LBJ的詹森總統同名同姓，他還特別跟我說：「我的中名開頭不是B喔。」），三十五歲，是牙買加林務局的員工。我們因為路況不佳，早在天亮前就出發，一路開到高山的林地，那邊還有大片的原生種林木，在咖啡農場和各種開發案的夾縫間存活下來。不出幾小時，林登便幫我的特有鳥種紀錄多加了十二種，有名字和羽色都很可愛的牙買加蠅霸鶲（Sad Flycatcher）[1]；全身翠綠鑲金又戴紅的牙買加短尾鴗（Jamaican Tody），當地人叫牠「拉斯塔鳥」（Rasta Bird）[2]；個頭嬌小、穿著黑白紋西裝背心的箭頭林鶯（Arrow-headed Warbler）。鄉間滿是這種林鶯的近親，鳥種多達十餘種，而且顏色更繽紛，都是北美洲的候鳥，飛幾千哩路來此，而且只在熱帶地區度冬，相形之下，箭頭林鶯始終堅守一島，更顯得動人與神祕。

林登還在馬路附近，聽見可說是牙買加最難找的特有種——蜥鵑（Jamaican Lizard-Cuckoo），我們在原地站了很久，凝視蓊鬱的森林，深盼能看上一眼。天氣十分涼爽宜人，只有很偶爾駛過的卡車，載著一群群採收咖啡莓果的工人，劃破周遭的靜謐。莓果正在我們下方的山坡上熟得豔紅，山坡上則開了一條條登山越野車小徑，當地某位實業家給這景象取了些稱號，像是「褲襠裡的螞蟻」[3]。既然蜥鵑明顯沒有供人觀賞的興致，我們便轉往「萊姆樹農場」附近的另一處森林。這時我對蜥鵑生出某種不祥的預感。這感覺就像美足賽，同樣是分秒必爭，要是開賽之初射門不中，那陰影往往會回來糾纏你。賞鳥之旅才開始，就錯過一個重要特有種，很可能是重大的損失。

下午兩點左右陽光正烈，熱到鳥兒暫停活動，這時我已經看了十八種特有種——這數字多到我開始逐一在腦中回味，刻意把我看到的鳥種和看到的地點連結在一起。我朋友陶德．紐伯瑞（Todd Newberry）寫了一本書叫《狂熱賞鳥人》（*The Ardent Birder*），他主張你應該只記錄「能具體想起首次相遇經過」的鳥種，假如你看著自己清單上的某種鳥，卻沒有與牠相關的記憶，就得把牠劃掉。我自己是沒這麼極端啦（假如我在厄瓜多之旅的賞鳥紀錄上，寫著我看過一隻淡白腰唐加拉雀〔Opal-rumped Tanager〕，那我對天發誓，我肯定真的看到了），不過我確實贊同陶德的說法，我認為賞鳥不僅是拿著待看清單、看到就打勾的動作而已，也應該是一種體驗你所在環境的方式。這些數字的意義，應該只和各種比賽的分數一樣，是一個抽象

1〔譯注〕：英文字義是「悲傷的捕蠅器」。
2〔譯注〕：因為牙買加黑人宗教「拉斯塔法里」（Rastafari）教派的代表色是綠、黃、紅。
3〔譯注〕：Ants in the Pants，比喻極度心煩焦躁。

的目標，一種為自己打氣的方法，鼓勵自己迎接一種經常伴隨不適的體驗——清晨四點半就起床；走到哪裡都得站著，站到兩腿發疼；外加恙蟲或蚊子大舉進攻。倘若你眼前沒有那個目標，很可能生出半途而廢之念。

話雖這麼說，我對來個大滿貫的機率倒是頗有把握。我還有三天時間，只剩十種特有種還沒看到。不過對機率有把握，從來不是好事。隔天早晨，我和林登在理想的涼爽天氣下，徒步穿過美麗的藍山森林棲地，但從出發起的五個小時內，完全找不到還沒看過的特有種。一直到上午十一點，林登才在我覺得不可能有鳥的茂密枝葉間，奇蹟式發現了黑色的牙買加比卡雀（Jamaican Becard）。沿著路繼續往下走，他又發現一隻不一樣的黑鳥，在糾結的藤蔓與附生植物間緩緩移動。我雖未一次看到牠的全貌，倒也能從看到的不同部位，歸納出應該是牙買加擬黃鸝（Jamaican Blackbird），這是牙買加最罕見的特有種，只在未受干擾的原生森林中才看得見，而現在原生森林越來越少了。我為這鳥兒的困境難過，但我也是個自私的賞鳥人，能把這島上最難發現的鳥種放上我的賞鳥紀錄，我還是十分開心。才不過一天出頭，二十八種特有種，我就囊括了二十種。

⋯

我在牙買加東北角附近的某間旅社，和下一個賞鳥嚮導里卡多．米勒（Ricardo Miller）共進晚餐。他是政府的鳥類專家，也是牙買加全國鳥會的會長，長得一表人才、戴眼鏡、很有想法。他小時候家裡環境並不好，卻很有上進心，立志要當飛行員，進了牙買加的預備軍官訓練學校。全國只有兩種培訓飛行員的年度獎學金，他十五歲就拿到其中一個，飛的是單引擎賽斯納150型。之後他申請加入空軍，筆試成績優異，卻因脊椎側彎過不了體檢。他的第二方案是當數學家，但感覺不太實際，於是採取第三方案，去念環境科學。「我一直都是戶外型的人。」他對我說：「我已經看到小時候的一些海灘變成飯店。我以前會走好幾條小路穿過樹叢，後來連樹叢都沒有了。看事情發展的這個速度，我想，這個國家將來會需要環境學家。」

「你爸媽沒意見嗎？」我問。

「當然有啦。他們希望我當醫生什麼的。」

牙買加的鳥類保育有個特殊的狀況，就是缺乏教育。儘管有些非政府組織在這方面的耕耘很有成績，但要向大批學童介紹國家自然遺產，經費還是不足。大學裡原本有位兩棲爬蟲動物學家兼賞鳥人，引導像里卡多這種研究生走上研習鳥類學之路，可惜此人已經過世。因此現在研究鳥類的只剩下外國人，三十歲的里卡多，是鳥會目前活躍的會員當中最年輕的。

牙買加的保育工作面臨的幾個更大難題，在於人口分布、文化、經濟等層面。「我覺得我們的人口多到要爆炸了！」里卡多說：「這代表對環境的壓力更大了。我總以為我們的人口一直是兩百萬，但忽然間就聽說變成三百萬，好像一夜之間暴漲似的。」

「我聽說是三百五十萬。」我說。

「你看吧！一夜之間嘛！」

照里卡多的說法，牙買加人大多覺得野生動物很噁心，避之唯恐不及。「他們不喜歡會爬會動的東西。」他說：「他們只要看到蛇，多半當場就劈死；看到壁虎，就拿殺蟲劑去噴。他們覺得鱷魚是蛇和壁虎變的。」里卡多也認為，近來中國商人大量湧入，更強化了牙買加人這種心態。「以前牙買加人只殺鱷魚，」他說：「現在變成中國人吃鱷魚。我認識一個生物學家，她在研究某塊潮池地，結果有一天她到現場，發現有個中國男人帶著一把刀，岩石上不管有什麼都抓來吃。她就哭了——這代表她又得找一塊新的地從頭來過。」

我提到南美洲國家之中，原住民人口比例高的國家，和大多是移民組成的國家（如智利）相較之下，原住民多的國家保護自然的成果比較好。里卡多也同意牙買加的情況比較像智利。「牙買加人最初都是被帶到這兒的奴隸，」他說：「和大自然的連結，好像早在橫越大西洋的路上失落了。他們現在只想輕鬆賺大錢。盜獵一隻鸚鵡，賺不到一百美元。把鸚鵡留在森林裡，帶客人來觀賞，鸚鵡的價值就高得多。可是有時候盜獵的人為了接近鸚鵡的巢，會乾脆把整棵樹都砍掉，這嚴重影響了鸚鵡的數量，因為鸚鵡完全仰賴老森林留下的天然巢洞。海龜的情況也是一樣，為什麼要殺到這裡來下幾百顆蛋的母龜？還有龍蝦，幹麼要殺抱卵的母蝦？」

里卡多白天的工作需要和當地獵人合作。這些獵人到了夏末，可以獲准射殺四種鴿類，數量有其上限。獵人是保育人士的自然盟友，然而牙買加同樣也深受過去的陰影糾纏。「牙買加人很鄙視打獵。」里卡多說：「因為殖民主義在我們這兒留下打獵的文化，那是有錢人的專利，有錢人才買得起那麼貴的武器，窮人只能恨得牙癢癢的。這讓人覺得政府鼓勵打獵，卻不許老百姓把鳥養在籠子裡——這等於是用另一種方式懲罰窮人。」

要克服保育面臨的經濟難關，最好的解方就是生態觀光業。牙買加觀光局正積極推廣該國賞鳥勝地的形象，幫規畫行程的旅遊業者實地導覽，但要打造生態旅遊所需的基礎建設，需要投入大把銀子；少了基礎建設，生態觀光業就賺不了大錢。因此政府繼續推動「吃喝玩樂全包式」的超大型飯店開發案，畢竟這種飯店帶來的就業機會不是幾個幾十個，而是一次好幾百個。「這種超大型飯店，其實大多時候都空著。」里卡多說：「有新飯店起來，就代表有舊的倒閉。我個人認為，除非目前營運中的飯店，百分之百、無論何時都有百分之百的住房率，才能發營運許可給新的飯店。」

我問里卡多有沒有自己的賞鳥紀錄清單。

「有啊。」他帶點不好意思的笑答道：「我承認，我會列清單，大概列了一百八十八種吧。」

「大概一百八十八種啊。」

他大笑，跟我說他九月某天清晨在海灘散步，發現一隻累到動不了的鶯，正在遷移的途中。他看牠連逃的力氣都沒有，便用手機拍下牠的照片。回家後他請幾個朋友幫忙，認出牠是汙黑黃喉地鶯（Mourning Warbler）。「所以說不定，」他說：「現在有一百八十九種嘍。」

• • •

隔天清晨五點半，我已經一切就緒、準備出門，只是飯店大廳不見里卡多的人影。他原本就有點吊兒郎當的樣子，我不由納悶他是不是真的那麼靠不住。但沒多久，他就從門外車道的一片漆黑中現身，說他聽見一隻牙買加斑鴞（Jamaican Owl），也看到牠飛進一顆樹的枝葉叢裡。我一聽連忙去拿手電筒。通常這種情況下，可以靠牠雙眼反射的光找到牠，我們這會兒雖然沒在枝葉叢中發現反射光，但牠後來從樹後面飛起，我靠著雙筒望遠鏡和手電筒幫忙，倒是看得夠清楚，得以在牠消失前，從體型大小、肉桂色羽毛和一般貓頭鷹的特徵，看出確實是牙買加斑鴞無誤。

我們這天要去的點是「艾克勒斯當路」（Ecclesdown Road），這是一條既長且窄的路，蜿蜒穿過約翰克勞山山腳的一片樹海。（「約翰・克勞」〔John Crow〕是當地人對紅頭美洲鷲〔Turkey Vulture〕的稱呼。顧名思義，牠紅頭紅臉、弓著背、一身黑。這名字的典故來自以前一個名叫約翰的傳教士，他曾經下鄉四處尋找願意改信教的人，總是弓著背，穿一襲長黑袍，一張臉晒得通紅。）我和里卡多趁著幾場暴雨的空檔，走了好幾哩路，看到兩種牙買加特有種鸚鵡、三隻巨大的栗腹棕鵑（Chestnut-bellied Cuckoo），和一群牙買加鴉（Jamaican Crow，當地人叫牠們「嘰哩咕嚕鴉」〔Jabbering Crow〕，因為牠們的叫聲很特別，嘰哩咕嚕糊成一團）。接著在某棵樹的頂端，閃過鳥兒洋紅色的腹面，那是一種名為「牙買加芒果」（Jamaican Mango）的蜂鳥。

我們的第一要務是找到鳳頭鶉鳩（Crested Quail-Dove），牠屬於在地面活動的鳥類，神出鬼沒，牙買加人稱牠為「山女巫」。牠們目前面臨的威脅除了棲地遭破壞之外，引進牙買加的外來種哺乳動物「印度小貓鼬」（mongoose）也會獵食牠們，這種鳥因此變得和牙買加擬黃鸝一樣稀有。里卡多後來終於聽到牠叫了一聲，那瞬間我只匆匆瞥見牠低飛過路面的側影，和沒看到差不多。我們才跑到看見牠出沒的那個地方，便發現有輛車駛來，擾亂了這條路恬靜的鄉間氣息。我們這整個上午看到好幾輛車，這是最早出現的其中一輛，還不斷按著喇叭。接著有兩個人從車行的反方向出現，一個帶著強力鏈鋸，另一個提著一大罐汽油。眨眼間，那鏈鋸就在我們下方山坡的林地隆隆響起，不多久便傳來大樹倒下的聲音。我們剛剛看到的或許根本不是鳳頭鶉鳩，但那一刻，感覺恍如在一個人口密集又貧窮的國家，發生的一則保育寓言。我們周遭的土地固然為政府所有，卻有大部分長期租給民間使用，加上林務局缺乏資源，無法有效取締盜伐，山女巫只得繼續尋找避難之處。

⋮

截至里卡多啟程回京斯敦為止，我只差兩個特有種沒看到，就是鳳頭鶉鳩和蜥鵑。我隔天早晨還是很早就起床，又走到艾克斯當路，雨卻下個不停，而且越下越大。到我非得去機場之前的最後關頭，都沒再看到新的鳥種。我實在很想把聽見蜥鵑叫聲，和那匆匆一瞥的鳳頭鶉鳩都算進去，就可以宣布自己達成大滿貫，但我還是遵守遊戲規則，勉強承認自己除了兩個例外，算是看遍了牙買加所有的特有種。通常沒能達成大滿貫的標準自我安慰句是：「噢，那這下子我有理由回牙買加一趟了。」不過說實在的，我自己知道，下回我到加勒比海一帶賞鳥，會針對還沒看過的特有種，專攻有那些鳥種的島。賞鳥遊戲之所以有趣，在於沒有人能看遍地球上所有鳥種，所以失敗是必然的，倘若結果保證成功，這遊戲也沒有玩的價值。我八成永遠看不到鳳頭鶉鳩和蜥鵑了吧。

到了聖露西亞，來機場接我的是歐森．彼得，他是退休消防員。我們從首都卡斯翠駛往面向大西洋的「平靜天堂」民宿途中，他指了好幾個消防站給我看。我謹記牙買加的失敗經驗，這次給了彼得一張二十元美鈔當小費，但很意外他把鈔票收進口袋時，有種奇怪的表情。進了民宿，主人洛琳・羅爾跟我說明，我那五十元車資並沒有包在預付款項裡。我因為在牙買加的車資是預付的，就以為這裡也一樣。她答應晚點會再給彼得五十元，只是我的無心之過這下子又成了不祥之兆。

我隔天早晨的鳥導是個叫梅爾文的年輕小伙子。我還在民宿後方的露臺吃早餐，梅爾文忽地有如精靈般，只消呼一口大麻煙，便從黎明前的曙光中現身。他穿著橡膠靴，捲起牛仔褲腳，半透明的漁網衣垂到大腿，頭上是針織毛帽。他開車帶我從民宿外的馬路往上走，穿過一座香蕉農場，來到一棵俗稱「愛之蘋果」（pomme d'amour）的亞洲種觀賞用樹[4]，桃紅色的花朵怒放，許多蜂鳥繞著它上上下下飛舞。站在樹下的我，踩著厚實的桃紅色地毯，完全用不著出動雙筒望遠鏡，就認得出這些鳥兒。我和梅爾文接著往下開，到了沿海的主要道路，把車停在所謂「乾」林的一處空地。說「乾」，只是與高海拔雨林比較後的說法。梅爾文把拇指按在唇上，發出一陣很有節奏感的尖鳴，立時便召來一對白胸旋木鶇（White-breasted Thrasher）。牠們在我們上方的樹好奇地跳來跳去，一看我們不是同類，馬上便不見蹤影。鶇這種鳥正如其名（thrash有不斷揮動、亂蹦亂跳等義），總是活力充沛也很有個性，真捨不得牠們飛走。

鳥種的定義（列賞鳥紀錄的人，要做表格就全靠這個類別）是持續進行的科學辯論。要把鳥的世界一一分成用拉丁文命名的具體物種，等於是把一套有點專制的框架，硬加到「基因、雜交育種、演化」這種不斷變化、又極度複雜的系統上。加勒比海的許多特有種鳥類，外表和比較常見的大陸鳥種幾乎完全一樣，卻仍在與外隔絕的島嶼環境下，在聲音、羽色、骨架、習性等方面，演化出恰到好處的些微差異。（比方說，在我眼中，牙買加鴉和我曼哈頓窗外的烏鴉，簡直沒有兩樣。）鳥類學家聯盟不斷在修改它的官方分類，把多個鳥種「合併」成單一鳥種，或是把單一鳥種「分裂」成兩種，或多個新鳥種。這種「分裂」可能會製造出賞鳥人所謂「天上掉下來的生涯新種」——你連家門都不用出，就可在自己的紀錄清單上多加一個生涯新種。這就像把美足賽射門和達陣的定義無止盡改了又改，已經打完的球賽結果，也因此變了又變。

然而白胸旋木鶇可不是定義屬於灰色地帶的鳥種。牠有黑色的背，正面一片雪白，完全不同於我見過的鶇。牠原本在馬提尼克和聖露西亞都很常見，但因棲地受侵擾，分布範圍已經銳減。現在或許在馬提尼克還有兩百隻，聖露西亞則有一千隻

4〔譯注〕：即馬來蓮霧。

左右的個體，集中在大西洋海岸乾林中的一小塊區域。在白胸旋木鶇分布範圍的中心地帶，有個地主坐擁五百五十四英畝的地，但七年前他開始清空這片地來蓋度假村，還取了個倒楣的名字（從鶇的觀點來看）叫「天堂」，把這種瀕危的鶇趕跑了大多數。之後開發商碰上財務困難，挖起高爾夫球場，又蓋了好些大型園區。從主要道路上就看得到一些沒完工的樓房，東坍西塌，只是徒積雨水，看上去就像飽經戰火摧殘的軍用設施。

後來我飛回紐約的途中，飛機掠過「天堂度假村」正上空，高爾夫球場一覽無遺。那裡已重建綠地，種著茂密的灌木叢——對許多鳥來說是很好的棲地，但習慣森林的鶇卻無容身之處。我得老實說，我一點都不替開發商難過。捷藍航空的機長透過廣播，不斷對旅客用「天堂」這個詞，說我們正在飛離天堂云云，我越聽越火大。等抵達紐約，他說的第一句話是「歡迎回到現實」，只是我覺得機長剛好講反了。美國人就算經濟再不景氣，也還是享有西印度群島多數國家沒有的豐足安逸；美國即使政治對立壁壘分明，還是齊心協力，讓我們獨有的瀕危物種就算無法置身天堂，至少也有合理程度的穩定狀態。假如現實的樣貌，就是人口成長和超大型觀光開發案持續消耗資源，那麼，現實其實是在南方。

• • •

梅爾文平日是聖露西亞林務局員工，負責找尋植物和研究植物，當鳥導是為了補貼收入。他很好相處，也很擅長在密林間發現鳥兒，引誘牠們現身——我們因此看到了可愛的聖露西亞黃腹灰林鶯（Saint Lucia Warbler），和許多小安地列斯群島的特有種，包括名副其實的灰旋木鶇（Gray Trembler）[5]，但梅爾文對某些鳥種的正確名稱不太在行。我在聖露西亞的第二個整天，打算去找剩下的三個特有種，想說跟著洛琳幫我安排的當地資深賞鳥人會比較妥當。可是洛琳說那個鳥友是基督復臨安息日會的教徒，她請他確認成行的時間，他卻沒回覆。加上那天週六，是該教派的安息日，他也許到天黑都不會有回音。

當天傍晚四、五點，我看外面比較涼爽了，就開車去迪卡提爾自然步道，想看能否找到一、兩個特有種。結果有幾條路因為湯瑪斯颶風來襲時的土石流裂開了，半途中斷，我便尋找替代路線，卻暈頭轉向迷了路。不過我最後還是努力在太陽下

5〔譯注〕：字面意義是「灰色、會發抖的東西」。灰旋木鶇鳴唱時，翅膀和尾巴會隨之抖動。

山前的四十五分鐘，抵達步道起始點。我帶著雙筒望遠鏡走上步道，先後在林間數塊空地上停下來，仔細聽周遭的動靜，只是這片雨林儘管保存得很好，卻好像沒有半隻鳥。這時我才後知後覺，想起「賞鳥基本法則」中的這一條：「最好的鳥永遠在停車場附近」。我連忙趕回停車地點，一路漸漸聽到鸚鵡飛回棲息處的叫聲。到了停車場，在逐漸暗下來的天色中，我果然清楚看到一隻聖露西亞亞馬遜鸚哥（Saint Lucia Parrot）飛過。

我那晚去附近唯一一間供應完整酒類的餐廳吃晚飯，看到餐廳露臺上的某桌有幾個人在喝酒，一個頗健談的英國人叫奈吉爾，另有兩個年輕的英國女子，大出我意料之外的是，那個基督復臨安息日會的賞鳥人竟也在座。奈吉爾幫「探索頻道」拍自然影片，而且那個教友居然隔天就要帶他去看鳥。奈吉爾邀我和他們一起去，可是我和他想看的目標鳥種不同，加上那教友既沒回覆洛琳的簡訊，竟也沒在家遵照教義過安息日，讓我頗為不爽。我便坐到另一桌，聽奈吉爾跟那兩個女生滔滔不絕，講自己看過的小安地列斯鳥類多美多棒云云，著實有點刺耳。那教友過來跟我致歉，說他以為我要下週才到。我回說沒關係。

等回到「平靜天堂」民宿，洛琳說那教友剛打過電話給她。「他劈頭就說：『搞成這樣可不是我的錯。』我明明發了簡訊過去，上面寫了日期，他也記下來了——怎麼會不是他的錯？」

我講了自己的臆測，我想那教友應該是覺得，和「探索頻道」的攝影師一起出遊，對自己比較有加分作用。

「唔，我倒沒想到這點。」洛琳說。

我請她放心，我和梅爾文一起走完全沒問題。

隔天早晨，我和梅爾文回到迪卡提爾步道，巧遇奈吉爾和那個教友，就答應和他們一起走。感覺教友其實人還不壞，而且對這裡的鳥真的都很熟。一路扛著單筒望遠鏡和腳架的奈吉爾，舉止也不像半吊子或投機取巧的賞鳥人，反倒一副興致勃勃的熱血狀。我對梅爾文說，我前一晚看奈吉爾邊喝酒邊在女生面前耍帥，對他印象不太好。梅爾文點頭深表同感：「他太嗨了。」我們用奈吉爾的單筒望遠鏡，看了好些棲息中的聖露西亞亞馬遜鸚哥，牠具備鸚鵡的所有最佳特質——極愛社交、五彩繽紛、頭與肩有美麗的圖樣，還有流露智慧的臉龐。奈吉爾看牠們看得興味盎然，讓我心目中原本給他扣的分又加了回來。

只是天公不作美，而且雨勢頗大，有些鳥兒沒打算露臉，教友和梅爾文同樣叫不動牠們。到這時我還是沒看見當地特有的聖露西亞擬黃鸝（Saint Lucia Oriole）和聖露西亞黑雀（Saint Lucia Black Finch），便帶著梅爾文往下走，回到相對較乾的海濱。到了先前看到白胸旋木鶇的地方，梅爾文不斷發出尖鳴，終於引出一隻母黑雀。我們聽見奈吉爾和教友在上方的樹叢間行進，不斷發出劈劈啪啪的聲響，連忙奮力爬上泥濘的山坡，只見奈吉爾在樹叢間看得渾然忘我，但這可是個危險的環境，不斷有人警告我，這一帶有大批矛頭蛇（fer-de-lance）出沒，是一種劇毒的蛇。奈吉爾轉過頭來，對我露出有點瘋瘋的傻笑，那是同道中人的笑容。教友這時說，他們目前為止只瞄到一眼白胸旋木鶇，而且根本沒看清楚。我決定閉口不提自己和梅爾文前天就在這兒看過了，不僅在半分鐘之內就看到兩隻，而且看得超清楚。

我那天下午又去迪卡提爾步道找擬黃鸝，卻是雨霧濛濛。到了黃昏，我已經受夠了一直找不到擬黃鸝，也受夠了每天清晨五點起床，但我仍盡責擬定計畫，準備天沒亮就出發，再給自己一次機會。只是隔天清晨，我一點都不想起床了。遊戲的意義，在於你不願細究自己為什麼跳進去玩。遊戲的表象下是巨大的空虛，和我們忙碌生活表象下的虛無，兩者是一家親。我已經在牙買加錯過了兩個特有種，要是在聖露西亞又錯過一個，有什麼關係？我有沒有看到鳥，真的，又怎樣呢？

我繼續賴床居然等於賺到，因為早上八點到九點之間豪雨傾盆——反正肯定看不到擬黃鸝，我樂得撿到空檔來看一下電子郵件，只是在看信的當兒，太陽出來了。我猛然想起去機場前還有幾個小時，可能還看得到鳥，趕緊收拾該帶的東西，開車回梅爾文之前帶我去的那幾處乾林地。原先因大雨暫停活動的鳥兒，這會兒才又活躍起來。能看到牠們真是開心啊！而且我竟然發現了一個新的生涯鳥種——加勒比海伊拉鶲（Caribbean Elaenia），牠在聖露西亞理應算是「常見」鳥種，但在此之前我完全沒能得見。不過我看到現已熟悉的蠅霸鶲和牛雀（bullfinch），也同樣興奮。看見牠們不過是兩天前的事，卻已經覺得牠們像老友了。

我沿著海岸繼續往南開，在維佛（Vieux Fort）的燈塔附近，看著一對軍艦鳥，就在我頭頂正上方的空中，或爭執或求愛。我看見藍天、碧海、綠林。一隻熱帶鳥在海面上空閒閒兜圈；蜂鳥在各處飛奔穿梭。我馬上就得去機場，卻繼續在路上緩緩走著，依然盼望聖露西亞擬黃鸝能出現，也依然錯過牠。

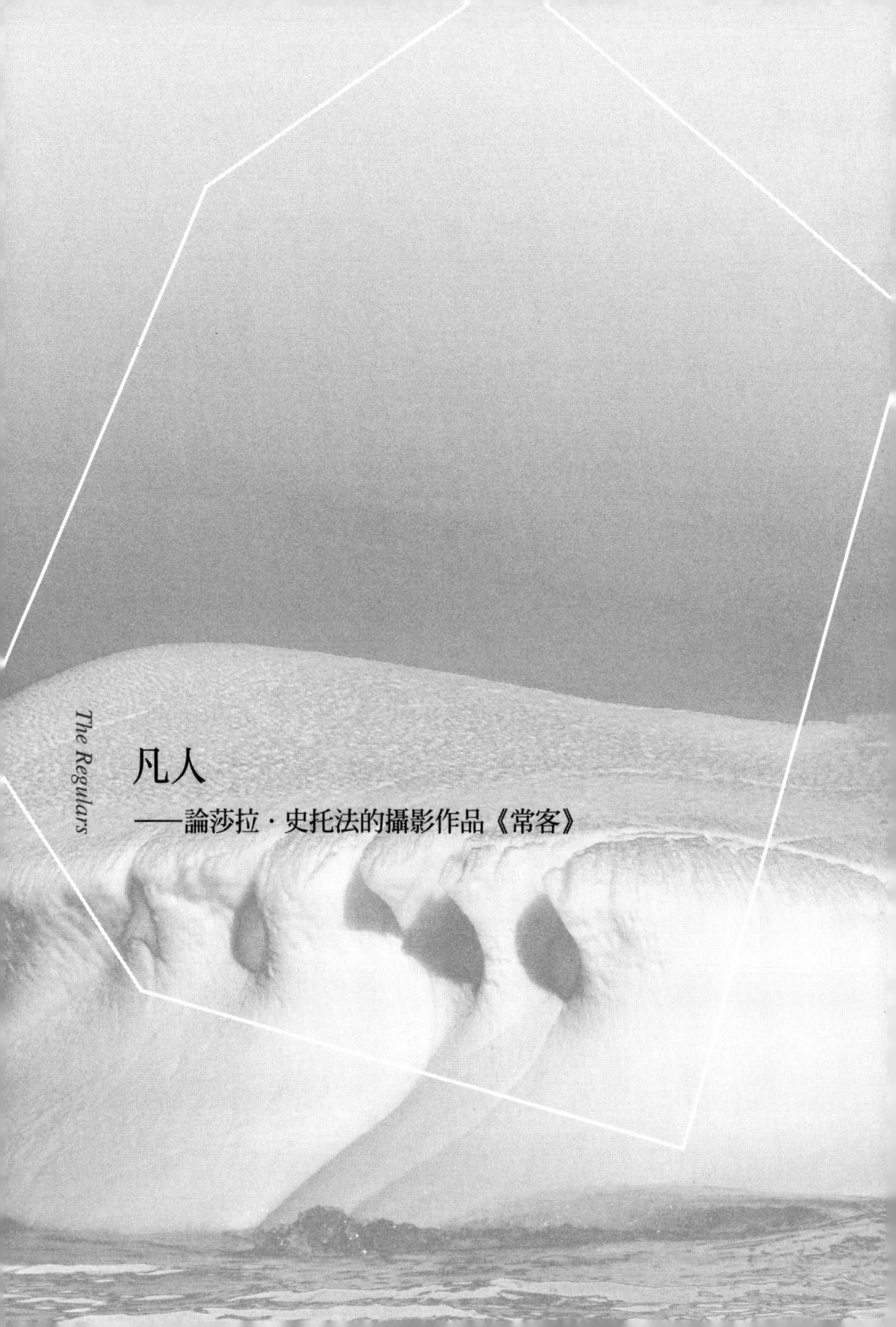

The Regulars

凡人

——論莎拉・史托法的攝影作品《常客》

我一看這些照片就不喜歡。每張照片都在提醒我跌過而不願再提的那幾跤，尤其是我終究沒能在費城待下去的事實。我這輩子過得最慘的一年就是在費城，這麼說不是我有後見之明——那段時間我始終都很清楚，這是生平最不順的一年。費城會快速耗損某種自我；費城拒絕放大我們的存在感。它這一點就和國鐵「東北城市線」（Northeast Corridor）其他以勞動人口起家的城市不同，好比波士頓和巴爾的摩。這兩個城市都有很強的身分認同感，世世代代都以身為該市市民為榮。許多電視節目在巴爾的摩拍攝，許多電影則在波士頓取景，光是在這兩個城市拍攝的影視作品，一年的量就比費城十年的還多。導演強納森．德米（Jonathan Demme）的《費城》一片，扣掉開場泛著些許淒清的街景蒙太奇，配上布魯斯．史普林斯汀（Bruce Springsteen）唱來別有一番愁緒的主題歌之外，就看不出哪裡有費城特色了。費城的特色就是欠缺、是失去、是中間那塊空白。若說費城是個概念，那就是永無可能徹底具體化的概念。哪怕你身在布魯克林最髒亂破敗的隱密之處，也看得見遠方曼哈頓的天際線，感覺得到受它保護——紐約自有它的分量，它保護著你，讓你不致因情緒沒頂。但你若在費城的肯辛頓（Kensington）或微風角（Point Breeze），望向市中心的天際線，只會讓你想起自己走投無路，想起燈光永遠太暗的通勤火車月台、閒置的辦公空間、市政廳內有如洞穴的寒意，還有我國那座裂了道縫、不會響的自由鐘。

這座城市近年的情況好了一點。但在九〇年代中期，只要跨出你在費城的住處，寂寞（和寂寞連帶產生的某種美）便會給你迎頭痛擊。這種美感體驗未經堅定的身分認同玷汙，美得如此純粹，純到令你心疼。我印象中的費城，真的幾乎沒有半點醜陋之物。費城的種種——從寒冬冰封的洛根圓環廣場（Logan Circle）草坪、尚未轉型的工業用地、排隊等著拆毀的工廠、華盛頓街上加油站的塑膠招牌、北站的鬼魂、南街販售各式器具設備的破落小店，到煉油廠和汙水處理廠——這個城市歡迎剛出機場的旅人的見面禮，就是這些工廠的氣味（而且機場位置雖然便利，附近卻很荒涼）。在一個人口銳減、產業衰退的世紀之末，這種種都存在於莊嚴的孤立中，而且執意向大家展現它的特殊之處。就連市府觀光局最自豪的景點（如美術館、瑞騰豪斯廣場〔Rittenhouse Square〕），也為遼闊的天空、惱人的天氣、夏季的霧霾、刺骨的冬風所苦，加上深不可測的德拉瓦河就在附近，因此這些景點自個兒也很寂寞。

當然，很多人確實以費城為家，但以都市的標準而言，這裡的人口密度偏低。你在紐約看到某人，看到的就是紐約客，是許多許多紐約客中的一人。眾紐約客之間至少有一個共通的故事，就是他們同樣身在紐約。你在費城看到某人，看到的就是單一個體。你看到一張臉，周遭相似的臉卻沒多到讓你覺得可將之歸納為某一類。你不曉得這張臉有什麼來歷，但你知道那背後必有故事，在你等「賓州東南運輸局」（SEPTA）公車的空檔，或在下一張臉驀地於艾利山（Mount Airy）社區冷清的街頭出現之前，你有充裕的時間可以把那張臉銘刻在記憶中。費城這個城市，非常符合短篇小說最純粹、最基本的形式，也就是契訶夫、威廉·崔佛[1]、尤朵拉·韋爾蒂[2]等短篇小說名家採用的形式——這種作家無窮的同理心與好奇心，恰能讓他們看見凡人生活中無盡的特殊之處。我從前走在費城街頭，會意識到這些名家的偉大與高尚壓在心上的重量；我可以看到身邊處處是凡人的故事，披著誘人的外衣，我多希望自己有那樣的心地，能運用想像力把自己放在他們的故事裡。但我欠缺那樣的勇氣或好奇心，或者說同胞愛，為此深感挫敗。

我看著莎拉·史托法這四十張拍攝費城普通人的照片，重溫著這自我挫敗的滋味。史托法鏡頭下的這群凡人中，找不到半張難看的臉。說真的，無一臉不絕美。史托法的攝影作品，和這些作品的誕生之城有個同樣的特質，能把「醜」這個概念變得荒謬。或者講得更貼切點，這種特質提醒我們：我們平日對美的認知，其實包含了工具性的成分。費城只有在不符合觀者的期望或標準時，才是醜陋的。也正因此，美麗的「四季」度假酒店，蓋在野生生物曾經安居的海灘，我就是覺得醜；恣意蔓延到市郊外鄉間的華美豪宅，我也覺得醜；電視上擁護可憎政治觀點的俊美臉孔，我同樣覺得醜。反過來說，也正因此，自然界沒有一種動植物能自己變醜，只有在我們不喜歡的時候才說它醜。像史托法這種優秀人像攝影作品的魔力，在於它架構「人」這個主體、以及展現主體價值的方式，都規避了我們日常的審美判斷，讓主體回歸自然的世界。在那個世界裡，萬事萬物都充滿意趣，都能激發同情與驚歎，都值得仔細多看一眼。她是用相機寫短篇小說的一流作家。

她也非常搖滾。搖滾樂最棒的原汁原味，來自徹底沉浸於凡人的世界。沒有一種藝術形式像搖滾樂對「真實」與否那麼在意、患得患失；但也沒有一種藝術形式比搖滾樂的門檻更低更親民（要做搖滾樂，只要能唱、能彈奏簡單和弦就行〔兩者兼備或二選一皆可〕。不過要會彈和弦，除了一雙有用的手，還要有二位數的智商，外加勤奮練習數月）。如此觀之，這麼在意真不真，乍看之下或許有點自相矛盾。問

1〔譯注〕：William Trevor（1928-2016），愛爾蘭小說家及劇作家，短篇小說尤為知名。譯為繁體中文的作品包括《意外的旅程》（*Felicia's Journey*）、《雨後》（*After Rain*）。

2〔譯注〕：Eudora Welty（1909-2001），美國小說家、散文作家暨攝影師。創作的小說多以美國密西西比州為背景，描寫小鎮居民的人際互動與糾葛。譯為繁體中文的作品為榮獲一九七三年普立茲小說獎的《樂觀者的女兒》（*The Optimist's Daughter*）。

題在於只要樂團闖出一點成績，它的成功與特長，會變得越來越像背叛搖滾樂之所以偉大的初衷。主流音樂文化有很大的成分，在於打造精心編織的商業謊言，好刻意模糊這個問題。（這方面我最愛提的歌詞範例，感覺像出自珍妮佛．羅培茲的公關人員之手，字裡行間毫不掩飾經營巨星形象的意圖，簡直到了感人的地步：「別看我珠光寶氣就當真／我還是老家那個小珍。」）要處理這問題，另一個更有賣點的方法是走獨立音樂路線，也就是樂團堅持繼續當普通人、做普通音樂。史托法平日當酒保，在上班的酒吧拍下這些照片，另一個身分則是樂團成員。她的樂團「The Delta 72」第一首單曲是透過「反和弦」（Dischord Records）及「幹掉搖滾明星」（Kill Rock Stars）兩間唱片公司發行。「幹掉搖滾明星」這間公司喜歡玩文字遊戲，惡搞自己的品牌名（諸如「明星幹掉搖滾」、「搖滾明星開幹」之類）。「The Delta 72」成軍於華盛頓特區（這城市最起碼可以沾點「硬蕊龐克誕生地」的小小名氣），後來徹底展現獨立音樂精神，搬到高不成低不就、存在感極低、真實感因此如假包換的費城。

這種獨立美學，或說反美學，在《常客》一書中處處可見——有不自然的打光、工人階級慣用的提神物、平價成衣、乏味的差事、邋裡邋遢的打扮、小額鈔票、瀕臨憂鬱症和酗酒邊緣的模樣，或表面正常、實則走投無路的各種表現。這些景象，在社區酒吧和滿屋子菸味的破落場所尤其常見。然而即使如此，並不代表搖滾沒有光鮮亮麗的一面，反之，毋寧說這是搖滾領域的大幅自由延伸，說不定這其中會出現耀眼的光芒。《常客》裡的每個影中人，在自己的框框裡，都成了光采奪目的明星，有美好的打光，搭配宛如攝影棚的黑幕背景，還有吧檯上展現個人癖好的各種小玩意兒當前景。

史托法把吧檯和上面擺的東西都拍進去，為各張照片間增添了連續性和個別性，這招十分高明，或說貼切。以下是她書中四十張照片裡，出現的人與物的一些統計數字：

男性：27
女性：13

啤酒：34
啤酒和威士忌：4
啤酒、威士忌和一杯水：1
葡萄酒：2
威士忌蘇打：2

沒喝：2

帽子：7

髮帶：1

葉狀髮飾：1

上面有字的衣服（含徽章及圓形別針）：8

刺青：4

清楚明瞭不致混淆的婚戒：4

明顯沒有或可能沒戴婚戒：19

現金：18

錢包：5

印刷品：8

立體聲耳機：1

手機：2

香菸和（或）打火機，和（或）貌似使用中的菸灰缸：25

食物：1

這其中我最先注意到的數字就是香菸，也讓我想起第三項個人挫敗——我無法成為那種（獨立音樂派？純真派？）自在泡酒吧的人。儘管我年輕時抽了二十年的菸，菸始終是我上酒吧的一大障礙，但就算是禁菸的場所，我還是會因為彆扭、節儉、慚愧、羞赧，加上應對進退產生的焦慮，整個人如坐針氈，除非我和一群人一起去。正因如此，我看著《常客》這本書，很難不生出渴慕之情——多希望我是那些常客中的一員。這本書也因此有了私人的意義。書名蘊藏的含義，是每個影中人和攝影師之間的關係。這二十五個直視鏡頭的人，看的不僅是某個愛好攝影的人，也是望著他們固定見到的那名酒保，莎拉·史托法。他們或許寂寞，我卻是感受到那份寂寞的人。

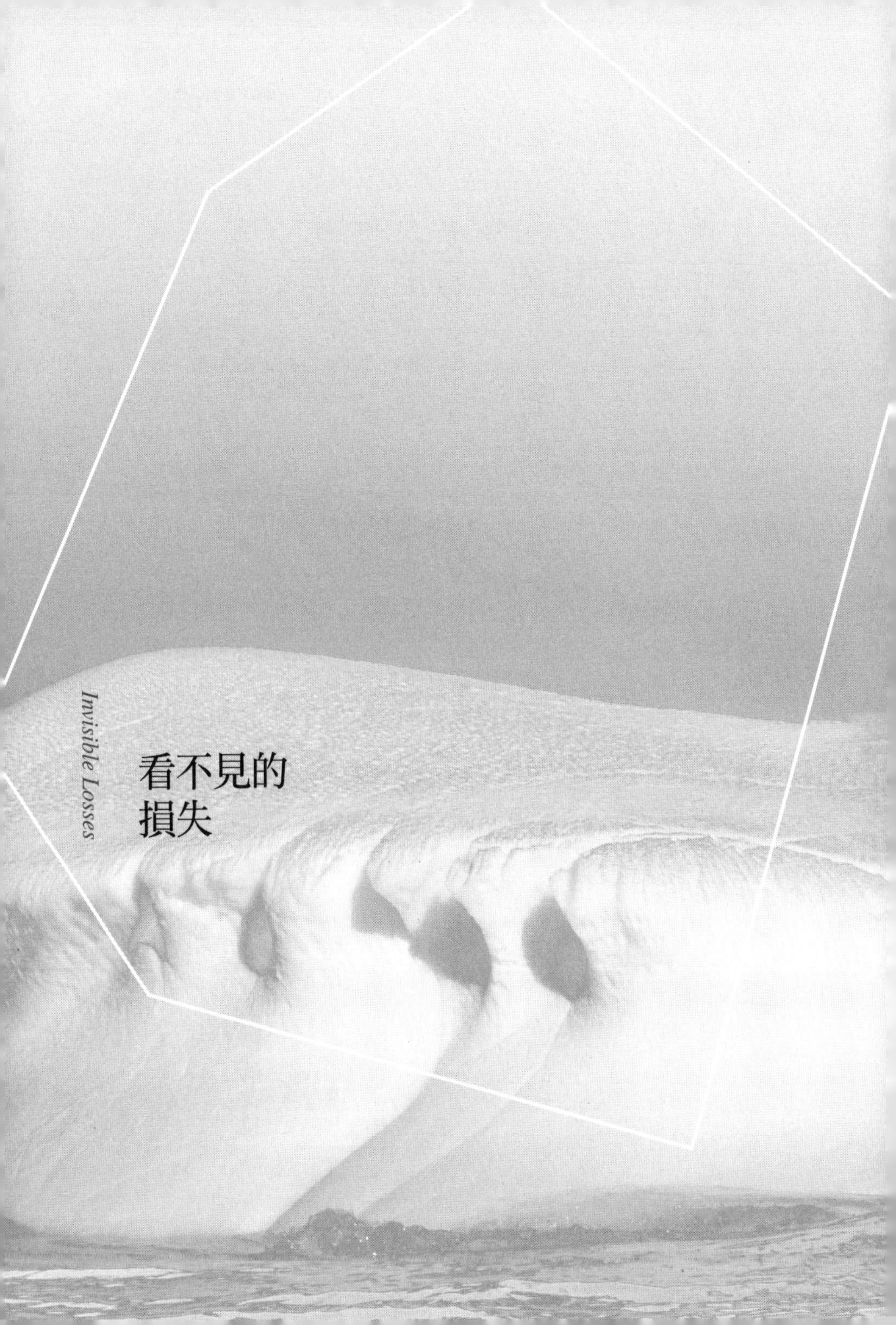

看不見的損失

Invisible Losses

試想有一種鼠灰色的鳥，體型修長，比椋鳥略小，一輩子幾乎都在汪洋上度過。這就是灰叉尾海燕（Ashy Storm Petrel）——體重還不到一點五盎司（約四十二公克）的溫血動物，不分天候，在寒冷的水中與波間，找尋小魚和海洋無脊椎動物。牠懸著雙腳拍翅，腳趾輕掠過海面，看來就像行於水上，宛如《聖經》中的彼得。

灰叉尾海燕有個體型更小的親戚——黃蹼洋海燕（Wilson's Storm Petrel），名列全世界數量最多、分布最廣的鳥，但灰叉尾海燕卻不常見，只在加州水域才有。牠們有獨特的濃郁麝香體味，你在霧中也能用聞的知道牠們在哪。水域是灰叉尾海燕自家主場，但牠們畢竟是鳥，同樣得在陸地上產卵、育雛，因此牠們最愛的就是不受侵擾的島嶼。為了躲避天敵，牠們會在地下、岩縫、洞穴內築巢，也只在夜間行動。

舊金山金門大橋西方三十哩外的「法拉隆群島國家野生生物保護區」（Farallon Islands National Wildlife Refuge）內，有個當地藝術家組成的聯合組織，利用法拉隆主島上老屋廢墟的混凝土塊，做出某種類似冰屋的簡單建物，上面開了一扇小門，可以通往一個鋪了樹脂玻璃的低矮空間。夏夜去那邊，打開紅燈（紅燈對鳥兒的干擾比白燈小），也許就會看到屋底的縫隙中，有隻灰叉尾海燕耐心坐在蛋上，比在海上更顯小巧嬌弱。你說不定還會聽見牠哪個躲起來的鄰居吟唱著夜曲，自岩石間飄出柔和悅耳的呢喃，恍如來自另一世界的聲音——那是海鳥的世界，涵蓋了我們這個星球三分之二，我們卻大多看不到。人看不到海鳥原本是個加分，是海鳥的防護罩，但近年情況不同了。如今海鳥漸漸從海上消失，反而需要人來保護，但要關切你看不到的動物，並不容易。

・・・

如今的法拉隆群島是一扇小小的穿越門，讓你回到處處可見大批海鳥的往昔。我六月[1]去了一趟法拉隆主島，在這保護區築巢的鳥超過五十萬隻。島的周圍是深藍色的大海，海豹和海獅在浪間翻滾；島上的陡坡和植被稀疏的平地上，可見海鸚（puffin）、海鴿（guillemot）、鸕鷀，小小胖胖的卡辛氏海雀（Cassin's Auklet）、長著怪角的角嘴海雀（Rhinoceros Auklet），還有我覺得未免太多的西方鷗（Western Gull）。那時正逢西方鷗孵蛋期間，不管走到哪兒都會惹得親鳥暴怒。牠們會用刺耳的音量尖叫，還會一躍而起，用惡臭的排泄物掃射不速之客。

1〔譯注〕：二〇一八年。

為了走訪島上崖海鴉（Common Murre）群落的所在地，被西方鷗輪番猛攻也值得了。有天早上，生物學家彼得・瓦西伯克（Pete Warzybok）帶我爬到高處一間用夾板搭的觀鳥小屋，俯瞰海鴉聚集的大都會。彼得是保育團體「藍點」（Point Blue）的生物學家，這個團體協助「美國漁業與野生生物管理局」監測法拉隆群島的野生生物。我們居高臨下，只見兩萬隻黑白相間的鳥兒，滿布在斜斜的岩岬，好似幫岩岬灑上整片的粗粒研磨胡椒，岩岬之上則是浪花不斷拍打的層層山崖。海鴉並肩站著，尖喙凸出，模樣很像企鵝，有的在孵蛋（牠們只生一個蛋），有的護衛自家地盤上的小小幼雛；說是地盤，其實也只不過幾平方英寸的空間而已。整個群落有種十分祥和寧靜的氣氛。偶爾鳥群間會突然冒出低沉的咕咕聲，也不斷有壞心眼的鷗掠過上空，看看有沒有早餐可撈。不時會有某隻海鴉以笨拙的姿勢落地或匆促起飛，而和鄰居起了爭執，不過這口角的開始與結束同樣突兀，沒多久鳥兒就各自繼續理毛，彷彿剛剛什麼事也沒有。

「海鴉就是這樣。」這是瓦西伯克的評語。「牠們腦袋不算靈光。」

海鴉親身實踐了什麼叫奉獻。夫妻離異固然並非聞所未聞，但牠們會建立穩固的伴侶關係，壽命可達三十五年之久，每年都回到同樣的小小地盤，生養一隻雛鳥。公鳥母鳥平均分擔孵蛋之責，其中一隻留在鳥群，另一隻就飛到海上兜兜或潛入海中，找尋鯷魚、石狗公的稚魚，或找得到能吃的都可以。待出外勤的親鳥結束這漫長的覓食之旅歸來，負責留守的那隻親鳥，儘管越來越餓，身上也掛滿條條海鳥糞痕跡，還是不願離開蛋。在海鴉的相關文獻中有個小故事——有隻海鴉媽媽才生下蛋，那顆蛋就滾下山坡，有隻鷗過來把蛋一口吞下，原地不動站了片刻，喉嚨被蛋撐得隆起一個大包，鷗遂把蛋吐出來。蛋往山下滾得更遠，撞到一隻站著的海鴉，那海鴉隨即爬到蛋上坐下，孵了起來。「要是海鴉沒蛋，」瓦西伯克說：「就會孵石頭，或一小塊植被之類的東西。牠們會把魚放在沒有孵化的蛋上，想餵蛋吃東西，而且完全不死心。死蛋牠們也照孵，一坐就是七十五天或八十天，兩隻鳥輪流孵。」

海鴉幼鳥不過三週大，還不會飛也不會潛水，就要學會下水。親鳥之中由公鳥帶幼鳥下水，陪在牠們身邊長達數月，也負責餵食、教牠們捕魚。母鳥因產卵消耗極大熱量，在這段期間便獨自行動，休養生息。親鳥如此投入，加上分工合作，成果斐然。法拉隆群島的海鴉繁殖成功率極高，一般都在七成以上，海鴉也名列北美洲繁殖率最高的海鳥。瓦西伯克帶我去看的那個群落固然已經很大，其實還不到整個群島海鴉數量的百分之五。

今日的海鴉數量，代表長久以來的悲劇暫時有了圓滿的結局。兩百年前，俄國獵人在法拉隆群島大量獵殺北方海狗（Californian fur seal），那時島上的海鴉多達三百萬隻。一八四九年淘金熱正盛，舊金山欣欣向榮，但沒有家禽業，法拉隆群島因此成了誘人的目標。一八五一年左右，「法拉隆蛋行」（Farallone Egg Company）每年收集五十萬枚海鴉蛋，供給烘焙坊和餐廳所需。採蛋的人春季坐船上島，將已經生出的蛋直接打碎，把剛出生的蛋全部帶走。往後的半個世紀，採集自法拉隆群島的蛋，至少有一千四百萬個。但海鴉念舊，年復一年依然回到原來的築巢地，儘管為育雛費盡心血，生的蛋終究還是慘遭劫掠。

到了一九一〇年，留在法拉隆主島上的海鴉已經不到兩萬隻。即使後來採蛋作業終止，島上燈塔看守員養的貓和狗仍是海鴉殺手。此外還有大量在海上活動的海鴉，是因駛進舊金山灣的船隻油箱溢油而死。要到一九六九年後，法拉隆主島成為聯邦政府管轄的野生生物保護區，海鴉數量才明顯回復。在八〇年代初期，數量又再次暴跌。

這次的問題是無差別的「刺網捕魚法」，也就是把一大片漁網拋到海面上，一網打盡的不僅是原本要抓的魚種，連鼠海豚（porpoise）、海獺、海龜、潛入水中的海鳥，也一併遭殃。現在全球每年有四十萬隻海鳥死於刺網——北方水域的是海鴉、海鸚、潛鴨（diving duck）；南美則是企鵝和鵜燕（diving petrel）。全世界每年光是海鴉喪生的數量，就可能超過一九八九年埃克森油輪「瓦迪茲號」漏油事件中死亡的十四萬六千隻，那是史上殺傷力最強的一次漏油事件。

美國有許多州（包括加州在內）自八〇年代中期起注意到生態亂象，對刺網捕魚法加以嚴格限制，或全面禁止，法拉隆群島的海鳥數字隨即攀升。過去十五年來，海鴉不受刺網捕魚的威脅，又可自由發展，數量已多了四倍。現在牠們在法拉隆群島唯一的生存威脅，是食物來源受到氣候變遷或過度捕魚的破壞。

彼得·瓦西伯克窩在觀鳥小屋裡，記錄他研究樣區的海鴉帶回巢的各個魚種。法拉隆群島的海鴉每年夏季吃掉的魚超過五萬公噸，所以要加州的漁民與海鳥共享海洋的恩賜、推動海鴉保育，不能只從道德倫理或自然之美的論點出發。瓦西伯克研究的這些海鴉，形同從空中監控魚況的飛行裝置，是一整組活生生的研究用空拍機。海鴉會仔細搜索好幾千平方哩的海洋，也是鎖定食物所在地的高手。同樣是蒐集鯷魚和石頭公目前總數的數據，與加州漁業管理人員從船上得到的資料相較，瓦西伯克光是用雙筒望遠鏡和筆記本，就可得到更好的數據，而且成本還更低。

·
·
·

法拉隆群島的海鴉很幸運。海鳥面臨的重大威脅，牠們大多都挺過來了，也證明了牠們具有經濟效益。但在這群島以外的地方，過去六十年來，全球海鳥整體數量估計減少了七成。這數字乍看之下令人心驚，實際的情況更糟，因為有極大比例的海鳥鳥種正面臨滅絕的危機。全世界約三百五十種海鳥之中，列為瀕危或受脅的族群，比哪一種鳥的族群都多。好比鸚鵡的族群當然有自己的困境，但牠們很受歡迎。野禽對獵人來說價值很高；鷹等猛禽類則始終引人注目、有其象徵地位。海鳥卻在遙遠險峻的島嶼繁殖，在我們視為惡劣環境的水域度過大半生。萬一牠們全部消失了，有多少人會發現？

試想南大西洋有這麼一隻信天翁的幼鳥，順著繞極風，以十呎的翼展每天滑翔五百哩，運用鼻子來追蹤海面附近的魚、魷魚、甲殼動物等的氣味。覓食的最佳去處常是尾隨深海漁船之後。這隻信天翁幼鳥繞著一艘拖網漁船兜圈滑翔，注意到小型海鳥為了爭食從船上拋出來的魚雜，鬧得不可開交。信天翁縱身飛入這片亂局，展現自身的優勢——牠有巨大的喙，和堂堂宣告「我最大！」的翼展。鳥群一哄而散，然而信天翁才一碰到海面就不對勁了。牠恣意伸展的雙翅被拖網漁船的魚網繩索纏住，連帶把牠往下扯，而且迅速拖到水下更深處，但完全無人看見這一幕。除了漁船工作人員外，波濤洶湧的冰冷海面上杳無人跡。就算工作人員有時間四處張望，信天翁消失也不過是一眨眼的事。要到船繼續往前行，牠的屍體才會浮上海面。

每年都有數千隻信天翁因拖網漁船一命嗚呼，卻無人看見。因延繩釣漁船的魚鉤而喪命的更有數萬隻，還有比這數字更多的海燕與鸌（shearwater）成了冤魂。海鳥面臨的最嚴重的兩大威脅中，全球捕魚作業造成的意外死亡就是其中之一。這個問題又很難處理，因為深海漁船一般都在極大的財務壓力下作業，相關的監督法規又極少，只有少數國家嚴格管控漁船混獲海鳥的情況。

南非是其中的一國。我和負責「國際鳥盟南非鳥會」（BirdLife South Africa）海鳥保育計畫的生物學家羅斯・汪勒斯（Ross Wanless），一同去開普敦的一個小港，和一位經營鮪延繩釣相當成功的漁船船長迪昂・范・安特衛普見了面。汪勒斯之前就來過這裡，知道這位船長對政府為海鳥制定的法規有些意見，來聽聽他怎麼說。范・安特衛普個子很壯，也很健談。他一臉不悅作勢比了一下船尾，那兒有一籃淺綠色的重錘，是裝在釣繩上加重量用的。「這玩意兒我們損失了三千個。」他說。

延繩捕魚和拖網捕魚殺害信天翁的方式不同。延繩捕魚的情況是小型海鳥潛下水去，將掛了魚餌的魚鉤帶到海面上，再努力把餌扯下來。這時信天翁闖進來，連餌帶魚鉤全部吞下，反而害自己上鉤，進而溺斃。有個避免誤殺信天翁的方法，是把延繩的支線裝上重錘，裝了魚餌的魚鉤就能快速下沉，脫離海鳥可下潛的範圍。

只是萬一漁船捕到百磅重的鮪魚、拖到船上，釣繩因此反彈，那繩上的金屬重錘便可能擊中船員的額頭，十分危險。南非鳥會推薦的做法，是在重錘上繫著發出微光的塑膠外殼（光會吸引魚類），范・安特衛普也一直很想在自己的船上試試看。「我每抓到一隻鳥，」他對汪勒斯說：「就代表我可能少抓一條魚。不過法令要合乎實際啊，要不然大部分的人管你什麼法令。」

於是乎，一名世間少見的良心船主，和一名致力向全球深海漁船推廣不傷鳥捕魚法的保育人士，展開縝密的討論。范・安特衛普對塑膠重錘主要的不滿，是鳥會預想裝重錘的理想位置，太接近掛著餌的魚鉤——「鯊魚一來咬，重錘就沒了。」假如他把重錘和魚鉤之間的距離拉長到四公尺呢？汪勒斯眉頭一蹙指出，這樣魚鉤下沉的速度會太慢，保護不了海鳥。既然不能拉開距離，那增加重錘的重量呢？范・安特衛普說他很樂意實驗看看——他真心不願抓到信天翁，他只想捕鮪魚，但不想一直損失重錘。

還有一個讓漁船減少海鳥混獲的方法，就是拖著有嚇鳥作用的「避鳥繩」，這條繩上綁著色彩鮮豔的飄帶，末端拖著一個塑膠圓錐。避鳥繩成本低廉、容易操作，用來防止鳥類尾隨漁船十分有效。拖網漁船光是使用避鳥繩，就可以把信天翁的死亡率降低九成九之多。南非政府考慮到延繩釣漁船的魚鉤，在避鳥繩的範圍之外仍很接近海面，於是規定漁船必須再多做一項保護措施，看是要加重延繩的支線，還是等入夜再進行投餌作業，因為鳥類在夜間沒那麼活躍，也看不見魚餌。

汪勒斯的妻子安德列雅・安吉（Andrea Angel），是南非鳥會的「信天翁專案小組」組長。夫妻倆十幾年來一直與南非政府和漁船隊合作。現在南非水域的商業捕魚作業，都必須實施減緩海鳥混獲的措施。他們同時也嘗試和南非漁船隊的每個船長建立關係。「想要做出成果，」汪勒斯這麼跟我說：「不是端出什麼新穎的技術來解決問題，而是要實地與人互動。」在他倆的努力下，南非每年的海鳥死亡數字，從二〇〇六年預估的三萬五千隻，減到目前的三千隻。鄰國奈米比亞的拖網漁船隊，則將混獲數量從兩萬減至一千。

然而要保護海鳥，該有的不僅是法規，還需要獨立監督漁船作業，此外，在理想情況下，也應該因漁民降低海鳥混獲，提供整個產業財務上的獎勵。雖說延繩釣業者有個很明顯的理由不想誤抓鳥（「他們寧願抓一堆萬元大鈔，那就是南方黑鮪魚的身價。」汪勒斯說），但或許更強的誘因是能讓捕魚市場的發展永續。南非的漁船隊為了追求這更高層次的市場（尤其是歐洲），大多會在每艘船上都聘請觀察員隨船，確保捕魚作業符合減緩混獲的規定。要是船上沒有觀察員，連范・安特衛普這樣的船長，也難保不會偶爾違規。

政府要確保漁船都遵守法規，最好的辦法就是在每艘漁船上裝設數位攝影機，監督漁獲量和混獲的情況。澳洲於二〇一六年針對熱帶地區的鮪魚船船隊實施這項規定，一堆船長頓時慌了手腳，趕緊問澳洲的主管單位哪裡可以買避鳥繩。「船上一旦裝了攝影機，就沒得玩了。」汪勒斯說：「不花這一百塊錢買避鳥設備，可會害你賠上漁業執照。」

還有一項前景看好的技術革新，就是名為「鉤莢」（Hookpod）的裝置，汪勒斯稱之為「銀彈」。這裝置是個塑膠硬殼，包住裝了魚餌的魚鉤，這樣可以讓鳥吃不到餌，也不會連帶吞下魚鉤，而且這裝置會等魚鉤下沉到安全深度才彈開。「鉤莢」的成本不像魚鉤和重錘那麼低廉，但若與鮪魚的價值相較，可是便宜多了，而且「鉤莢」上還裝了ＬＥＤ燈，可以吸引鮪魚。「我們喜歡『鉤莢』的一點就是，」范．安特衛普對我說：「因為有那個燈，我們放六個下去，有兩個可以抓到魚。」

理論上，要讓全世界的海洋變成海鳥活動的安全環境，是可以規定「鉤莢」成為所有延繩釣漁船的標準配備；要求所有拖網漁船都裝上避鳥繩；同時禁止刺網捕魚（南非已經實施）。只是以現在來看，全球的狀況還是相當惡劣。汪勒斯與安吉已經把保育的觸角延伸至南美洲、韓國、印尼的漁業，雖說未必都是負面的成果，但中國和臺灣的船隊共占遠洋作業漁船總數的三分之二，卻很少顧及（或根本無視）

海鳥的死亡率，漁民把漁獲賣給市場時，也大多對「永續」這種概念無感。汪勒斯估計，光是延繩釣這種方式，每年仍持續殺害三十萬隻海鳥，其中包括十萬隻信天翁。這數字對數量繁多的鳥種（好比灰鸌〔Sooty Shearwater〕），都已經算嚴重了，像信天翁這種要花很久時間慢慢長成，而且隔年才繁殖的鳥，更有許多種都面臨滅絕的命運。此外，現代捕魚作業的殺傷力固然很大，海鳥卻還得面臨一種更致命的威脅。

・・・

哥夫島（Gough Island）是南大西洋上一塊面積達二十五平方哩的火山岩，有數百萬隻海鳥在這島上繁殖，包含這世上所有的冠圓尾鸌（Atlantic Petrel）和幾乎所有的垂斯坦信天翁（Tristan Albatross，現已列為極危）。汪勒斯第一次到哥夫島是二〇〇三年的事，當時他還是博士候選人，看到一些研究員的報告中提到冠圓尾鸌和信天翁的離巢幼鳥異常的少，就去了島上一趟。獵殺海鳥的常見動物，是人類帶到島上的大鼠和貓，這是全世界的普遍現象，但哥夫島上並沒有大鼠或貓，只有小鼠。汪勒斯裝了攝影機和紅外線燈，錄下小鼠對冠圓尾鸌幼鳥做的舉動。「日落之後，」他說：「有隻小鼠跑進冠圓尾鸌的巢穴，猶豫了一下之後，就咬起那隻幼鳥。然後又有幾隻小鼠跑進來，我親眼看著牠們怎麼摧殘那隻幼鳥，非常誇張，慘不忍睹。小鼠見了血，咬得越來越起勁。有時還有四、五隻小鼠爭著擠在傷口前面，一邊舔血一邊吃小鳥的內臟。」

海鳥演化的過程中並無陸地掠食動物的侵擾，所以對小鼠毫無招架之力。冠圓尾鸌在黑漆漆的洞裡，甚至看不到幼鳥出了什麼事；坐在巢上的信天翁，也缺乏把小鼠當成威脅的本能。二〇〇四年，汪勒斯累積了一千三百五十三筆哥夫島垂斯坦信天翁繁殖失敗的紀錄，大部分都是由於小鼠獵殺；繁殖成功紀錄只有五百筆。近年來的繁殖失敗率更是高達九成。哥夫島上的小鼠，每年殺害的各種海鳥幼鳥多達兩百萬隻，許多受害鳥種的成鳥又因捕魚作業喪命。垂斯坦信天翁成鳥每年在海上的死亡率，已升高至百分之十，比自然死亡率的三倍還多。這百分之十的成鳥死亡率，加上九成的繁殖失敗率，等於走向絕種。

海鳥數量如此嚴重下滑有許多原因。過度捕撈鯷魚及小型食餌魚，直接剝奪企鵝、鰹鳥（gannet）、海鷗繁殖所需的能量。此外，鮪魚群會把體型較小的魚類趕到海面上，所以過度捕撈鮪魚會讓鸌和海燕更難覓食。氣候變遷改變了洋流，已導致冰島的海鸚繁殖失敗；慣於在接近海平面的島上築巢的鳥兒，也更易受海平面升高之害。汙染海洋（尤其是太平洋）的塑膠製品堵住海鳥的消化道，害牠們吃不到真正的食物而挨餓。加上海洋哺乳動物總數回升（這在其他層面來看，是個成功的環保案例），導致有更多海豹吃掉企鵝的幼雛；更多海獅占據了鸕鶿的繁殖地；更多鯨魚和潛入海中覓食的海鳥爭食。

然而，海鳥的頭號威脅還是外來的掠食動物：大鼠、貓、小鼠，牠們在海鳥繁殖的島上肆虐橫行，這實在不是什麼好消息。所幸好消息是——這種入侵的物種雖然造成問題，卻有解決之道。好比加州的非營利組織「島嶼保育」，就善用直升機和地理資訊系統（GIS）技術，針對這些掠食動物，投放哺乳動物專用的毒餌。如此大規模殺害毛茸茸的小型哺乳動物，八成會讓愛護動物人士很傷心，但人類當初引進掠食動物，即使並非故意，都已害得某些物種面臨滅絕危機，人類理應為這些物種負起更大的責任。

截至目前為止，最耗神費力的滅鼠行動，首推「南喬治亞遺產信託」（South Georgia Heritage Trust）發動的計畫。南喬治亞島距南極半島九百哩，約有三千萬隻海鳥在該島繁殖，若不是有大鼠小鼠肆虐，這個數字可以不費吹灰之力再乘以三。這個計畫在二〇一一年至二〇一五年間，斥資逾一千萬美元，由三架直升機飛遍南喬治亞島每個無冰覆蓋的區域，丟下毒餌。二〇一五年起，島上就沒再偵測到大鼠和小鼠的活體。

哥夫島預計二〇一九年會有類似的行動，南非的馬里昂島（Marion Island）則預計於二〇二〇年進行。小鼠最初是十九世紀隨著捕鯨船和捕海豹船來到馬里昂島。南非政府在一九四〇年代引進貓來控制小鼠數量，結果貓很快就變野了，非但不殺鼠，反而大量殺害在島上築巢的小型海鳥。（「老鼠很清楚貓的性子。」汪勒斯這麼解釋：「海鳥可不懂。」）馬里昂島在一九九一年清除最後一批貓，原本以為海鳥數量會因此回復，卻未見效。「老鼠是唯一的解釋了。」汪勒斯說。

海鳥是極度脆弱與極度強悍的動人組合。重二十磅的垂斯坦信天翁，阻止不了重一盎司的小鼠吃自己的幼雛，卻能在嚴寒海水與刺骨狂風中成長茁壯，還會欺負大型鷗。由於信天翁壽命長，一旦鳥巢面臨的威脅解除，即使長達二十年繁殖失敗，還是可能生得出小鳥。「海鳥對復育的反應很好。」「島嶼保育」的科學總監尼克・荷姆斯（Nick Holmes）對我說：「解決陸地上的威脅，提高了牠們對其他威脅的抵抗力。」「島嶼保育」和一些合作夥伴聯手，剷除了加州聖塔巴巴拉南方的阿納卡帕島（Anacapa Island）上的大鼠，此後，史克氏海雀（Scripps's Murrelet，崖海鴉的小號親戚）的孵育成功率迅速從三成提高為八成五。如今史克氏海雀已在阿納卡帕島安居，灰叉尾海燕也有了在該島首次繁殖的紀錄。

⋮

要預防某個物種滅絕，首先你得知道這個物種存在。你需要看得到的證據，海鳥偏偏是拒絕提供證據的高手。這裡就講個紅紫圓尾鸌（Magenta Petrel）的故事。

一八六七年，義大利的研究船「紅紫號」（Magenta）在南太平洋航行途中，射下一隻灰白色的大型圓尾鸌，製成了標本。一百多年來，這一直是證明這個鳥種存在的唯一科學證據。然而始終不見真鳥的誘惑力實在太強，促使一位名為大衛．克洛基特（David Crockett）的業餘鳥類學家，於一九六九年前往紐西蘭的查坦群島（Chatham Islands）尋找此鳥。儘管歐洲人和毛利農民清空了查坦群島主島上大部分的林地，改為牧場，島上的西南角還是有些森林。數百年前曾有玻里尼西亞的原住民「莫里奧里人」（Moriori）定居此島，他們留下的糞堆中，有成堆的不知名鸌骨。克洛基特讀到後人的紀錄，說莫里奧里人會捕捉一種大型的鸌當作食物，當地人叫牠「泰可」（tāiko），至一九〇八年都還有紀錄。他懷疑這「泰可」就是紅紫圓尾鸌，而且有可能依然在森林裡掘洞築巢。

從前莫里奧里人捉泰可的那一大片林地，後來的地主是一個毛利裔的牧羊人，馬努伊爾．圖阿努伊（Manuel Tuanui）。馬努伊爾得知克洛基特在找這種鳥，想到有可能在自家土地發現一度絕跡的本土鳥類，大為振奮，和當時才十幾歲的兒子布魯斯一同協助克洛基特，展開一系列艱苦的尋鳥行動，不僅仔細在林地搜查地洞，還架設聚光燈，以吸引海鳥夜間飛來。布魯斯眼中的克洛基特，是「追『taipō』（毛利語「鬼」之意）的怪人」。後來布魯斯和鄰島的少女莉茲．葛雷格里—杭特（Liz Gregory-Hunt）結了婚，莉茲也就此捲入了大家的尋鳥任務。「等於整個人被漩渦吸進去，」她對我說：「這件事和妳的生活就再也分不開了。」

一九七三年一月三日的晚上，克洛基特的辛苦有了報償——聚光燈照到四隻符合紅紫圓尾鸌敘述的鳥兒，成了看得到的證據。不過他也想抓到真鳥，找到牠們的築巢地，這可比親眼看到牠們難得多。五年過去，有天布魯斯和莉茲從農場開車到城裡的路上，被布魯斯的一個親戚攔了下來，那親戚跟他們說了大好消息：「他們剛抓到兩隻泰可。」又過了十年，克洛基特和一組科學家終於透過裝了無線電追蹤器的鳥，在林中找到兩個泰可出沒的洞。

這對圖阿努伊一家人來說，仍然只是起頭。泰可唯一所知的繁殖地就在他們家土地上，這種鳥又因各種威脅已瀕臨絕種，需要保護。為此他們不僅在鳥巢附近周圍設了好幾排陷阱，捕捉非原生種的貓和袋貂（possum），馬努伊爾更捐了兩千九百英畝的叢林地給紐西蘭政府（鄰居都認為他「腦袋壞了」），用圍籬把大部分的土地和羊與牛隻隔開。在這一家人的努力下，不到幾年，在那片林地繁殖的泰可數量便開始增加，如今有二十幾對。

我在一月的某個大熱天，和英國海鳥專家大衛．波伊爾（Dave Boyle）和英國志工吉賽爾．伊格（Giselle Eagle）一同長途跋涉，去看一隻代碼「S64」的泰可母鳥的巢，她正在孵蛋。她的伴侶在這一帶已經住了十八個繁殖季，終於吸引到一隻母鳥來交配。蛋要是孵出來，S64就會花比較多時間在海上覓食，所以波伊爾想在那之前好好檢查她的情況。「我們無法判斷她到底幾歲。」他說：「她可能之前在別的地方和別的公鳥繁殖過，當然她也可能還很年輕。」

森林地勢崎嶇，樹木茂密，不時可見沼澤。S64的巢隱身在陡坡上，巢外覆著厚厚一層蕨類和樹的凋落物。波伊爾跪下來，掀開之前裝在地洞末端的地下木製巢箱的蓋子，往裡面瞧，一臉傷心搖了搖頭。「看樣子是小鳥在破殼而出的時候卡住了。」

雛鳥夭折不是新鮮事，特別是母鳥還年輕、經驗不足時更為常見，但對總數仍僅在兩百隻左右徘徊的鳥種來說，每次的繁殖失敗都是一次打擊。波伊爾把手伸進箱子，抱起S64。她算是大隻的圓尾鸌，在他手中卻顯得好小。她渾然不知自己多稀有多珍貴，只是不住扭動，拚命想咬波伊爾，還好他很快就把她放入布袋，同時也趕緊把死掉的雛鳥和塌掉的蛋殼（就是這蛋殼卡住了雛鳥的腳）拿出來，免得她在巢穴附近流連不去。波伊爾和伊格一起幫S64裝上腿環，又用針筒抽了她一點DNA樣本，再在她背部皮下植入晶片。

「今天算她倒楣。」伊格說。

「她身上有了晶片，」波伊爾說：「我們就再也用不著動她了。」

泰可歷經數百年掠食動物獵殺和棲地消失的劫難，倖存下來的少數都在森林深處築巢，但並非因為地點絕佳，而是那裡相對安全。泰可為了飛行，就連成鳥都得先上樹，方離巢的幼鳥更得花上幾天才能排除萬難、飛離森林。這個過程極為吃力，有可能害牠們太過虛弱，難以在海上生存。圖阿努伊一家人在一九九八年成立了正式的組織，名為「查坦島泰可信託」（Chatham Island Tāiko Trust），其中一個目標就是向島外募款，好在更靠近海的地方，設立一片完全沒有掠食動物的圈地。這片圈地名為「甜水」（Sweetwater），於二〇〇六年完工，現在許多在森林中誕生的雛鳥，在長好羽毛離巢前，都會移到「甜水」，好讓這個地點「刻」在牠們的記憶中，如此可以鼓勵牠們回來繁殖。第一隻經過這道程序而記得回來的泰可，在二〇一〇年出現，此後也有不少隻返鄉。

「泰可信託」協助繁殖的還有查坦圓尾鸌（Chatham Petrel），這種鳥比泰可小，不過瀕危的程度差不多。「泰可信託」會把牠們的幼鳥從附近的島上搬到「甜水」，讓牠們有個安全的築巢地可輪流交替。此外他們照顧的還有查坦島信天翁（Chatham Albatross），這種鳥僅有的群落，位於外海一個孤立高聳的錐形岩島上，毛利文稱為「Te Tara Koi Koia」，又名「金字塔」。為了提高查坦島信天翁的總數量，「泰可信託」曾用船把三百隻幼鳥從「金字塔」運到查坦島主島上的第二片安全圈地，也是圖阿努伊家的農場，下方就是壯麗的海崖。「這個信託若要繼續存活下去，」莉茲・圖阿努伊說：「我們都清楚一定得多元發展，照顧到其他的物種。」

莉茲捲進這漩渦已然四十年。她現在是「泰可信託」的主席，與布魯斯一同完成十三片森林圈地作業，其中七片完全是他們自掏腰包。受惠的不僅是海鳥，也包括原生種的植物和陸鳥，好比美麗的查坦島鳩（Chatham Pigeon），原本在主島上一度瀕臨絕種，現在總數已超過一千隻。不過布魯斯寧願強調保育與畜牧間的綜效。他跟我說，森林圈地其實也保護了他的水道，讓他的牲口在暴風雨時有個避風港，他要把羊群集中起來也容易得多。我追問他，為什麼一個牧羊家族，要扛起拯救世上三種極稀有海鳥的重責大任，投注如此多的心力與金錢？他聳聳肩，不願回答。「當時要是我們不做，」他說：「沒有人會做。找泰可是個大工程，這成了我們的一部分，但也是查坦群島的一部分——它引起整個島的關注。」

「很棒啊。」莉茲說：「比起二十五年前，我們現在多了十倍人力來保護牠們的叢林地。」

「要是我們不做，」布魯斯說：「下一代會更難做。」

在我看來，查坦群島和我們大多數人居住的這個世界之間，最大的差異，大概是島上的居民不必費勁去想像海鳥的模樣。過不了多久，年輕的查坦信天翁就會回到「泰可信託」崖邊那沒有掠食動物的圈地，展開求偶。從那裡到外海的「Te Tara Koi Koia」，坐船只需兩小時。在那座「金字塔」底層，起伏的藍色海浪沖刷著覆滿海草的岩石，再往上就是讓人看得頭暈眼花的岩壁。岩壁上，一臉正色的信天翁爸媽，正忙著照顧毛茸茸的灰色鳥寶寶。在空中，則有信天翁展開巨翼，御風而旋，那數量足以混淆你對大小的認知，而且乍看之下牠們好像和海鷗差不多大。只有極少數的人，未來有機會看見牠們。

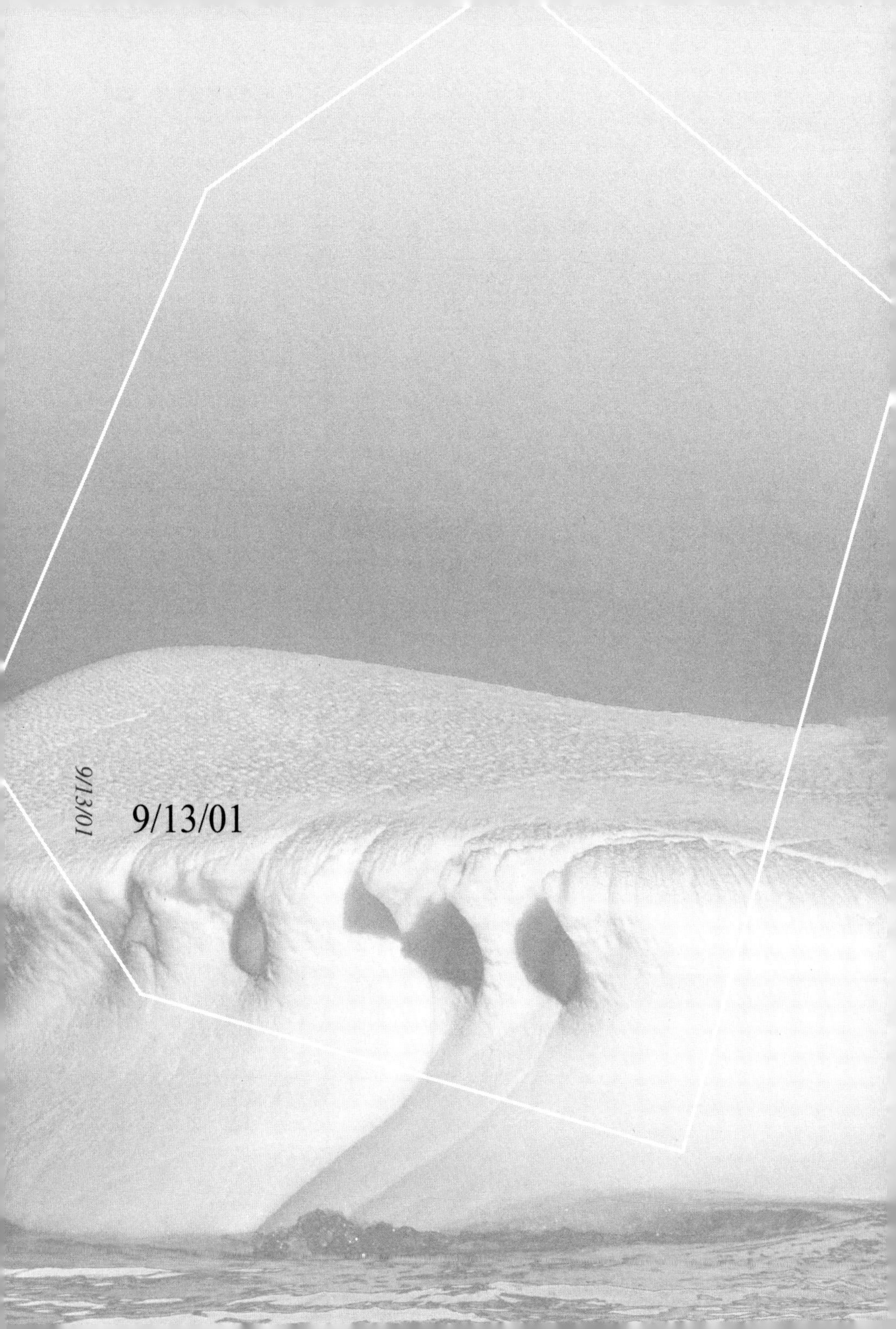

9/13/01

9/13/01

多年來我一直重複做一個噩夢，是關於世界末日，經過大致如下。場景是擁擠的現代都市風光，有那麼點像下曼哈頓。我駕著噴射客機，沿著一條大街飛，只是周遭的一切都說不通。我的機翼不太可能掠過左右兩邊的樓房而沒撞斷；我也不太可能飛這麼慢卻仍在空中。這條路上有不少障礙，但我還是有辦法來個大轉彎，或讓飛機鑽過天橋底下，只是總會有棟摩天大樓擋在前面，高到我得拉成垂直角度往上飛，才能越過。我奮力拉高飛機，上升高度卻只有可憐兮兮的一丁點，摩天大樓赫然在目，朝我壓下。這時我便會在平日的那張床上醒來，那種解脫之感，言語難以形容。

星期二[1]我醒不過來。你東找西找，找到電視，看了起來。除非你真的是個大好人，否則你大概會像我一樣，體會著幾個互不相容的世界在腦袋裡對撞的感受。你除了為電視上的景象驚恐、傷心，也許還會生出孩子氣的失望，想說自己的一天怎麼就這樣莫名中斷；說不定你只擔心自己的荷包會受什麼影響；你可能會佩服竟有人如此完美執行如此精心策畫的攻擊；或者，最最不堪的——你或許會以驚歎的眼光，欣賞這起事件造成的壯觀奇景。

不必管那些個巴勒斯坦人有沒有為此在街上手舞足蹈。反正在某處（這點你絕對可以打包票），策畫此一攻擊事件的那群死亡藝術家，正為了雙塔崩塌的駭人之美而欣喜若狂。他們在多年的夢想、努力、盼望之後，此刻終於體會到莫大的成就感，應驗了他們曾祈求的宏願。這群興奮的藝術家之中，或許有些人正躲在滿目瘡痍的阿富汗，那裡人民平均壽命不到四十歲。在那個世界，只要走過市集，必然會看到斷臂殘肢的男人和孩童。

曼哈頓天際線此刻已殘破不堪；五角大廈焦黑的斷壁殘垣，讓人以為到了喀布爾。我在這樣的一個世界，努力想像我不願想像的——飛機撞向大樓前那一刻，機內的景象。一名恐怖分子坐在操縱裝置前，唸著禱詞感謝真主，希望自己能從這個世界立刻轉往下一個世界，那兒不久就會出現許多美麗的處女，作為他戰功彪炳的獎賞。座艙後方，一群美國人擠成一團顫抖嗚咽，想必也有許多人向他們信奉的神禱告，祈求完全相反的結果。之後沒多久，對劫機的暴徒和遇上劫機的旅客而言，世界就此終結。

事發後的街頭，大難不死的人說，是神的指引和恩典，把他們救出死神的魔掌。但即使像他們這樣劫後餘生，踉蹌走出了漫天煙塵，仍是進入一個不同的世界。誰想得到一切會在美好的週二早晨戛然而止？不過兩小時，我們就拋下了電玩

1〔譯注〕：即911事件發生的當天。

經濟和豪宅炫富的歡樂時代，進入一個恐懼與復仇的世界。就算你整個九〇年代都等著一場摧毀那十年的大崩壞；就算你始終相信，紐約應該會發生更大的恐怖攻擊，只是遲早問題——你在週二早晨感受到的，並非智識上的滿足，也不盡然是感同身受的驚恐，而是深深的悲傷，因為在這個健忘的太平時代，你失去了原本的日常生活——路上塞滿送貨卡車和載了客的計程車；當地數間電影院上映《現代啟示錄》重生版；你週三約會要去市中心喝一杯；巴瑞·邦茲打出第六十三支全壘打[2]；「美國線上」網站每小時更新珍妮佛·羅培茲的動態——這種種一去不復返。紐約《每日新聞》（*Daily News*）週一早晨的頭版頭條是「基普斯灣租戶稱：家有殺人黴菌」。這頭版實在太經典了（而且往後的一陣子內，想必也還會是經典）。

舊世界（也就是比爾·柯林頓的九〇年代世界）的考驗，是謹記在榮景與自滿的背後，死神始終等在那邊，而且還有好些國家痛恨我們。新世界（也就是小布希的二〇〇〇年起的世界）要面對的問題，將是在動盪憂懼之餘，重新堅持平凡無奇、微不足道、甚至荒謬的事物——為死者哀悼，然後盡力去覺察我們小小的善行，和令我們欣喜的日常瑣碎。

2〔編注〕：二〇〇一年九月三十日美國職棒大聯盟例行賽結束時，巴瑞・邦茲共打出七十三支全壘打，九一一事件發生時，他的全壘打數來到第六十三支。

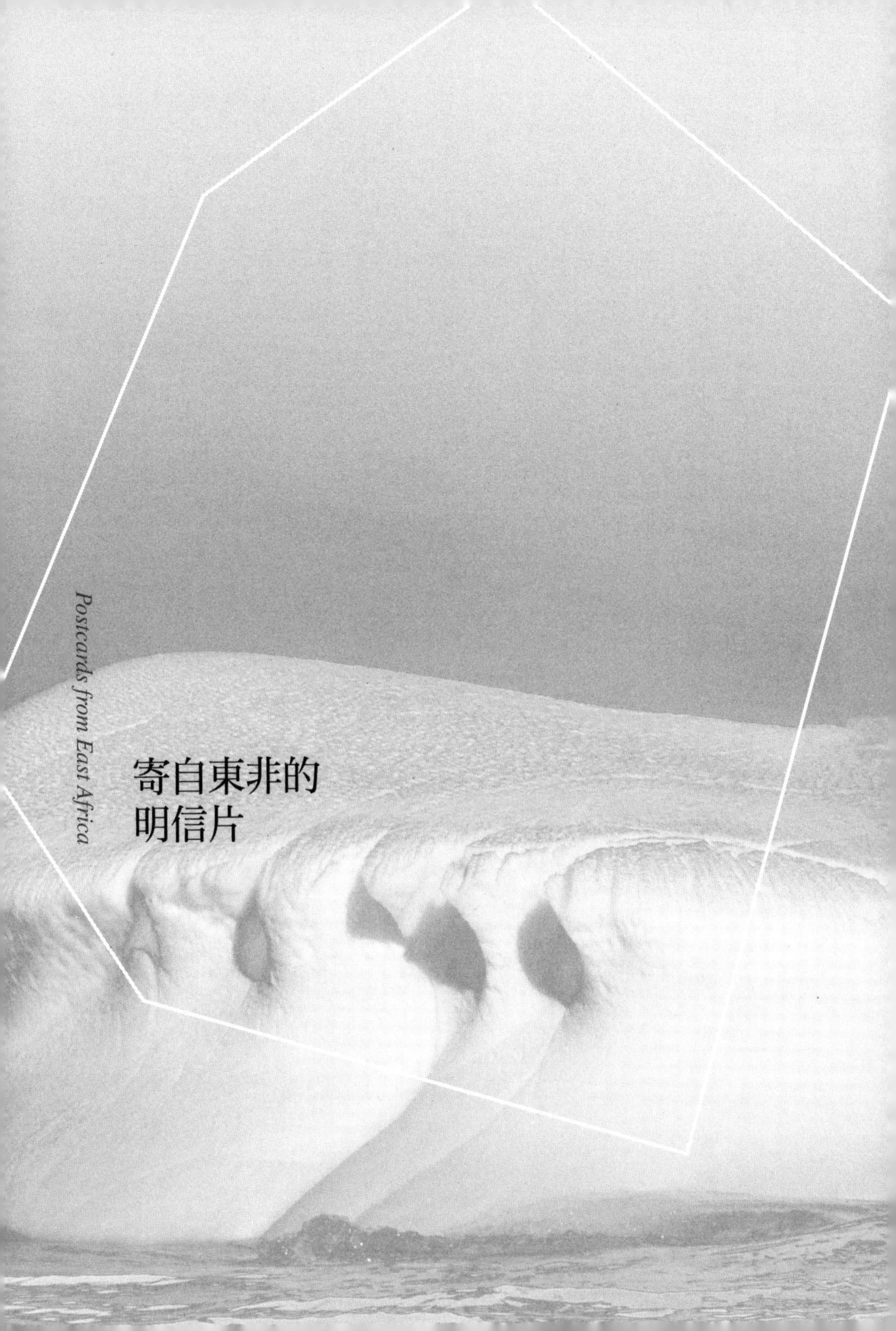

寄自東非的明信片

Postcards from East Africa

我在家和大哥鮑伯聊天，他問我東非「薩伐旅」（safari，原字義為狩獵旅行）算不算是一個人「非做不可」的事。他有些旅遊經驗豐富的朋友跟他打包票，說東非是一生必去，而且這些朋友都是汲汲於周遊列國度假、主張一定要列一張「遺願清單」的人。鮑伯想知道：我贊成這種說法嗎？

我確實和鮑伯一樣，對「遺願清單」很感冒。我們的不以為然，在於那其實是大剌剌展現消費至上的心態，用花言巧語包裝它代表的現實。倘若你真是無可救藥的務實，應該明白做完某件事、在清單上打個勾，也不會讓死亡變得比較遙遠或可親；你應該也知道，等我們兩腿一伸，回歸永恆虛無，生命中累積的各種經驗，也將毫無意義。喜歡列「遺願清單」的人，彷彿以為只要妥為規畫、照表度假，就可以騙過死神。

「那邊有些地方美得不得了。」我說：「恩戈羅恩戈羅火山口（Ngorongoro Crater）可是世界奇景。」

「但你不會說這件事我『非做不可』吧。」鮑伯說。

「當然不會。你做你想做的就好。」

我只是跟他說他想聽的話。其實我早就覺得東非是必去之地。我去那兒賞過鳥，那段經歷足以證明我和喜歡列「遺願清單」之人的差異。不過這只是換個角度讓我思考自己為何旅行，不是這個問題的答案。

⋮

法國社會學家布希亞（Jean Baudrillard）的「擬仿物」（simulacrum）理論，主張消費資本主義已經用現實的「再現」（representation）取代了現實。除非你旅遊東非的方式是搭直升機或單引擎飛機，否則你不可能看不見那裡強烈的對比——有整潔蓊鬱的公園、滿是牛羚（wildebeest）與象；也有放牧過度、人口過剩、垃圾滿天飛的鄉間，夾雜著可口可樂建立的霸權王國；台爾蒙（Del Monte）公司守衛森嚴的鳳梨田；中國工程師大肆修築的鐵路和公路，好加速碳酸鈉和煤礦的開採作業；以及愛滋病與伊斯蘭恐怖主義的陰影。這幾座公園的作用就是擬仿物，讓觀光客（十之八九是白人，而且都很有錢）享有某種「非洲」的「體驗」，至於這「非洲」再現到什麼程度，則視觀光客的荷包大小而定。猢猻木和相思樹都是當地原生種；夜空中南半球的各種星座，也是北半球人陌生的——所謂的「正宗在地」，大概就是這種程度了。然而你可能眼睛盯著塞倫蓋提（Serengeti）國家公園的斑馬，腦裡浮現的卻是佛羅里達州薩伐旅公園的斑馬，這就像親身經歷暴風雪的人，竟驚呼「真的好像電影裡的暴風雪喔」。這年頭，不僅真的東西變得不真，你甚至還會把真品看成複製品的複製品。已經有太多自然生態影片在塞倫蓋提取材，對這片大地更是雪上加霜。對看「國家地理雜誌頻道」紀錄片長大的人來說，獅子撲倒瞪羚的畫面，早就是看到濫的老哏，如今更不堪的是，「它是老哏」這件事也已成了老哏。這種生死一線間的戲劇化場景，觀光客在自己家裡就能看得清清楚楚，跑到荒山野地、隔得遠遠的去看那麼一眼，能得到的附加價值究竟為何？這世間真的還需要業餘人士拍的長頸鹿照片嗎？

⋮

對我來說，還有個哺乳動物的問題。我為了說服二哥湯姆和大學死黨（正巧也叫湯姆）和我同行，跟他們保證這一趟不僅是賞鳥，還會看到超多毛茸茸的野生動物。但我和安排行程的「跳鵰賞鳥團」聯繫時特地強調，假如要我在「看獵豹」和「研究矮胖小棕鶯」之間選擇，我會選擇小棕鶯。

我聽過一種論調，說人大多比較喜歡哺乳動物，不那麼喜歡鳥，因為我們自己就是哺乳動物。我覺得這樣講既合理又有可議之處。倘若大自然最強的吸引力就是非我族類的「他者性」，我們為何需要看到和自己近似的同類，才覺得大自然有趣？

自戀到這種程度，不會難為情嗎？鳥類的祖先是恐龍，又具備飛行能力，確實非我族類。然而鳥類和我們一樣是明顯的兩腳族，也和我們同樣對影像和聲音有反應，或也可說，牠們比起別的哺乳動物，和人類的相似點更多呢。其他種哺乳動物大多有四隻腳、行蹤隱密，牠們的世界，主要仰賴嗅覺。

在喜歡哺乳動物的人眼中，住在精心規畫的動物園的小象，和非洲自然公園的小象一樣可愛。非洲自然公園的小象添加的唯一價值，就是牠得自己找草吃；牠的一舉一動彷彿在時時提防獅群來襲；還有自然公園的邊界遠到我們看不見。然而把鳥關在鳥舍，就是抹煞牠的本質。倘若你無法見鷹騰空而去，鷹也形同無物。要感受非洲鳥類，你一定得去非洲。

．．．

倘若如大家所說，去異地旅行的重點是「創造回憶」；倘若如我堅信，構成我們回憶的要素是好的故事；倘若好故事需要某種意想不到的成分，那麼由此可推論：旅行的重點在於意外的驚奇。我二哥湯姆的意外驚奇，就是他人到了奈洛比，才知道託運行李還在華盛頓特區的杜勒斯國際機場。他足足等了四天才等到行李，這段遭遇也成了他這趟旅程最重要的回憶和故事。

要製造意外的驚奇，最簡單的方法就是行前不做功課。好比說，我意外發現采采蠅（tsetse fly）不是像蚊子那樣晝伏夜出的昆蟲，而是白天活動、愛咬人的兇猛大蒼蠅。我沒先做功課真是失策。不過這一程令我難忘的除了采采蠅，還有一束加裝了皮革把手的牛尾，我們這一路上的坦尚尼亞司機（兼當地鳥類專家）蓋坦，就是用這束牛尾，驅趕自己背上和我們那輛Land Cruiser裡的采采蠅。

另一個意外驚奇，就是我們在那輛Land Cruiser待的時間之長。大部分的賞鳥之旅都是沒完沒了的走和站，對腳力是嚴酷的考驗。不過在此地，哺乳動物有一定的危險性，尤其是象和水牛，所以我們只有在休息站和幾處野餐區才可下車。就算到了休息站可以去林間走走，還是必須有一名武裝守衛隨行，而且我們一定得集體行動，不能脱隊。這對我哥來説最是難受，畢竟他早在兩歲就展現痛恨束縛的個性（這看我們家拍的影片即知），喜愛一人四處晃。我們有一回在恩戈羅恩戈羅附近的小休息站健行，我哥走到後來已瀕臨發作邊緣，我便慫恿他開溜一下，一人把最後幾百公尺走完再歸隊。結果我們這團的嚮導大衛為此狠狠把我倆訓了一頓。這趟旅行剛開始沒多久，我的大學死黨湯姆就説自己生平最怕的就是有人吼他。在大衛一番嚴詞訓誡後，我哥坦承他最怕的也是這個。

…

除了意外的驚奇，逐漸體認異國現實的方式，是讓它一步步征服你。我在非洲花了好一陣子，才擺脫「我有可能也在佛羅里達州」的錯覺。由於坦尚尼亞和肯亞的國家公園實在太大，野生生物的數量著實驚人，我終於開始把一群群的草食動物，看作類似某種完整生態系的成員，為牠們在歷史連續體中找到一個位置（在那個連續體之初，牠們可是在非洲大陸四處自在漫遊呢）。我也因此至少略略體會了牠們的神妙之處。

我逐漸真的「看到」牠們。斑馬的頭出奇的大。牠們奮力爬坡，腰腿之結實有力清晰可見；牠們看似溫馴好騎，事實顯然恰恰相反，我覺得這值得提上一筆。還有劍羚（oryx）這種出色的動物，頭上有對極長的角，幾乎不必轉頭，就能搔到尾巴蓋住的地方。長頸鹿因為實在太高大，跑起來（牠們有時還真的會跑）就像用慢動作奔馳。（小鳥兒看我們人類的動作，肯定也有同感吧。）看牛羚就是看數量——在塞倫蓋提看到一隻牛羚，等於看到二十五萬隻。牠們遷移時會一個挨一個排成一隊，好似蒙大拿州綿延無盡的運煤火車，從地平線這頭延伸到那頭。河馬據說是非洲最危險的野生動物，但我看著一大群河馬在池中打滾，互相朝對方身上噴水，翻過身漂在水上，大方露出粉紅色的肚子，圓圓的腳底朝天，我不禁覺得牠們也是最可親的動物。但若要看領袖風範，可就沒什麼能與水牛匹敵了。水牛滿臉是海豹部隊那種狠角色表情，眼中閃爍完全不像牛的智慧之光。我們就在恩戈羅恩戈羅看到一頭超大的公牛，故意去鬧三頭睡眼惺忪的獅子，公牛背後的牛群則聚精會神看著這一幕。公牛回頭瞄了一下同伴，彷彿在叫大家放心，然後直直朝獅子走去。三頭獅子只得勉力起身另找地方打盹，顯然極為不爽。得逞的公牛隨即得意洋洋，走得趾高氣昂。

我們常在影片上看到大型貓科動物，但牠們其實是最難親眼「看到」的哺乳動物。有回我們碰到一棵樹上睡了十四頭獅子，其中塊頭最大的母獅，姿勢非常好笑，牠縱向跨坐樹枝上，後腿彎扭地懸在空中邋啊邋，這一幕看得我好不痛快。此外，看花豹頭朝下、走下筆直的樹；看獰貓（caracal）剝去嚙齒動物的皮、兩三口吞下肚，彷彿在啃肉做的冰棒，這些都很有意思。不過我們這趟關於大貓最精采的回憶（因為最意想不到，所以最精采），是看到一頭母獵豹端坐在靠近路邊之處。那陣子雨下得晚，雨勢又大，大衛早就跟我們說過，草長得太高，要看到大型貓科動物的機率相對降低，所以這一幕純屬偶然。那母豹屏氣凝神望著對面，視線一動不動，低低叫了好可愛的兩聲。大衛伸手指向遠處的路堤，有兩頭小豹帶點遲疑、引頸回望。有誰抗拒得了兩頭茫然失措的小獵豹？我無法，所以看了大約五分鐘。不過這齣獵豹親情劇後來的發展，是母豹去把兩個孩子撿回來，領牠們走入草叢深處，我看到這裡，就把視線移向樹間找鳥兒去了。

‧‧‧

鳥的問題在於無論你先做了多少功課，把預期會看到的鳥種研究得多徹底，等真的看到，還是覺得出乎意料。我們把塞倫蓋提的某條長路來回走了好幾趟，盼著能看到當地罕見的灰冠盔鵙（Gray-crested Helmetshrike），卻徒勞無功。到了最後一個下午，大衛、蓋坦和我又去原地碰運氣，兩個湯姆則沒跟來。大衛這次播放牠的叫聲錄音試試看，結果隨即出現七隻灰冠盔鵙緊挨著成群飛過路面。那翩翩之美，只能說是我們沒敢奢求、卻無比感恩的天賜。大衛和我開心擊掌，蓋坦則在駕駛座上樂得直跳，把那束牛尾捕蠅拍當成權杖揮動，傻氣高喊：「我們太神啦！」

東非最具代表性的幾種大鳥，用肉眼即可飽覽，像是處處可見的燕尾佛法僧（Lilac-breasted Roller）、花枝招展的蛇鷲（Secretarybird）、比羚羊還大塊頭的灰頸鷺鴇（Kori Bustard）。一身黑的地犀鳥（Ground Hornbill）分成好幾小群，在草叢中安然漫步，一邊謹慎掃視四周，那眼睛太會說話，和人類幾無二致。牠們看過周遭環境，便猛然低頭整理羽毛，也或許是沉思片刻。皺臉兀鷲（Lappet-faced Vulture）是會飛的食腐動物之中體型最大的，也是在鬣狗飽餐一頓後，最先去撿拾殘羹剩餚的；體型小一點的兀鷲就排後面等著，好似夜店外面隔著繩索等待入場的賓客。挺拔的非洲禿鸛（Marabou Stork）面無表情站在一旁，活像一身燕尾服的侍者。公鴕鳥的求偶招式是展開白羽毛左搖右擺，當然這奇景你上YouTube就看得到，但原寸真鳥演出（堂堂八呎大鳥，舞姿活像喜宴上醉醺醺的大叔）只能親自見證。

不過真正讓我忘卻自己是觀光客、引領我深入非洲核心的，是體型更小的鳥兒。至於公園究竟是自然的一部分，抑或僅是一種擬仿物，就完全取決於人自己怎麼看了。動物無論大小，能分到什麼就拿什麼，然後盡力好好活下去。然而在欣賞塞倫蓋提的象群之餘，你很難不揣想，這些象是不是礙於盜獵象牙業者與牧牛人的壓力，才被趕到這座國家公園裡。若要拋開這後現代脈絡，限縮自己的視野，把雙筒望遠鏡對準小東西還滿有效的。

公的長尾寡婦鳥（Long-tailed Widowbird）在繁殖季會長出寬闊的黑尾巴，長度幾乎是身長的三倍。由於牠尾巴太長，要停在灌木上站穩，還得把尾巴披在好些樹枝上，若想再度騰空，就得使出九牛二虎之力振翅。還有織布鳥（weaver），這是非洲特有的神奇鳥類，外形豔麗，會在細枝間築起近似球形的巢，做工極為精細，有時還會刻意做出假入口通道來退敵。望著全身橙黃相間的織布鳥叼著草回巢，和構成巢體的草巧妙編在一起，可謂進入某個世界，外在極限不過寸步之間。若要票選全東非最棒的鳥名，我會把我那票投給垂耳歌百靈（Flappet Lark）。這種鳥若不是繁殖季便難得露臉，但到了繁殖季，公鳥會一飛沖天，盤旋空中，奮力振翅，那聲音好似洗撲克牌。只要那振翅聲不斷，你的心彷彿也跟著牠懸在半空，牠之後降落的那一方地面，也因此變成極為特殊之處，那是屬於某隻垂耳歌百靈的地盤。

你未必真得去東非度假，你該做自己想做的事。不過萬一你真去了東非，要保證自己確實去過那兒的方法，就是帶著好的雙筒望遠鏡。我那趟薩伐旅見過最美（而且會動）的東西，是一對亨特氏扇尾鶯（Hunter's Cisticola）。扇尾鶯這一科算是長相最平凡的淺褐色小鳥，除非你聽到鳥鳴，否則幾乎不可能分辨多種扇尾鶯之間的差異。就是像牠們這種難認的鳥，讓人對賞鳥頗有負評。可是我看到的那對鳥兒（用雙筒望遠鏡，看得很清楚），在相思樹的一根短枝上並肩棲息，望向相反的方向，鳥喙大張，唱著對位曲調的二重唱。兩種旋律，一對伴侶，歌詠牠倆的二人世界。因為牠們實在太小，有那麼一刻，牠倆的樂曲和共享的短枝便是一切。

地球盡頭的
盡頭

The End of the End of the Earth

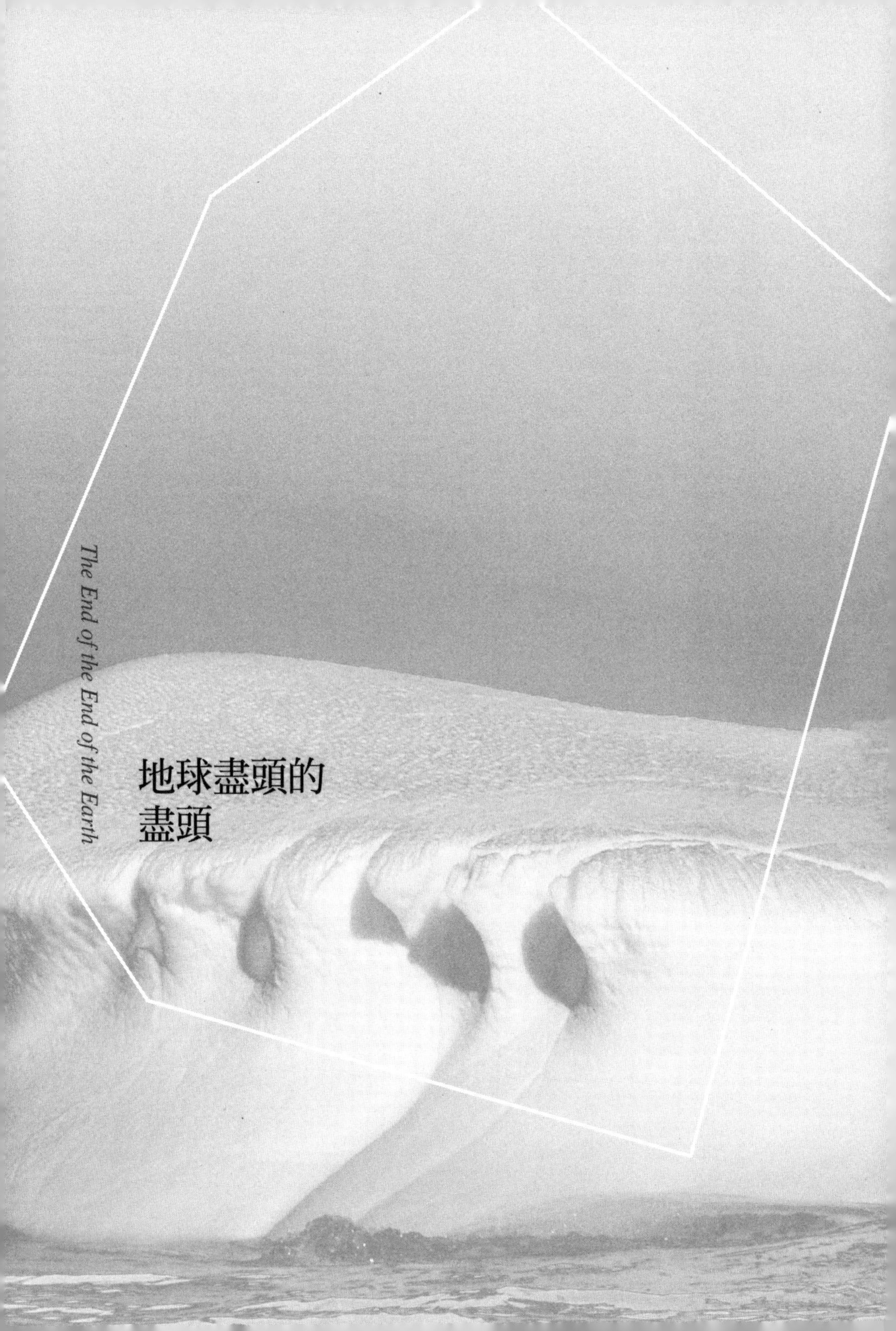

兩年前，印第安納州有個律師寄了張七萬八千元的支票給我。這筆錢是我姑丈沃特給的，距他過世已經六個月。我從沒想過沃特會給我錢，當然更不可能指望有筆錢從天而降。我因此覺得為了紀念沃特，應該把這份遺產用在特別的地方。

那時正巧我多年女友（土生土長的加州人）答應我要一起好好度個假。她母親高齡九十四，身體不太好，短期記憶越來越差，她便搬回聖塔克魯茲定居，以便照顧母親。她為了感謝我的體諒，衝動之下脫口而出：「我願意跟你一起去旅行，去你一直想去的地方，全世界不管哪兒都行。」我聽了這話之後的反應是：「南極嗎？」（但實在想不起為何有此一答）她立時杏眼圓睜，我早該更敏銳讀出那眼神的含義，然而一言既出，駟馬難追。

加州人習慣了溫帶氣候，我想讓她的南極之旅舒服一點，便決定用沃特留下的那筆錢，訂了最豪華的行程——為期三週的「國家地理雜誌林布拉德[1]郵輪探險之旅」，去南極、南喬治亞島、福克蘭群島等地。付了定金之後，只要我和加州人聊到這件事，不免忐忑開起玩笑，說天氣會冷得要命啦、船到了南冰洋一帶會顛簸得很厲害啦等等，不過這些她都願意承受。我一直要她放心，等她看到企鵝，一定會很高興走這一趟。然而等到該付餘款了，她卻問我有沒有可能延期一年再去。她母親的狀況不太穩定，她不願意離家那麼遠，萬一有事絕對趕不回來。

事情到了這地步，我也隱約生出不太想去的心情，更想不起自己當初為何會提議去南極。要說是出於「在南極融化之前去親眼看看吧」的念頭，未免也太悲觀，像是自我放棄——幹麼不等南極真的融化，把它從「想去景點清單」直接劃掉算了？而且我對這「第七大陸」[2]變成世人的某種戰利品，也頗不以為然，它實在太遠、花費太高，一般觀光客根本去不起。當然，南極不僅有企鵝，也確實有奇特的鳥種可看，好比白鞘嘴鷗（Snowy Sheathbill），和在全世界最南端繁殖的鳴禽亞南極鷚（South Georgia Pipit）。只是南極的鳥種實在不多，況且我已經逐漸學會接受「不可能看遍世間鳥種」的事實。那幹麼還要去南極？我想得出的最好理由，就是「我和加州人完全沒做過這種事」。我倆從累積的經驗學到，我們最理想的出遊就是三天行程。我想要是我和她在海上共度三週，完全無處可逃，說不定會開發出我倆的新極限。如此我們就能一起做一件「這輩子本來有可能一起做，卻始終沒做的」事。

於是我同意延後一年再去，自己也從紐約搬到聖塔克魯茲定居。後來加州人的母親跌了一跤，雪上加霜，她更怕放母親一人在家。事已至此，我明白自己不該增

1〔譯注〕：指Lindblad Expedition這間公司，專營搭乘郵輪探險旅遊的旅行團，二〇〇四年起與《國家地理雜誌》合作郵輪行程。

2〔譯注〕：南極是人類最晚發現的大陸，故又有第七大陸之稱。

加她的負擔，便主動說她不用去南極了。所幸我二哥湯姆剛退休（這世上可與我同住一間小艙房達三週之人，我也只想得到他了），可以遞補她的空缺。我把原先訂的雙人床改成兩張單人床，又訂購了保暖橡膠靴，和一本非常詳盡的南極野生生物圖鑑。

但即使都走到這一步，眼看出發日期越來越近，我還是無法坦然說自己要去南極，只會不斷說「看樣子我是真要去南極了。」湯姆說他很興奮，只是我自己覺得這一切越來越不真實，也越來越沒有開心等待啟程的那股興致。也許是因為南極讓我想到死亡——想到飽受全球暖化威脅的南極生態之死；想到我自己的死也代表看到南極的最後期限。但我變得分外珍惜與加州人尋常的生活節奏——望見她早晨的臉龐；聽見她傍晚探望母親歸來，開啟車庫門的聲音。我打包行李時有種感覺，彷彿走這麼一趟，只是因為錢已經付了。

⋯

時間回到一九七六年八月的聖路易。傍晚很涼爽，我和爸媽就在露臺上吃晚飯。廚房裡電話響了，我媽起身去接，隨即叫我爸去聽。「是依爾瑪。」她說。依爾瑪是我姑姑，和沃特住在德拉瓦州的多佛。顯然大事不妙，因為我記得我也去了廚房，站在我媽身邊，依爾瑪當時不知在電話裡對我爸說了什麼，只見我爸猛然打斷她，像是動了怒，對著話筒大吼：「依爾瑪，我的天啊，她死了？」

沃特和依爾瑪是我的教父教母，但我其實和他們不熟。我媽受不了依爾瑪——她堅稱依爾瑪被父母寵得太不像話，而為此吃虧的則是我爸。沃特是退役空軍上校，後來當了高中輔導老師，儘管他感覺好像比依爾瑪可親，我對他的了解，大多還是從他自費出版的書《博大精深的高爾夫球》而來。書裡講的是他從高爾夫球習得的人生智慧，他送了我們一本，我既然什麼都讀，這本當然也不例外。和我比較熟的，是沃特和依爾瑪的獨生女蓋兒。這女孩高䠷秀麗，天不怕地不怕，後來到密蘇里州念大學，就常過來看我們。這通電話響起的前一年，蓋兒大學畢業，在維吉尼亞州的威廉斯堡找到銀匠學徒的差事。依爾瑪打電話來是通知我們，蓋兒在大雨的夜裡獨自開車，要趕去俄亥俄州聽搖滾演唱會，結果車開到西維吉尼亞州，在某條狹窄多彎的公路上失控。那幾個字依爾瑪顯然說不出口，但我們都明白，蓋兒死了。

十六歲的我懂了什麼是死亡，不過或許是因為爸媽並沒帶我一起去出席葬禮，我並沒為蓋兒哭泣或悲傷，反倒有種感覺，覺得她的死以某種方式進入我腦中——

彷彿我對她的記憶串成的網絡，被什麼惡毒的電燒針燒成壞死，如今成為一片無用的空間，一片充塞最底層醜陋真相的空間。這空間無比險惡，神智清楚之人絕不會越雷池一步，但我可以感覺得到，有個真相存在某道心理防線後，那就是我的美麗表妹再也無法復生。

這場意外的一年半之後，我到了賓州成為大學新鮮人。有回我媽轉告，依爾瑪和沃特邀我去多佛度週末。我媽嚴詞叮囑我非去不可。我想像中那個多佛的家，正是我腦中充塞醜惡真相的空間之化身。我惴惴不安赴約，結果那個家果然一步步讓我的憂心成真。屋內整理得井井有條，散發官邸那種令人窒息的簡潔端正之感。垂地的窗簾十分硬挺，每道褶子都一絲不苟，彷彿在説蓋兒的呼吸或舉動，也動不了這些物事一絲一毫。姑姑頭髮全白，頂著如窗簾硬挺的髮型，赭紅唇膏和厚厚的眼線，把她的臉襯得更白。

我這才知道，原來只有我爸媽叫依爾瑪「依爾瑪」，大家都叫她「法蘭」，也就是她娘家姓的簡稱。我原本很怕會有聲淚俱下的傷心場面，沒想到法蘭對我話匣子一開，竟然沒完沒了，只是語氣顯得刻意，嗓門又拉得老高，從幾分鐘講到幾小時。而她講的內容——這房子的裝潢啦、她和德拉瓦州的州長很熟啦、我們國家的走向啦，這些都和我們的尋常感受毫不相干，也因此無聊至極。沒多久，她講到蓋兒，也是同樣的語氣——談蓋兒的本性、蓋兒藝術天分的特質、蓋兒對未來的規畫太過理想化等等。我很少開口，沃特亦然。我姑姑滔滔不絕固然令人難以忍受，但我或許已然明瞭，她所處的那片空間，本身就令人無法承受。用這種高高在上的姿態，聊這種無謂的話題，而且沒完沒了，是或可在那空間倖存的一種方式。確實，她也可能藉此讓訪客在那空間得以倖存。講白一點就是我覺得法蘭因為這場巨變，神智已經不太清楚。那個週末，我唯一得以脫離姑姑喘息的空檔，是沃特開車帶我遊覽多佛，參觀多佛的空軍基地。沃特是斯洛維尼亞裔，個子瘦高，鷹鉤鼻，頭上只剩耳後那撮頭髮，而有了「光頭」的綽號。

我讀大學那幾年，又去過沃特和法蘭家兩次，他們還來出席我的畢業典禮和婚禮。這之後的許多年，我和他們除了寄寄生日卡片、聽我媽轉述她和我爸去佛羅里達州看他們的經過（我媽不喜歡法蘭，總免不了加油添醋）之外，就沒什麼聯繫了——沃特和法蘭後來搬到佛州的波因頓海灘（Boynton Beach），住進一個環繞高爾夫球場的公寓社區，我爸媽不時會出於義務去探望他們。只是我爸過世後，在我媽逐漸不敵癌症的這段期間，發生了一件妙事——沃特突然愛上了我媽。

這時的法蘭已因阿茲海默症神智錯亂，住進了安養院。由於我爸生前也罹患阿茲海默症，沃特便主動打電話給我媽，一來尋求建議，二來相濡以沫。照我媽的說法，沃特後來竟自個兒去了聖路易一趟，他們才察覺這是兩人首次獨處，發掘出彼此諸多共同點——他們都樂觀開朗、熱愛生命；另一半不僅都是法蘭岑家的人，而且個性同樣頑固陰鬱。沃特和我媽就此墜入目眩神迷、水乳交融的二人世界，愛苗隨之萌生。沃特帶她去市中心她最愛的餐廳，飯後他開她的車，卻不慎害輪胎上方的車側擦過停車場的牆，微醺的兩人呵呵傻笑了半天，最後達成共識，平均分攤修車費用，就當成兩人的祕密，誰也不許說出去。（沃特最後還是跟我說了。）他回佛州後沒多久，母親病情加重，搬到西雅圖我二哥湯姆家，度過最後的時光。沃特卻做了規畫，打算去西雅圖看她，延續兩人方燃的愛火。他倆對彼此的感覺是——他依然展望未來，她則悲喜交集，心知自己早已錯失良機，悵惘不已。

是母親打開我的眼，引我看見沃特是何等難得的好人；是母親驟逝，讓沃特未能與她再見一面的失望與心傷，打開我與沃特的友誼之門。他需要有人知道他對她萌生愛意，那是何等的驚喜；他需要有人懂得正因如此，他失去她是何等椎心。而我，一來在母親這輩子的最後幾年間，同樣意外體會到自己對她的敬愛之情與日俱增；二來我既無子女，又離了婚，工作不穩定，如今爸媽也走了，有不少空閒時間，於是我成了沃特可以傾訴的對象。

母親過世後幾個月，我頭一次去看他，兩人做了些身在南佛州的必做之事——

在他的社區打九洞高爾夫；到戴爾瑞海灘（Delray Beach）找他兩個九十好幾的朋友，玩兩盤三局兩勝的橋牌；也去了我姑姑住的安養院探視，只見她在床上緊緊蜷縮成一團。沃特溫柔地餵她吃了一盤冰淇淋和一盤布丁。待護理人員進來幫她換貼在髖部的OK繃，她突然哭起來，小嬰兒般整張臉揪成一團，哭喊說好痛啊，好痛啊，好恐怖，沒天理啊。

我們把她交給護理人員，回到沃特的住處。法蘭當年精心擺設的那批家具，有不少從多佛搬了過來，但如今沃特獨居，雜誌和早餐穀片紙盒散置四處，沖淡了那股正襟危坐的肅穆之氣。沃特毫不掩飾他的情緒，對我談起失去蓋兒的心情，以及怎麼處理她的遺物等等。我想不想要她畫的幾幅畫？願不願意接收他送她的Pentax單眼相機？看她那些畫的模樣，應該是學校作業，再說我也不需要相機。可是我感覺得出，他實在狠不下心把這些東西捐給慈善機構，得另想辦法卸下心頭的這個重擔。我說我很樂意接收。

・・・

到了智利的聖地牙哥（Santiago），在我們全團搭乘包機赴阿根廷最南端的前一晚，我和湯姆去了「林布拉德」在麗池卡爾頓酒店宴會廳辦的歡迎晚會。我們要搭的郵輪名為「國家地理雜誌獵戶座號」，客房價格是兩萬兩千元起跳，最高等級甚至接近這個數字的雙倍，所以我先有了刻板印象，假定同船旅客都是有錢有勢的愛好自然之人——想必是雞皮鶴髮的退休人士，身邊有個花瓶配偶，在避稅勝地坐擁豪宅之類，搞不好還會有一、兩個我認得的電視名人。只不過我完全想錯了，原來那種等級的貴賓，另有專屬的特別遊艇。當天出席歡迎晚會的團員，並沒有我想得那麼光鮮體面，也沒我想得那麼老，其中有滿多人是醫生或律師，我只看到一個男的穿高腰長褲。

我對這趟旅行的三大最怕排行榜：第一怕暈船，第二怕打鼾會吵到我哥，第三怕行前對南極特有鳥種的功課做得不夠。有個林布拉德的工作人員（是個澳洲人，行李全被航空公司搞丟）出來主持晚宴、歡迎大家，也回答了來賓的一些問題。我也隨之舉手，自我介紹說我喜歡賞鳥，問現場有沒有同好，希望可以藉此找到有力的後援團，卻只看到兩隻手舉起。那個澳洲人先前對來賓的提問，都一一回以「這個問題問得很好」，卻沒對我講這一句，只含糊回說船上會有懂鳥的工作人員。

沒多久我便得知那舉手的兩人——克里斯和艾妲，是船上唯二沒付全額費用的旅客。這對夫妻檔五十來歲，都是保育人士，住在加州的沙斯塔山。艾妲有個妹妹在林布拉德上班，因為有人臨時取消行程，公司在這團出發前十天，給他們客房減價大優惠，這讓我覺得和他們更加投緣。我固然付得起全額，但要是我自己出遊，不會選林布拉德這種郵輪團行程。我當時這麼做是不想讓加州人覺得去南極太辛苦，這會兒卻自覺像個意外踏上豪華之旅的觀光客。

隔天，我和湯姆在阿根廷烏蘇懷亞（Ushuaia）的機場，排在護照查驗人龍很後面的位置，人龍往前移動的速度偏偏又慢。我們離開美國前都收到林布拉德的緊急通知，要大家繳一筆阿根廷政府向美國觀光客收取的「入境費」，我就繳了。湯姆三年前去過阿根廷，阿國政府的網站這會兒竟不讓他再繳一次費用，他便把「無法繳費」的訊息印出來帶著，想說有這張當證明，外加他護照上有當年在阿根廷通關時蓋的章，應該可以過關，但是這次阿國卻不讓他入境。我們同團的旅客都已經上了遊覽車，準備前往下一站的「雙體船水上午餐之旅」，我們兄弟倆卻杵在原地，不斷拜託查驗證照的移民官讓我們過去。半小時過去，又二十分鐘過去。林布拉德的工作人員急得快發瘋。最後湯姆終於獲准再繳一次費用，我連忙往外跑、跳上遊覽車，只見全車怒目而視。我們的旅程還沒開始呢，我和湯姆已經成了問題團員。

登上獵戶座號後，我們的探險團團長道格請大家到船上的交誼廳，興高采烈歡迎所有團員。道格體格魁梧，一臉白色落腮鬍，以前是劇場設計師。「我愛死這趟旅行啦！」他對著麥克風喊：「這是最棒的公司辦的最棒的行程，要去全世界最棒的景點。我和各位一樣開心。」然後很快補上一句：這趟旅行不是豪華郵輪之旅，是探險。他還不忘特別跟大家說明，他這種探險團團長，假如和船長發現大好機會，可是會把原先的規畫全部作廢，重點是帶大家「追求美好的冒險」。

道格接著說明，這一路上會有兩名工作人員給大家上攝影課，也會為想要精進攝影技巧的團員個別指導。另兩名工作人員只要有機會就會潛水，提供大家海下風光的畫面。至於那個行李搞丟的澳洲工作人員，可沒丟了他的新款無人機，那上面裝了高解析度的攝影機，他花了九個月，才申請到在這趟旅程使用無人機的許可。當然，這無人機也會拍照片回來。此外還有一名全職拍片的攝影師，之後會把影片做成ＤＶＤ，旅程尾聲即可供團員購買。我覺得在座的這些團員人人都比我清楚——赴南極旅遊的重點，顯然就是帶一堆照片回家。「國家地理雜誌」這塊招牌讓我以為此行可以充實科學知識，結果我應該滿腦子想著照片才對。「我是問題團員」的感覺這下子更強烈了。

後來的幾天，我學會在林布拉德郵輪上認識新團員的標準問句：「你第一次參加林布拉德嗎？」要不就是「你之前參加過林布拉德嗎？」這種措詞讓我有點發毛，好像「林布拉德」有那麼點宗教意味，而且還所費不貲。到了傍晚，道格在交誼廳回顧一天的開場句，多半是問：「大家今天過得讚不讚啊？」然後等著現場一陣歡呼。他再三強調我們這次能平穩通過德瑞克海峽（Drake Passage），真的是老天保祐，讓我們有足夠的時間，搭上名為「黃道帶」的小船，登上南極半島附近的巴里恩托斯島（Barrientos Island）。這次登島極為難得，林布拉德不是每團都有機會在這裡上陸。

當時巴里恩托斯島上的巴布亞企鵝（Gentoo Penguin）和南極企鵝（Chinstrap Penguin）築巢季已近尾聲，有些幼鳥已長好羽毛，跟著爸媽回到海上。海洋是企鵝偏好的環境，也是食物的唯一來源。不過還是有大量的鳥留在島上。毛茸茸的灰色幼雛只要看到長得像爸媽的成鳥就緊追不捨，要成鳥把食物反芻了餵牠吃。這裡有長得很像海鷗的賊鷗（skua），專門找落單和弱小的幼雛下手，所以幼雛也會為了自保聚集成群。許多成鳥會到山上的隱蔽處換羽，這過程往往長達數週，鳥必須站著一動不動，餓著肚子忍著渾身發癢，等新長出的羽毛推擠掉舊羽。以人類的角度來看，怎能不欽佩這樣的耐性，和默默承受的毅力。儘管島上處處鳥群和泛著硝酸味兒的鳥糞，看到注定活不久的落單雛鳥也令人不忍，我還是很慶幸自己走了這一遭。

我和湯姆都在脖子上貼了「暈得寧」貼片，解決了我「最怕排行榜」的前兩名。幸虧有貼片，外加海上風平浪靜，我並未暈船，而且我們還用收音機時鐘大放可減輕鼾聲的聲音，湯姆每晚得以沉睡十小時。然而我怕的第三件事還是發生了。我和克里斯、艾妲在觀景甲板上看海鳥，林布拉德的隨團博物學家卻從未加入我們的行列。獵戶座號上的圖書室，甚至連一本像樣的南極野生生物圖鑑都沒有，反倒有數十本關於南極探險家的書，尤其是薛克頓（Ernest Shackleton）——薛克頓在這艘郵輪上的地位，等同林布拉德體驗，幾乎是神一樣的存在。林布拉德發給每位團員一件橘色保暖外套，左袖上就縫了一個有薛克頓肖像的臂章，紀念他從象島搭小船出海求援的一百週年。此外公司也發給每人一本講述薛克頓事蹟的書，還安排了關於薛克頓的幻燈片簡報，帶大家走訪與薛克頓相關的地點，播放重現薛克頓冒險旅程的長片，還到薛克頓當年走過的路徑實際健行三哩，那是條相當費力的路線，所幸他最後保住一條命。（我們這趟旅程的後段，在隨隊攝影師的鏡頭下，所有團員聚集在薛克頓的墓邊，公司給每人一杯愛爾蘭威士忌，邀大家敬他一杯。）這意思好像是說，我們林布拉德的團員大有薛克頓之風。假如你在獵戶座號上絲毫不覺英勇，八成只有當邊緣人的份。我慶幸自己至少還有兩個夥伴，可以一同研讀自己帶來的野生生物圖鑑、苦思鴿鋸鸌（Antarctic Prion，一種小型海鳥）的辨識特徵、努力辨認一種飛得超快的巨大海燕的特有鳥喙。

航向南極半島的途中，道格開始用「可能會有大好消息」來吊我們胃口。最後他把大家叫到交誼廳，跟大家說他葫蘆裡到底賣什麼藥——他和船長看看風向不錯，還真的把先前的計畫作廢了。我們如今有了天上掉下來的大好機會，可以橫渡南極圈下方，此刻正火力全開往南行。

到達南極圈的前一晚，道格先提醒我們，在我們越過「洋紅色線」（他開玩笑的）之際，他可能會一大清早用內部對講系統，叫醒想看看這條線長什麼樣的人。結果他真的清晨六點半叫我們起床，又講了個關於洋紅色線的笑話，而且眼看我們的船越來越逼近那條線，還故意用誇張的語氣從五開始倒數，然後恭喜「船上的各位」。我和湯姆隨即倒頭大睡。我們後來才知道，獵戶座號其實早在六點半之前就抵達南極圈了——只是當時還很早，沒人敢叫醒這一船有錢人，而且天色太暗，拍不了照。我們也是後來才知道，克里斯早在天亮前就醒了，然後就一直盯著他房裡電視上顯示的本船位置座標。他看著船減速，迎風換舷向西，再來個九十度轉彎，朝北前進，好多爭取點時間。

儘管道格成功扮演一個製造擬仿物的經理人，他代表的品牌也有點邪教的成分，我還是滿同情他的。這是他當上林布拉德探險團團長的第一季，工作將近尾聲，他顯然累壞了，何況還得讓顧客這趟旅行終生難忘，這可是超大的壓力。這團客人畢竟不是花錢不眨眼的大富豪，還是會期待物有所值。在我看來，道格應該是這艘船上除我之外唯一的認真賞鳥人，認真到會把看過的鳥種列成清單。他早已不再列清單，不過有天在每晚例行回顧一天菁華時，他講起自己頭一次去南喬治亞島，拚命想找到亞南極鸊鷉卻沒能如願的趣事。若不是他一路拚命迎合這整船拍照狂的需求，我應該會想多認識認識他。

不得不說，南極果真沒辜負道格興高采烈的宣傳。我這輩子從未有過這種體驗——眼前的風景美不勝收，美到我難以消化，即使我人明明就在現場，還是無法把所見的一切視為真實。一趟在出發前就讓我覺得不太真實的旅行，如今已然帶我來到一個同樣不太真實的地方，不過此時的這種不真實感比較美好。全球暖化或許讓南極大陸西側的冰層岌岌可危，但整個南極大陸離融化還有很遠的距離。利馬水道（Lemaire Channel）兩側都是尖聳的黑色山壁，相當高，但也不算太高，乍看似乎僅是被雪覆蓋，其實是整個埋在風吹成的雪堆下，一路堆到山巔，唯一沒被雪覆蓋的，只有近乎垂直的崖壁上的岩石。背風處的水面如鏡，在灰沉沉的天空下，水面是絕對的黑、純粹的黑，宛如外太空。無盡循環的黑白灰交替間，出現了冰川刺眼的藍。無論那藍是深是淺——我們郵輪後方徐徐浮沉的小冰山，帶著淡淡的一抹藍；漂在水上、有拱門有房間的冰堡，漾著濃烈的深藍；崩解的冰川則泛著保麗龍般的粉藍。總之無論哪種藍，我都無法說服自己此刻雙眼正看著大自然的顏色。一次又一次，我難以置信，幾乎笑出聲來。康德對「壯美」（Sublime）的定義是美加上恐懼，但我在南極感受的「壯美」，是在船上絕佳的安全觀景位置飽覽南極風光，船內還配備玻璃與黃銅打造的電梯，供應上好的義式濃縮咖啡，這種環境下的「壯美」，更像是美與荒謬的綜合。

獵戶座號駛過如鏡的海面，平靜無波到教人心頭發毛。放眼陸地、冰上、水上，完全不見人造事物，沒有樓房，沒有別的船，獵戶座號船頭的觀景甲板上，船的引擎也安靜無聲。我與克里斯和艾妲靜靜站在觀景甲板，四下找尋海燕的身影，只覺彷彿在世間孑然一身，有股難以抗拒的無形力道把我們往前拉，拉向世界的盡頭，宛如《納尼亞傳奇》裡的「黎明行者號」。只是我們才駛進一片浮冰區，船身四周漸漸圍滿了浮冰，就到了拍照的時候。一艘「黃道帶」小船轟隆隆開出，那澳洲人的無人機也隨即升空。

待我們到了拉勒曼峽灣（Lallemand Fjord），也接近此行的最南端，道格才宣布另一項「任務」。船長會奮力把船開進峽灣上游的巨大冰原，我們屆時可選擇在那一帶划海洋獨木舟，或在冰上走走。我心知這峽灣應該是看到皇帝企鵝的最後機會。這趟旅行雖有可能看到另外七種企鵝，但皇帝企鵝很少會在南極圈以北的地方出現。大家聽了道格宣布後，紛紛趕回房間穿上救生衣和探險長靴，我則在觀景甲板上架起望遠鏡，仔細審視這片冰原，鋸齒海豹（crabeater seal）和小巧的阿德利企鵝（Adélie Penguin）如斑斑小點四散各處。我很快就瞄到一種不太常見的鳥。耳後似乎有片色塊，胸口一抹黃。會是皇帝企鵝嗎？透過望遠鏡看到的畫面已經放大了，但還是模糊，也不太穩定，加上那鳥大部分的身軀藏在一座小冰山後面，會晃動的若不是船就是冰山了。我還沒來得及看清楚，冰山已經完全把鳥擋住。

這下怎麼辦？皇帝企鵝可說是全世界最大的鳥，有堂堂四呎之軀，《企鵝寶貝：南極的旅程》（*March of the Penguins*）這部電影就是以牠為主角。到了南極冬季，牠們會在距海面數百哩的冰原上孵蛋，公鳥聚攏在一起取暖，母鳥則搖搖晃晃走著，或用肚皮貼地滑行，前往無冰的水面覓食，隻隻都如薛克頓那般英勇。不過，我瞄到的那隻鳥少說也有八百公尺之遠，而且我有自知之明，我這個問題團員已經害大家久等過一次，加上自己認錯鳥的紀錄可不少，我只不過偶然間把望遠鏡對準了那座冰山，就馬上看到這一趟最想看的鳥？可能嗎？我不覺得胸口那抹黃和耳後的色塊是我憑空瞎掰出來的，但有時賞鳥人的眼，看的是自己想看的東西。

這一刻我歷經了存在主義式的思索，心知我在決定自己的命運，主意一定，隨即跑到駕駛臺甲板，只見我最喜歡的那位隨隊博物學家，正匆匆往道格安排的活動走去。我連忙抓住他衣袖，說我覺得自己剛剛看見一隻皇帝企鵝。

「皇帝企鵝？你確定？」

「我有九成把握。」

「我們待會兒再看看。」他說，掙開我拉住衣袖的手。

他一副言不由衷的語氣，我遂跑到克里斯和艾妲的房間猛敲門，跟他們講了這件事。感謝上帝，他們相信我的話，隨即脫了救生衣，和我一起回到觀景甲板。可惜的是，這時我已經找不到剛剛看到企鵝的地方，四周的小冰山實在太多。我又回到駕駛臺，另一個荷蘭的女性工作人員給了我比較正面的回應：「皇帝企鵝啊！這是很重要的鳥種耶，我們得趕緊跟船長說。」

葛雷瑟船長是德國人，個子很瘦，活力十足，實際可能有點歲數，但外表看不出來。他想知道那企鵝的確切位置，我朝自己最有把握的方向一指，他便用無線電跟道格通話，說我們得把船移動一下。道格在無線電上有點激動，他的任務可是進行到一半耶！但船長要他先暫緩。

船動了起來，我想到萬一是我自己看錯了，道格不知會有多火大。這時我又看見了那座小冰山。克里斯、艾妲和我一起站在欄杆邊，用雙筒望遠鏡觀察。不過冰山後空無一物，至少在船停下、掉頭之前，我們什麼也沒看到。無線電發出不耐的尖鳴。船長把船駛入冰原後，克里斯發現有隻鳥飛快潛入水中，看來很有可能。不過艾妲隨後說，她看到那鳥又躍回冰上。克里斯把望遠鏡對準那鳥，看了良久，轉頭向我，一臉故作正經貌。「我附議。」他說。

我倆開心擊掌。我把葛雷瑟船長找來看，他透過望遠鏡看了一眼，便高聲歡呼。「對，對。（德語）」他說。「是皇帝企鵝！皇帝企鵝！我就是等著要看牠！」他說他相信我講的沒錯，因為他之前某次行程，也曾在同樣的區域看到一隻落單的皇帝企鵝。接著他又歡呼了幾聲，還跳起吉格舞步，是如假包換的吉格舞，跳完便匆匆趕往「黃道帶」小船，想去看得更清楚點。

他之前看到的那隻皇帝企鵝，始終出奇的友善，或也可說很有好奇心。我應該是找到同一隻企鵝，因為船長才向牠走近，牠便肚皮貼地，興致勃勃朝他滑行。道格透過對講機跟眾人宣布，船長有了令人興奮的大發現，要更動原本的行程。先前就在冰上健行的團員，改朝企鵝的方向走；我們這些在郵輪上的人，則紛紛跳上「黃道帶」去看牠。待我抵達現場，三十個身穿橘色外套的攝影師早已或站或跪，把鏡頭對準這英俊挺拔、近在眼前的企鵝。

我早已默默下了反其道而行的決心，這趟旅行一張照片都不拍。此刻這畫面永難磨滅，根本用不著相機拍下——看上去就像皇帝企鵝在開記者會。牠背後冒出一群阿德利企鵝，好比後勤工作人員在旁靜觀，牠則以沉穩的大家風範面對記者團。

不多久，牠閒閒伸了下脖子，又用單腳搔搔耳後，靠另一腳穩穩站著，這簡直是平衡與柔軟度的極致表現，卻毫不見牠有炫技之意。之後，牠彷彿想強調自己在我們面前十分自在，居然睡著了。

葛雷瑟船長在當晚的一天回顧時，熱情感謝了這團的賞鳥人，還特別為我們在餐廳安排了專屬的一桌，酒水免費，桌上擺了張小卡寫著「帝王」。船上的服務人員（多半是菲律賓人）平常都稱湯姆「湯姆先生」，叫我「強先生」（Sir Jon），讓我自覺有點像莎翁筆下的法斯塔夫[3]，但那晚我還真覺得自己像帝王。之後一整天，不時有我見都沒見過的團員在走道上攔住我，為我發現企鵝致謝或歡呼。我終於有那麼點明白，高中校隊選手在成功達陣、逆轉球季之後，隔天到學校是什麼感受。我四十年來，早已習慣當大型社交團體中的問題人物，如今搖身一變，成了一舉建功的英雄，哪怕只有一天，也是徹底令我目眩神迷的新奇經驗。我不由納悶自己這輩子始終拒絕融入人群，是否錯過了某種生而為人的重要體驗。

• • •

3〔譯注〕：Sir John Falstaff，莎士比亞的《亨利四世》和《溫莎的風流婦人》中的法斯塔夫爵士。

空軍退役的姑丈沃特，如今長眠阿靈頓國家公墓。他這輩子始終積極走入群眾，也始終心繫故鄉。他老家在明尼蘇達州鐵礦帶的奇澤姆（Chisholm），小時候家境並不寬裕；大學時是曲棍球員；二戰期間是轟炸機飛行員，在北非和南亞出過三十五趟任務。他自學鋼琴，無論哪首標準曲，聽過就彈得出來；他吸取各家精華，融會貫通，發展出自己的高爾夫揮桿動作。他寫過兩本回憶錄，講的都是這一生結交的諸多摯友。他是自由派民主黨員，娶了個一板一眼的共和黨員。他不管和誰都能聊得興高采烈。我可以想像，倘若母親當年的伴侶不是父親，而是像沃特這樣可靠的好人，日子會過得何等開懷。

有天我和沃特在南佛州他家的社區餐廳一起晚餐，幾杯雞尾酒下肚後，他不僅說了與我母親之間的事，連他與法蘭和蓋兒的事也和盤托出。他說有兩個時間點——一是從戰場上退下來之後；二是和法蘭在不同的海外基地，過了這麼些年的駐外軍官生活後，讓他終於明白和她結婚是錯誤。問題不單是岳父母寵壞了她，也在於她一心想打進上流社交圈，不僅嫌惡自己老家是明尼蘇達州的窮鄉僻壤，還矢口否認自己有這種背景；而他不僅愛鄉愛土，更樂於讓別人知道自己的出身。他實在受不了她。「我太沒膽。」他說：「我早該離開她，但就是沒那個膽。」

一直到法蘭三十五歲左右，他們才有了唯一的孩子。法蘭很快就把全副心神放到蓋兒身上，對與沃特的房事則極度排斥，他覺得自己被迫另尋慰藉。「我有過幾個女人。」他對我說：「我有過幾次外遇，不過總是會把話先講清楚，我很重視家庭，也不會離開法蘭。我和幾個好朋友，每到星期天就買一大堆酒，開車去巴爾的摩，看強尼・尤奈塔斯和小馬隊[4]。」法蘭在家則對蓋兒的大小事無所不管，從外貌到功課，連美術課的作業都不放過，彷彿成天想的講的都是蓋兒。後來蓋兒離家上大學的四年，算是終於有了喘息的空檔，只是蓋兒一搬回東岸，到威廉斯堡上班，法蘭對女兒的干預更是變本加厲。

沃特看得出大事不妙，他知道蓋兒被母親逼到發瘋，只是不知如何脫身。一九七六年八月初，他也瀕臨自己的極限，便做了他唯一能做的事。他對法蘭說，要是她再這樣抓著女兒不放，他就搬回明尼蘇達州，回到他深愛的奇澤姆，不會再和她一起住，也無法再繼續他們的婚姻。然後他就收拾行囊，一路開回明尼蘇達州。十天後，蓋兒在大雨中連夜開車橫越西維吉尼亞州的那晚，他人就在奇澤姆。他說蓋兒那時已經知道他與母親分手。他親口對她說的。

4〔譯注〕：Johnny Unitas（1933-2002），美國國家美足聯盟史上傳奇四分衛，一九五六年至一九七二年效力於巴爾的摩小馬隊。

沃特講到這裡便打住，我們聊了點別的話題——他希望在這社區的住戶中覓得女伴，如今我母親過世，法蘭在安養院，他自知這樣做問心無愧；他擔心自己太過鄉下老粗樣，不修邊幅，社區的這些時尚寡婦恐怕看不上眼。我猜想，他之所以沒把自己的事講完，是否因為結局不言自明——經歷了那場車禍（而且他勢必認為，自己出走明尼蘇達和蓋兒的意外脫不了干係），法蘭又失去了她在這世上最重要的人，就此禁錮在極度脆弱的偏執狀態，承受椎心之痛，永遠也走不出來，他別無選擇，只能回到她身邊，用自己的餘生照顧她。

在我看來，蓋兒的死不僅是俗話常說的「悲劇」，更具有戲劇藝術中悲劇的反諷與必然成分，沃特二十多年來對法蘭的遷就，更讓這悲劇雪上加霜，唯有他照護她時展現的柔情，能帶來些許暖意。他確實是個好人。他有滿懷的愛，也把這份愛給了病弱的妻子。觸動我的不僅是這齣悲劇，也是這齣劇的男主角展露的平凡人性。我同時也不由驚歎這之中的玄妙。原來有這樣一個好人，在與法蘭岑家族的死板道德觀和瑞典式的淡漠共同生活多年之餘，也搞過外遇、和死黨開車去巴爾的摩狂歡，最後毅然接受命運的安排。這個人就在我生活中來來去去，我竟始終不知情。我在想，我此時認識沃特的這些面向，母親生前是否早已明白？她是否和我一樣，因此而愛他？

隔天下午，沃特的朋友艾德打電話來，說自己的車沒電了，要沃特帶接電的跨接線過去一趟。我們到了那邊，只見艾德站在街上，身邊是一輛巨大的美國車。他一副快嚥氣的樣子——皮膚黃得嚇人，全身晃得站都站不穩。他說自己病了一個月，現在感覺好多了。然而等沃特把兩輛車接上跨接線，要艾德發動引擎，艾德卻說自己連轉動車鑰匙的力氣都沒有（但他倒是想開車？），於是只好由我出馬。我試轉了一下鑰匙，便明白這車的問題比電瓶沒電還嚴重。艾德的車完全沒有反應，我也照實說了。但沃特這時對兩車間接線的方式有意見，他先把自己的車往後倒，線路被他一拖，鉤到了人行道。我還沒來得及阻止他，他已經連線路的接頭都扯了下來，於是我成了他發火的對象。我努力用螺絲起子把接頭接回去，但他不滿意我的做法，伸手想把螺絲起子奪過來，一邊對我又是吼又是咆哮：「該死啊你，強納森！真要命！不對啦！要接這裡！可惡啊你！」坐在副駕駛座的艾德，早就歪著身子垂著頭打盹。沃特和我搶起那把螺絲起子，我死不肯放手，當然也很氣他。等我們都平靜下來，我把線路修到他滿意了，又去發動艾德那輛車的引擎，車還是毫無反應。

拜訪沃特起了頭之後，我盡量每年都去佛州看他，每隔幾個月打打電話。他最後也真的找到了非常好的女伴。即使他後來聽力越來越差，頭腦也變得不太靈光，我還是可以和他維持正常對話。我們後來也有幾次真情流露的時刻，好比有一回他跟我說，我哪天要把他的故事講出來，這對他的意義十分重大，我答應了。不過對我而言，他為了修車對我吼那天，應該是我們最親的時候。那吼帶著某種難以解釋的含義，彷彿他忘了（或許是因為看到艾德和那輛車顯然來日無多；或許是因為對我有愛屋及烏之心，使得他忘了），他和我並不算真的有交情；他忘了，我們這輩子真正相處的時間，全部加起來最多一週而已。他吼我，就像做父親的在吼兒子。

・・・

加州人對南極的天氣有所疑慮，確實有道理，這裡比我跟她說的冷得多。不過我對企鵝的說法也沒錯。南極半島的企鵝已經算很多了，待獵戶座號從南極半島再次往北前進，再一路向東到南喬治亞島，企鵝數量更是驚人。南喬治亞島是國王企鵝（King Penguin）的主要繁殖地。這種企鵝和皇帝企鵝差不多高，卻有比皇帝企鵝更耀眼的一身羽衣。在野外看到國王企鵝，對我來說不僅已是走這一趟的充分理由，也似乎是生在這星球的理由。不可否認，我愛鳥，但我相信就算有外星的訪客來到這裡，在判斷力不致受性吸引力左右的情況下，同時觀察國王企鵝和最完美的人類樣本，也會說企鵝顯然是更美的物種。我可不單假設外星人才這樣，誰不愛企鵝呢。牠們姿態挺拔，又隨時可以肚皮貼地；牠們會揮動手臂般的鰭肢，邁著小小的步伐行進，或用那雙胖腳奮力跑跳。除了巨猿，沒有一種動物比企鵝更酷似人類的小孩。

在偏遠海岸線演化而成的這幾種南極區企鵝，也是少見完全不怕人類的動物。我往地上一坐，有些國王企鵝隨即向我走近，近到我若伸手去摸牠們閃亮如皮毛的羽毛也不成問題。牠們全身羽毛圖樣之鮮明，色彩之豔麗，人類平常要看到這等景象，只能靠吸毒了。要在巴布亞企鵝和南極企鵝群落中坐下就不太適合，因為牠們的排泄物很驚人。國王企鵝則不然，套林布拉德某個隨隊博物學家的話，國王企鵝比較乾淨。在南喬治亞島的聖安德魯斯灣，五十萬隻國王企鵝的成鳥和毛茸茸的雛鳥緊挨著彼此，我卻只聞到大海和高山的氣息。

誠然每種企鵝都有自己的魅力——冠企鵝（Macaroni Penguin）頭上有華麗搖滾的裝飾造型；長冠企鵝（Rockhopper）會兩腳平行蹬地，一次只能跳很短的距離，但牠們碰上陡峭的坡，還是會耐心用這種方式上上下下；不過我最愛的還是國王企鵝。國王企鵝結合了無與倫比的豔麗，與孩童遊戲時專注的社交活力。有群國王企鵝躍出水面，自浪花間直奔上岸，伸長鰭肢抖動，一副嫌海水太冷的模樣。還有落單的企鵝，站在淺淺的碎浪中，凝視海面良久，你不禁會猜牠腦袋在想什麼。也有兩隻年輕的公企鵝，跟著一隻舉棋不定的母企鵝，興奮地左搖右晃，不時停下來互瞄，看哪隻的脖子伸得比較美，或用鰭肢修理對方，只是成效不彰。牠們有尖銳的喙卻不用，寧願用沒力道的翅膀對決。

在聖安德魯斯灣，企鵝群落的外圍才是熱鬧的地方。孵蛋和換羽的企鵝非常多，讓群落本身顯得極為祥和。俯瞰這一幕，大有週末清晨從格里菲斯公園（Griffith Park）俯瞰洛杉磯之感。這是由挺拔的企鵝組成的大都市，猶在半夢半醒間。負責巡街的是鞘嘴鷗，這是種奇怪的鳥，全身雪白，有鴿子的身體、兀鷲的習性。就連國王企鵝發出的美妙聲音（一種忽強忽弱有起有伏，很歡樂的嗡嗡聲，有點像風笛、有點像過年派對上的玩具喇叭，也有點像某些飛機發出的類似狗鳴聲），尤其是大批企鵝在遠處齊鳴，也有療癒身心之效，

人類在二十世紀把許多種鯨魚和海豹幾乎消滅殆盡，幫企鵝剷除了競爭食物的對手。企鵝數量隨之增加，南喬治亞島由於冰河快速後退，露出的陸地適合企鵝築巢，近來成了企鵝的宜居之地。只是人類帶給企鵝的好景或許不常。倘若氣候變遷繼續使海洋酸化，海水的酸鹼值將使得海中的無脊椎動物長不出外殼，磷蝦就是可能受害的動物之一，牠是多種企鵝的主食。氣候變遷也使得環繞南極大陸的冰層快速減少。這些冰層是海藻生長的空間（磷蝦在冬季以海藻為食），目前為止尚能保護

磷蝦免於大規模商業開採之害。只是或許不用多久，中國、挪威、南韓的超大型工廠船就會開來，把企鵝和多種鯨魚、海豹賴以維生的食物一掃而空。

磷蝦這種甲殼動物，大小和顏色都很像我們的小指。要估算整個南極區的磷蝦總數量可不容易，但大家常引用的數字是五億公噸，這可說是全世界最大的動物生物質（biomass）產區。但對企鵝不利的是，許多國家把磷蝦視為美食，不僅人類拿來吃（據說是可以慢慢習慣的味道），也特別受養殖魚業和畜牧業歡迎。目前公布的磷蝦每年捕獲量低於五十萬噸，挪威則是捕獲量最大的國家。然而中國已經宣布計畫把每年的捕獲量提高至兩百萬噸，也因此開始打造這項任務所需的船隻。中國的「農業發展集團」董事長表示：「磷蝦富含優質的蛋白質，可經加工製成食品和藥物。南極是所有人類的寶庫，中國應該前往南極共享其利。」

南極確實有全世界最豐饒的海洋生態系，也是世界僅存的完整海洋生態系。目前人類的商業開採利用行為，至少名義上都由「南極海洋生物資源保育委員會」（Commission for the Conservation of Antarctic Marine Living Resources）監督及規範。不過委員會的二十五個會員國，無論哪一國都有可能否決委員會的決議，中國就是向來反對設立大型海洋保護區的會員國。另一個則是俄國，近年不僅公然堅拒讓步，對設立新的保護區投下反對票，更質疑該會是否有權設立保護區。因此磷蝦的未來，乃至多種企鵝的未來，取決於因各種變數而大幅增加的變數——磷蝦的實際數量有多少？磷蝦對氣候變遷的適應力有多強？如今人類是否可能捕撈磷蝦，但不連累他種野生動物挨餓？人類的捕撈行為真能規範嗎？國際間為南極議題的合作關係，是否經得起新的地緣政治衝突的考驗？唯一不變的，就是全球氣溫、全球人口、全球對動物性蛋白質的需求，都在迅速升高。

⋯

獵戶座號的用餐時間，讓我無法不聯想到托馬斯・曼的《魔山》描寫的那座療養院——一天三次得急忙趕往餐廳；自覺與世隔絕而孤立；而且桌邊總是一成不變的那幾張臉。只是與我同桌的，不是《魔山》中假裝很熟貝多芬作品（還說要在葬禮上播放〈雌雄交響曲〉[5]）的史多爾女士，而換成了一對支持川普的夫妻檔。有開懷暢飲的酒鬼情侶；有荷蘭來的風濕病專家，丈夫（第二任）同為風濕病專家，女兒和女兒的男友也是同行。有對夫妻只要「黃道帶」準備載客，必然左推右擠排開人群，搶到最前面上船。有個男的獲得特許，帶了業餘無線電設備來，整趟旅行都待在船上的圖書室，聯絡同好玩家。也有些澳洲人不太和團員互動。

我趁著吃飯閒聊，問了些團員選擇來南極的原因，結果發現很多人原本就非常喜歡林布拉德的活動。有些人是參加林布拉德別的活動時，聽說南極這團應該是除了「科提茲海」團之外最棒的團。有對我很喜歡的夫妻，先生鮑伯是醫師，太太姬吉是護理師，去年是他們結婚二十五週年紀念，他們今年來慶祝。有個退休的化學家跟我說，他選擇南極，只是因為別的地方他都去過了。我很慶幸沒人提到想在南極融化前來看一眼。意外的是，這一整趟行程，我都沒聽到哪個工作人員或旅客說出「氣候變遷」這幾字。

想當然耳，船上很多場演講我都沒聽。我為了證明自己是個最死忠的賞鳥人，必須堅守觀景甲板。最死忠的賞鳥人，會在刺骨寒風和不斷潑來的海水中站一整天，凝視大霧或強光，期盼能瞥見不尋常的事物。哪怕你的直覺對你說那邊什麼也沒有，能證實的唯一方法就是花上幾小時，望向地平線那端，細細審視鳥兒的蛛絲馬跡，不放過任何一隻穿梭浪間、與浪花恰恰同色的鴿鋸鸌（說不定就是極為罕見、一旦發現便令你手舞足蹈的仙鋸鸌〔Fairy Prion〕）；也不放過任何一隻猶豫要不要跟在船後的漂泊信天翁（也可能會是皇家信天翁〔Royal Albatross〕）。賞海鳥往往

5〔譯注〕：把〈英雄交響曲〉（Eroica）想成「情色」（erotica）之誤。

冷得半死，反胃在所難免，而且幾乎都無聊得要命。我在觀景甲板上前後待了三十小時，看到的重要海鳥也就那麼一隻短嘴圓尾鸌（Kerguelen Petrel）而已，於是我決定不要再那麼拚了，把空閒時間投入另一種衝動，不過這次比較可以與人交際，那就是打橋牌。

我的牌友有黛安娜、南西、賈珂，都來自西雅圖，參加同一個讀書會，她們還有些會員也在同一團。我這趟旅行交到的朋友除了克里斯和艾妲以外，就是她們三個。黛安娜是專辦申請破產的律師，令人望之生畏。我們剛開始玩牌的某一局，我不知哪根筋不對，打出一張不該打的牌，她笑我：「打得也太爛了吧。」我為此對她印象大好。我就喜歡牌桌上大家口無遮攔。南西自己開公司，是堆高機的經銷商。有次她和我搭檔，打這趟旅行的第一次滿貫合約，我提醒她剩下的牌蹬都是她的，她突然朝我發作：「要死啦，讓我好好打牌行不行？」她後來跟我說，她是不見外才這樣講。第三個牌友賈珂也是律師，告訴我她寫了一齣舞台劇，劇情是講她去黛安娜家吃感恩節晚餐，結果吃到一半，黛安娜病重的丈夫死在客廳的床上。我發現賈珂是全團唯一有刺青的人。

我們這趟旅行也和《魔山》如出一轍，剛開始的幾天感覺很長、很難忘，後來過得越來越快，記憶也越來越模糊。我後來終於看到亞南極鸌（非常美麗又親人的鳥），心滿意足之後，對要去探訪廢棄捕鯨站就變得興趣缺缺。就連一開始興高采烈的道格，到了南喬治亞島的第五天，宣布「我想我們再去划一趟海洋獨木舟吧」的聲音，也顯出掩不住的疲憊。他那語氣酷似《等待果陀》近末尾，窮盡各種解悶的方法後，決定「學樹站」的弗拉迪米爾和艾斯特岡。

到了旅程最後一天，儘管大批海鳥繞船而飛，其中說不定也有不錯的鳥種，我還是把大半天都耗在橋牌桌上。那天傍晚，我下樓到交誼廳，聽關於氣候變遷的演講。講者是那個操作無人機的澳洲人，名叫亞當；來聽的人還不到團員的半數。我很好奇，這麼重要的議題，林布拉德怎麼會拖到最後一天才講。往好處想，林布拉德向來標榜自己有環保意識，大概是想讓我們歸途上滿心壯志，決定奉獻一己之力，守護這一路上飽覽的自然奇景。

亞當一開場就請大家幫忙，不過和環保意識完全無關。「我們發的那張意見調查表，」他說：「不是要你寫對氣候變遷的看法喔。」講完隨即尷尬一笑。「別罵我，我只負責傳話啦。」然後他問在場有多少人相信地球的氣候正在變化，交誼廳裡的每個人都舉了手。那，有多少人相信這是人為的結果？這次大部分的人都舉手，只有支持川普的人和那個業餘無線電玩家例外。這時克里斯從交誼廳最後排沒好氣發話了：「萬一有人覺得，這和個人看法無關呢？」

「這個問題問得很好。」亞當說。

亞當的演講是把《不願面對的真相》(*An Inconvenient Truth*)重演得活靈活現，連氣溫急遽上漲的「曲棍球桿狀曲線圖」，還有那張知名的「海平面上升、吞噬佛州」的美國地圖都原樣重現。只是亞當講的前景比高爾還灰暗，因為地球暖化的速度，比悲觀人士十年前預期得還快。亞當以最近阿拉斯加的狗拉雪橇比賽為例，阿拉斯加今年冬天反常的熱，所以雖說是狗拉雪橇比賽，卻沒有雪。到了二〇二〇年夏季，北極的冰可能會完全消失。他又說，十年前，南極半島縮減中的冰河只有百分之八十七，如今這數字卻似乎已達百分之百。不過他最黑暗的論點是：氣候科學家既然是科學家，必須只對外宣稱統計上機率極高的事。科學家在以氣候模型說明未來氣候變遷的各種可能型態、預測全球溫度上升時，得選一個很低的溫度，有九成以上的案例都會達到這個數字，而不講一般情況下會上升的度數。因此信心滿滿、預測本世紀結束前氣溫會上升攝氏五度的科學家，很可能在私下喝兩杯的時候才跟你說，其實預計會上升九度。

我想到這等於上升華氏十六度，便為企鵝傷心。但討論氣候變遷，話題的方向往往從「診斷」轉成「療法」，這場演講的黑暗論點也不例外，轉成了黑色喜劇的黑。我們置身每分鐘燃燒三加侖半燃料的巨大郵輪，在船上的交誼廳聽亞當頌揚去農夫市集買菜、用ＬＥＤ燈泡取代鎢絲燈泡的種種好處。他還說，讓女性受普及教育會降低全球生育率；消弭戰爭能釋出足夠的資金，讓全球經濟投入再生能源。接著他問大家有沒有問題或想提出意見。對氣候變遷持懷疑態度的人都沒有和他辯的興致，但有個相信氣候變遷的人起身說，他負責管理許多住宅用不動產，注意到有領政府補助金的租戶，因為不必付水電費，冬天總愛把家裡暖氣開得太暖；夏天冷氣開得又太冷。他認為要對抗氣候變遷，有個方法就是叫他們付水電費。有個女的聞言低聲說：「我覺得大富翁比住國宅的人還浪費得多。」此話一出，討論很快便結束——我們都還得打包行李呢。

晚上六點鐘，交誼廳裡又見人群，而且這次人還滿多，自然是為了這趟旅行的高潮——幻燈片秀。林布拉德歡迎團員提供自己三、四張拍得最好的照片，集中起來放映。主持放映的攝影老師說，要是有人不喜歡他選的配樂，先跟大家致歉。他選的曲子是〈太陽出來了〉（Here Comes the Sun）、〈給我希望，小甜心〉（Build Me Up, Buttercup），確實不怎麼樣，不過整個放映秀著實令人氣悶。我們重視影像的文化，總讓我生出某種短少之感——無論你把生活切割成多細的片段、組合成一連串照片；無論你把各張照片的時間點排得多接近，在我眼中，這一張接一張的照片傳達的最大重點，就是它沒展現出來的東西。另一點令人氣悶的就是，在《國家地理雜誌》三週來的指導下，這些照片並未展現像這本雜誌一樣別出心裁的觀點。一張張看下來，我越發覺得這種安排真是一廂情願。這幻燈片秀說是要捕捉我們這個社群的冒險點滴，一如薛克頓和他的隊友組成的那個社群，但我們並未經歷漫長的南極冬季，也不曾分食海豹肉達數月之久。林布拉德和顧客之間的縱向關係早已牢不可破，根本無法促成團員之間建立橫向的感情連結。也因此這場幻燈片秀，就成了林布拉德的素人廣告秀。它一心想營造的那個情境，破壞了原本應該對我有意義的畫面——無論哪張非專業照片都有它的意義，因為它記錄了我們所愛事物的樣貌。我哥私下拿了張照片給我看，那是他拍克里斯和艾妲坐在「黃道帶」上的模樣（克里斯就算不高興，也沒法完全繃著臉；艾妲則笑得十分燦爛），這畫面讓我想起在這船上認識他們有多開心。這張照片充滿了意義——對我而言。把它上傳到林布拉德的網站，那意義就崩壞成廣告。

那，到南極走這一趟的意義是什麼？結果對我來說，意義在於透過親身體驗認識企鵝、深受美景震撼、結交新朋友、幫我的生涯鳥種名錄添上三十一種鳥種，同時也緬懷我的姑丈。這些理由值得我花出去的錢、排放的碳嗎？你說呢？不過這場幻燈片秀，確實有某種諷刺的反效果，因為它反而讓我把注意力放到自己在船上活著的、未入鏡的每分每秒——儘管賞海鳥既無聊又超冷，但比死好得太多。隔天早上，類似的反效果又發生了。獵戶座號停靠烏蘇懷亞，我和湯姆終於可以自由到街上去逛逛。我發現在獵戶座號待了三週，天天看同樣的臉，讓我對不曾在船上見過的面孔格外敏銳，尤其是年輕的臉。每看到阿根廷的年輕人，我就有想上前擁抱的衝動。

對大部分人來說，想對抗氣候變遷，又要保存生物多樣性，最有效的一個辦法就是不要生小孩，這是真的。沒有什麼能阻止人類把自己放在第一位的邏輯，這也可能是真的——假如人類想吃肉，又有磷蝦可捕，磷蝦就會遭殃。連說「企鵝最能讓人聯想到自己對其他物種的影響」，也可能是真的——畢竟企鵝這麼像小孩，最有可能引導我們用更好的角度，去思考受人類優先邏輯所害而瀕危的物種。企鵝同樣是我們的孩子，同樣值得我們關愛。

然而想像一個沒有年輕人的世界，就是想像永遠住在林布拉德的船上。我的教母法蘭，在唯一的孩子意外身亡後，就過著這樣的生活。我還記得她有回對我透露自己的英國Wedgwood瓷器值多少錢，露出帶點瘋癲的笑容。不過其實早在蓋兒去世前，法蘭腦袋就不太對勁了，她對自己生出的複製品太過執迷。生命無常，抓得太緊便可能捏碎；不然你也可以像我的教父沃特那樣，以全心熱愛生命。他失去了女兒、戰友、妻子、我母親，但他始終能讓境隨心轉。我能看見他在南佛州、鋼琴前，叮叮咚咚彈著經典名劇的曲子，咧嘴笑得開懷，同社區的幾個寡婦則在一旁翩翩起舞。縱使在一個步向死亡的世界，仍有新的愛不斷萌芽。

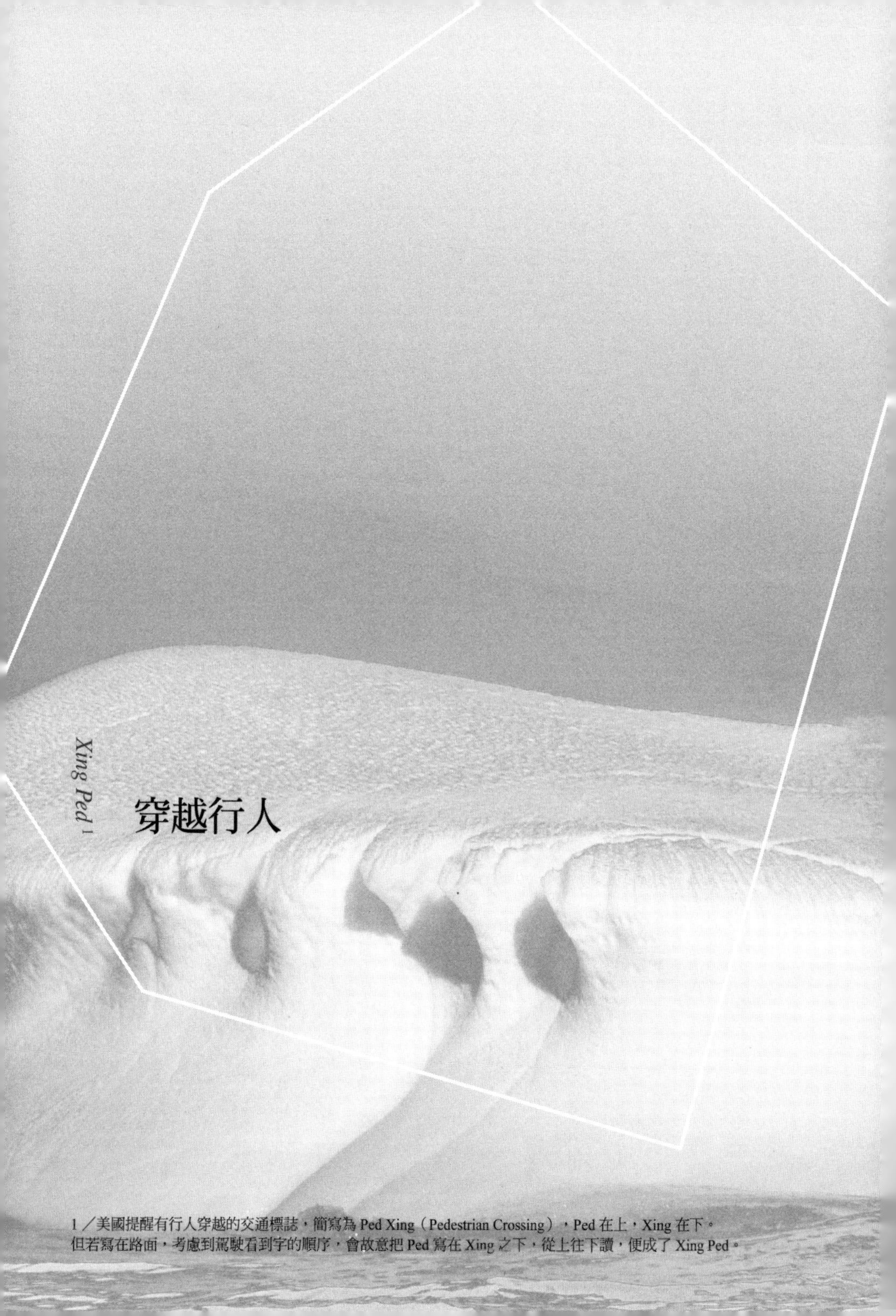

Xing Ped[1]

穿越行人

1／美國提醒有行人穿越的交通標誌，簡寫為 Ped Xing（Pedestrian Crossing），Ped 在上，Xing 在下。但若寫在路面，考慮到駕駛看到字的順序，會故意把 Ped 寫在 Xing 之下，從上往下讀，便成了 Xing Ped。

我們都聽過一種論調，說人類這物種天生就短視，懶得看未來，反正那個「未來」也許永遠不會來。設計市區路面文字的交通工程師，想必就是這種思維。他們彷彿假定你開車時，雙眼必然鎖定引擎蓋正前方的某個點。你理應邊開車、邊看路、邊想：噢，這裡寫著「PED」……再來，哇噢，這裡還有個「XING」（這長得很像中文字的拼音，但其實不是中文字）……然後——咦，這裡的邏輯不太對吧，因為，要是你短視到只看得見眼皮下的東西，怎麼可能看得到正邁步過馬路的行人？這未免太玄了吧。我們學道路駕駛，學到的是開車時眼光要放遠。但假設你遠遠看到路上寫了字，你用慣常的順序從上讀到下，好比說「BUS TO YIELD」（公車讓路），那你就錯了。從外線殺氣騰騰切進來的那輛公車，可是指望「你」讓路給他呢！要是你得看路上的字才明白這一點，表示你是個爛駕駛。所以啦，在現代這個世界，不僅交通工程系統獎勵短視，現今當權的政經體系也一樣，要想在這種世界活下去，你得學會用爛駕駛的角度思考，或根本不思考。你得「讓路給公車」（YIELD TO BUS）。你拿起紙杯、喝完飲料、丟掉紙杯。全美國每分鐘丟棄三萬個紙杯，而遠方的另一片大陸——巴西的大西洋沿岸雨林已遭夷平，改成巨大的尤加利樹人工林，以供應全世界所需的紙漿，但這已遠遠超出你汽車引擎蓋前方的範疇。你要去的地方比巴西近得多；你的人生即使沒有整天帶著環保隨行杯四處跑，也已經夠複雜了。就算你帶著隨行杯吧，你也心知肚明，自己住在一個為爛駕駛設計的世界，你每分鐘丟掉〇．〇〇一五個星巴克紙杯，到底有什麼差別？假如你愛車排放的廢氣，可以讓未來那個幾乎沒法住人的世界早那麼一點點來（而且那未來也不算太遠），又有什麼關係？人就是人，本性就是本性。等我們走到那座橋的時候，跨過去就是了。

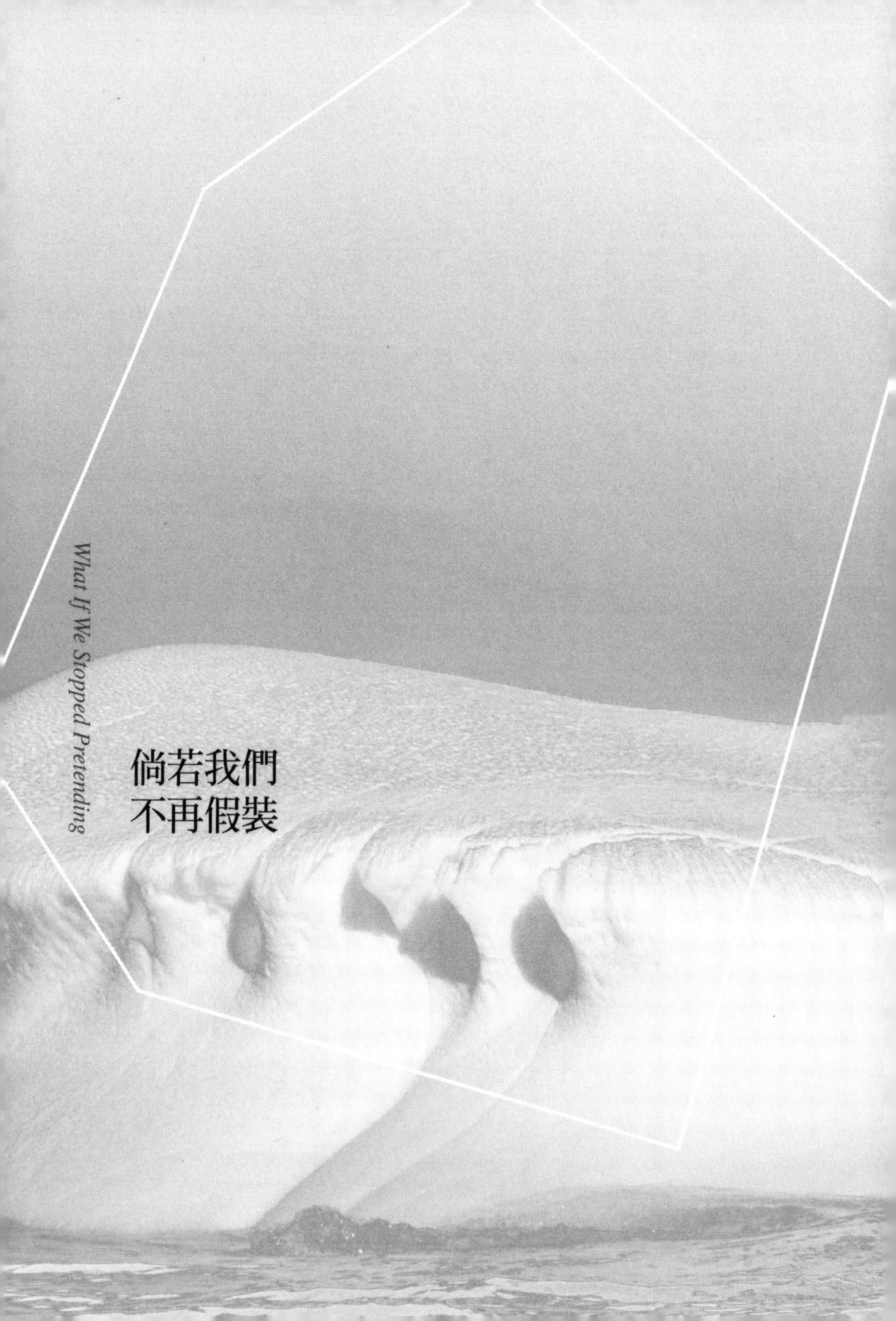

What If We Stopped Pretending
倘若我們
不再假裝

氣候末日即將臨頭。想做好準備，就得承認：這種事我們阻止不了。

二〇一九年九月八日

卡夫卡告訴我們：「世上有無窮的希望，只是不屬於我們。」這位作家筆下的人物，都在努力達成看似可及的目標，奮鬥的過程或悲或喜，總之最後他們始終都搆不到成功的邊。這樣的作家會冒出這句有點玄的話，還真貼切。不過我覺得，在我們這個驟然黯淡的世界，把卡夫卡這句話反過來講，好像也說得通：「世上毫無希望，除了屬於我們的希望之外。」

我講的當然是關於氣候變遷。人類絞盡腦汁想控制全球碳排放，讓地球免於融化的命運，這實在頗有卡夫卡小說的氣氛。這個目標三十年來清清楚楚，只是儘管我們已為此竭心盡力，還是沒什麼重大進展。如今科學證據已不容我們反駁。假如你還不到六十歲，應該有機會親眼目睹地球上的生活出現極大的動盪——諸如農作物大規模歉收、野火燎原、經濟內爆、洪水氾濫、數億人因酷熱或常年旱災流離失所。要是你還不到三十歲，應可保證能親眼目睹這一切。

倘若你還在乎這個星球，關切在這裡生活的人與動物，那你可以有兩種角度來思考這件事。你可以繼續盼望我們能遏止災禍；你可以因這個世界毫無作為更加氣餒或憤怒。你也可以接受大難即將臨頭，重新思考起「懷抱希望」的真義。

即使在過了這麼久的今天，還是處處可見有人傳達不切實際的希望。我幾乎每天都會讀到「是時候『捲起袖子』和『拯救地球』」之類的字眼；看到有人寫說只要我們眾志成城，就可以「解決」氣候變遷的問題。儘管這口號在一九八八年有明確科學證據時，還可能是事實，我們過去這三十年排放到大氣中的碳，已等同於兩百年來工業化社會的碳排放量。事實早就變了，只是不知怎的，口號還是沒變。

從心理層面來看，拒絕相信這件事也是有它的道理。儘管「我將不久於人世」是無情的事實，但我活著的時空是現在，不是未來。假如我必須在以下兩件事之間二選一，一是令人擔憂的抽象事物（死亡），二是我能感知的明確證據（早餐！），我的理智會選擇專注於那明確的證據。地球也一樣，完好無缺依舊，如常運作依舊——四季依然更迭、大選年又將來臨、「網飛」又有新喜劇。要說地球即將毀滅，對我而言比死亡還難理解。別種的世界末日，無論成因是宗教預言、熱核反應或小行星，至少還有個一刀兩斷的痛快死法——前一秒世界如常，下一秒灰飛煙滅。反觀氣候變遷造成的末日，死狀可就難看了。它會化身為越來越嚴重的危機，導致益發惡化的亂象，最終造成整個文明開始崩毀。那場面勢將慘不忍睹，但或許不會太快臨頭，或許不致人人遭殃，也或許不會影響到我。

然而某些人否認氣候變遷存在，帶有比較多刻意的成分。共和黨對氣候變遷採取的立場是何居心，人盡皆知，但這種否認心態，在改革派的政治主張中也不難看到，或至少從他們的措辭即可見一斑。某些針對氣候變遷議題的重大提案，把「綠色新政」（Green New Deal）當成指導方針，但「綠色新政」依舊包裝成了我們得以逢凶化吉、拯救地球的最後機會，而解方就是各項超大規模的再生能源計畫。許多支持這類提案的團體，對外運用的文字策略是「阻止」氣候變遷，或暗示我們還有時間防止氣候變遷。左派政治分子很得意於自己不同於右派的一點，就是他們願意聽氣候科學家怎麼說。氣候科學家的確認為這場大災難在理論上有轉圜的餘地，但似乎不是人人都用心聽他們說話。「理論上」這三個字因而成了眾矢之的。

我們的大氣和海洋在氣候變遷發生之前，只能吸收一定的熱，而各種回饋環路讓氣候變遷更嚴重，使得情況完全失控。科學家與決策相關人士之間的共識是，假如全球平均溫度上升超過攝氏兩度（也可能比這個數字略多或略少），就代表大勢已去，無可挽回。「政府間氣候變遷專門委員會」（Intergovernmental Panel on Climate Change，以下簡稱I.P.C.C.）給我們的說法是，要想把上升溫度限制在兩度以內，不僅需要逆轉過去三十年來的趨勢，還需要全球在「下一個」三十年間，把淨排放降到零。

退一萬步說，這實在是極為艱鉅的任務，而且這主張的前提是，你得信賴I.P.C.C.的計算結果。上個月的《科學人》雜誌提到一項新研究，顯示氣候科學家一點都沒有誇大氣候變遷造成的威脅，是他們過去低估了氣候變遷的速度和嚴重性。科學家為了預估全球平均溫度上升的幅度，得仰賴複雜的大氣模型。他們會用超級電腦分析大量的變數，為接下來的這個世紀，跑出大約一萬種不同的模擬狀況，好做出上升溫度的「最佳」預測。假如有哪個科學家預測溫度會上升攝氏兩度，那也不過是講出一個最有把握的數字而已，其實是「至少」會上升兩度，真正上升的溫度說不定其實高得多。

我不是科學家，我用自己的方式建構模型。我在腦中試擬各種未來可能發生的情況，加上人類心理和政治現實的局限，也考慮到不斷增加的全球能源消耗（目前為止，再生能源減少的碳排放，比消費者需求造成的碳補償還多），並計算集體行動能防止災難的情況有多少。我從決策人士和相關行動派人士提出的解方，推演出一些可能的情況，而它們彼此間有些相同的必需條件。

第一個條件是，世上每個造成汙染的主要國家，都得推動嚴苛的節能措施，關閉大部分能源與運輸方面的基礎設施，並全面重整經濟。根據最近《自然》期刊某篇論文的說法，現有的全球基礎設施，倘若繼續運作到正常壽命終了為止，造成的碳排放，將超出我們全部的排放「限額」——也就是在達到大災難的門檻之前，還能釋放的碳的額度。（此一估計尚不包括數千項屬於「已規畫」或「施工中」的能源及運輸新計畫。）要把碳排放維持在此一額度中，就必須展開從上到下的干預措施，而且不僅是每一國都得做，還需要各國全面貫徹實施才行。好比說，把紐約市變成綠色烏托邦，但如果德州人同時仍不斷汲油、開載貨卡車，那還是枉然。

其次，這些國家必須採取正確的行動。巨額的政府經費必須花在對的地方，不得白白虛擲，不得落入私囊。講到這裡，不得不說那個卡夫卡式的笑話實在很好用——歐盟下令使用生質燃料，卻導致印尼為了種植油棕樹、採收棕櫚油，加快了大肆濫伐的腳步。還有美國為乙醇燃料提供補助，結果除了玉米農之外，誰也沒撈到好處。

最後，有不計其數的人（包括痛恨政府的數百萬美國人）將會面臨重稅，原本熟悉的生活型態也將處處受限，但人人都得照單全收。他們必須接受氣候變遷造成的現實狀態；必須相信為了對抗氣候變遷，得採取非常手段；更不能因為不喜歡某些新聞，就說那是假新聞。大家必須把國家主義和階級、種族仇恨全部放到一邊；為了遠方受威脅的國家，為了遙遠未來的世世代代，必須做出某些犧牲。光是習慣越來越猛的酷暑、益發頻繁的天災還不夠，人人永遠都得活在這種變化的恐懼中。他們每一天想的不是早餐，而是思考死亡。

你可以說我悲觀，也可以說我人道主義，但我實在不覺得人性在短期內會有什麼根本的改變。我可以用我的模型跑出一萬種可能的情況，但無論哪種情況，我都不相信能達成下降攝氏兩度的目標。

我可以說從兩件事情來看，會得出這種結論的不僅我一人，其一是最近數項民意調查顯示，大多數的美國人（而且很多是共和黨員）對地球的未來感到悲觀；其二是內容令人難過的書反而大賣，好比大衛．華勒士—威爾斯（David Wallace-Wells）今年出版的《不宜居住的地球》（*The Uninhabitable Earth*，暫譯）。只是大家依然不願公開這種想法。有些氣候變遷的行動派人士主張，我們要是公開承認這個問題無法解決，會降低大眾採取改善行動的意願。在我看來，會往這層面去想，一來未免看不起人，二來也是無謂的想法，畢竟目前為止，我們拿不出什麼改善氣候變遷的成績給大家看。提出這種主張的人，會讓我想到某種宗教領袖，生怕大眾若少了永遠得救的保證，就懶得循規蹈矩。以我的經驗來看，沒信教的人愛鄰居的程度，並不亞於信徒。我因此很好奇，假如我們決定不否認現實，告訴自己真相，那接下來會如何？

首先，就算我們無法指望自己能免於那攝氏兩度的暖化之災，就實際效益和道德層面而言，我們還是有充分的理由應該降低碳排放。從長遠的觀點來說，我們讓溫度上升的幅度最後會比兩度多多少，大概已經沒差了，只要越過那個無法回頭的點，這世界會變成怎樣，將由它自己運作。然而就短期來看，事情做一半總比什麼都不做來得好。把我們的碳排放減半，多少可以使暖化造成的直接影響不那麼嚴重，在某種程度上，也可延緩我們面對那個臨界點的時間。氣候變遷最恐怖的一點，就是它進展的速度之快，看溫度紀錄幾乎每個月都創新高即可知。倘若集體行動能讓無情肆虐的颶風少那麼一個，讓相對穩定的狀態多那麼幾年，那或許是個值得我們努力的目標。

坦白說，就算集體行動一點效果都沒有，也還是值得努力。我們明明有節能的方法，卻保存不了有限的資源；明明很清楚碳對大氣造成的影響，也沒有排放碳的絕對必要，卻還是把碳排放到大氣中，這根本就是錯的。雖說僅僅一個人的行動影響不了氣候，並不代表個人的行動毫無意義。我們每個人都得做出道德選擇。宗教改革期間，「末世」只是一個概念，不像如今成為具體得可怕的形式。當時有個重要的教義問題是，你應該行善，是因為行善會帶你進天堂？或純粹因為行善是好事？——因為儘管「天堂」是個問號，你還是很清楚，如果人人都行善，眼下的

「這個世界」就可能會更好。我用不著相信地球會拯救我，也可以尊重地球、關切與我共享地球的人。

再者，對得救懷抱錯誤的希望，也有可能造成實際的傷害。倘若你堅信我們可以化險為夷，代表你願意徹底投入，去解決一個巨大無比的問題，大到所有人得永遠把它放在第一優先。但怪就怪在這麼做會導致某種自滿——自以為選舉時投票給支持環保的候選人、騎腳踏車去上班、旅行不搭飛機，就好像為世上這唯一值得做的事盡了全力。然而，倘若你接受現實，知道這個星球的溫度即將破表，達到威脅文明的程度，那麼你該做的事還有很多。

我們的資源並非取之不盡、用之不竭。就算我們把大部分資源孤注一擲，致力於降低碳排放，盼能換得一線生機，投進全部資源仍是不智之舉。好比高速火車適不適合北美國家尚無定論，但要是動用巨款興建高速鐵路系統，就代表我們無法用這筆錢為災難未雨綢繆、無法為慘遭洪災的國家提供重建經費、無法用於日後的人道救援工作。我們有許多超大規模的再生能源計畫，卻破壞了現存的生態系，像是肯亞數座國家公園現正進行的「綠」能開發計畫；巴西龐大的水力發電工程；捨有人居住的區域不用，反而在廣闊的開放空間興建太陽能農場——自然界已在掙扎求存，而這種種開發計畫，無一不在磨耗自然界的復原力。土壤與水耗盡、濫用殺蟲劑、全球漁場枯竭等問題，同樣需要集體意志來面對，而且這些狀況和碳的問題不同，都是我們有能力解決的事。此外有個附帶的好處——許多低科技的節能行動，像是復育森林、保存綠地、少吃點肉，都可以減少我們的碳足跡，而且成效與大規模產業變革不相上下。

氣候變遷這場仗，唯獨在你有把握打贏的時候，才有不惜一切投入戰爭的道理。要是你願意承認我們早就吞了敗仗，那除了戰爭之外的各種行動，便有了更重要的意義。為大火、洪水、難民預做準備，就是一個直接相關的範例。只是大難臨頭，使得幾乎所有可讓世界更好的行動，變得分外迫切。世道越來越亂，眾人仰賴的庇護不是法制，而是部落意識和武力。要對抗這種反烏托邦狀態，最好的武器就是維持正常運作的民主體制、正常運作的法律制度、正常運作的社群。從這個角度來看，凡是讓社會更公正、更文明的舉動，如今都可以視為有意義的氣候行動。確保選舉公平是氣候行動；對抗財富極度不均是氣候行動；關閉社群媒體散布仇恨的機器是氣候行動。制定人道移民政策、提倡種族平等與性別平權、推廣對法紀和執法人員的尊重、支持自由獨立的新聞媒體、讓國家不再有攻擊性武器——這些都是有意義的氣候行動。想在溫度越來越高的環境存活下來，我們就得盡全力，讓自然界和人類世界的每一種體系維持健全。

然後再說到希望。假如你對未來的希望，靠的是一種天馬行空的樂觀想像，萬一你想像的版本到了未來，連理論上都行不通，那你十年後要怎麼辦？難道要完全放棄地球？我姑且借用一下理財專員的說法，建議一種比較均衡的「希望組合」，有些可以放長遠一點，把大部分放在短期。為了讓最壞的結局不致太過慘烈，和人性的局限拔河在所難免，但小規模、區域性的戰役也一樣重要，這種戰事你還可以抱著比較務實的期望打贏。對，我們要一直為地球做該做的事，但同時也要繼續努力拯救你心愛的「具體事物」——它可以是社區、機構、荒野、面臨困境的某個物種。就算你的努力只有小小成績，也是一劑強心針。你此刻行的善，固然可說是對抗日後酷熱的一種避險措施，然而真正重要的是，它在當下便成就了善。只要你心有所愛，就有所盼望。

我家在聖塔克魯茲，這裡有個組織叫做「遊民園地計畫」（Homeless Garden Project），他們在市區的最西邊經營一個小小的農場，為本市無家可歸的人提供就業機會、訓練和支援，也讓遊民享有社區的歸屬感。這組織並不能「解決」遊民問題，卻在近三十年來一步一腳印，改變某些人的生活。他們自給自足，部分營運經費是靠銷售有機農作物；他們更大的影響，在於提出一種思考革命——我們對於弱勢人士、我們仰賴的這片土地、我們周圍的自然界，可以有怎樣不同的思考角度。

我是他們「社區支持農業」計畫（Community Supported Agriculture Program, CSA）的會員，夏天可享用他們收成的甘藍菜和草莓，到了秋季，由於土壤生機蓬勃又無汙染，小型候鳥會在田裡的溝紋間大快朵頤。

或許會有那麼一天，來得比我們想得還快——屆時工業化農業系統和全球貿易系統都將瓦解，無家可歸之人會多於有家的人。到那時，「傳統地方農耕」和「團結的社區」將不再只是自由派人士掛在嘴邊的熱門詞彙。敦親睦鄰、尊重土地——培育健康的土壤、妥善管理水資源、照護有授粉功能的動物，這種種都是危機時刻的要務，也是無論哪種社會在危難中掙扎求存的要務。像「遊民園地」這樣的計畫，給了我對未來的盼望，儘管那個未來勢必比現在更糟，但某些方面可能更好也說不定。不過最重要的是，這種計畫給了我對今日的希望。

文學森林 LF0124

地球盡頭的盡頭

The End of the End of the Earth

作者
強納森・法蘭岑（Jonathan Franzen）

一九五九年出生，美國小說家、散文作家、《紐約客》撰稿人。出生於美國伊利諾州，母親是美國人，父親是瑞典人。一九八一年從斯沃思莫學院（Swarthmore College）畢業，主修德文。一九九六年，法蘭岑在《哈潑》雜誌上發表的一篇題為〈偶然作夢〉的文章，表達了其對文學現狀的惋惜，從此聞名於世。他的第三部小說《修正》震驚文壇，引來如潮好評，獲得美國國家書卷獎及普立茲獎提名，也是年度暢銷書。第四本小說《自由》出版後，被《時代》雜誌譽為「偉大美國小說家」。另有文集《如何獨處》、《到遠方》等。

譯者
張茂芸

文字手工業者。獲澳洲國家筆譯與口譯檢定機構（NAATI）認證。譯作包括《太多幸福》、《挑戰莎士比亞1：時間的空隙》、《如何聆聽爵士樂》。近期譯作為《門》、《如何欣賞電影》。

美術設計　謝佳穎
編輯協力　李岱樺
行銷企劃　楊若榆
版權負責　李佳翰、陳柏昌
副總編輯　梁心愉
初版一刷　二〇二〇年四月六日
定價　新台幣三五〇元

ThinKingDom 新經典文化
發行人　葉美瑤
出版　新經典圖文傳播有限公司
地址　臺北市中正區重慶南路一段五七號十一樓之四
電話　02-2331-1830　傳真　02-2331-1831
讀者服務信箱　thinkingdomtw@gmail.com
粉絲專頁　http://www.facebook.com/thinkingdom/
總經銷　高寶書版集團
地址　臺北市內湖區洲子街八八號三樓
電話　02-2799-2788　傳真　02-2799-0909
海外總經銷　時報文化出版企業股份有限公司
地址　桃園市龜山區萬壽路二段三五一號
電話　02-2306-6842　傳真　02-2304-9301

地球盡頭的盡頭 / 強納森．法蘭岑（Jonathan Franzen）著；張茂芸譯. -- 初版. -- 臺北市：新經典圖文傳播, 2020.04
282 面；14.8×21公分. --（文學森林；Lf0124）
譯自：The End of the End of the Earth
ISBN 978-986-98621-5-8（平裝）

874.6　　109003249